JN005848

佐野の誕生日祝いに
四阿(あずまや)をプレゼント!?

前略。
山暮らしを
始めました。
6

前略。山暮らしを始めました。

6

浅葱

illustration しの

口絵・本文イラスト
しの

装丁
coil

CONTENTS

俺は佐野昇平、二十五歳独身。

ワケあって故郷から遠く離れたところにある山を一座買い（一座だけでは売ってもらえなかった）、そこで暮らし始めて約九か月が経ったところだ。

本当は隠棲生活を送りたくて山を買ったのだが、引っ越した時はまだ雪が残る三月下旬。三日で寂しくなって麓へ下りたら、ちょうどその日は村の春祭りの日だったらしい。ふと見かけた屋台では、今は珍しいカラーひよこを売っていた。

ひよこがいれば寂しくなくなるだろうと、三羽買った。

そのひよこたちを大事に育てていたのだが、何故かひと月もしないうちに三羽とも立派なニワトリになった。

普通ひよことというのはひと月でニワトリには成長しないはずである。

しかもそのニワトリたち、尾羽じゃなくて恐竜みたいな鱗のついた尾はあるわ、嘴の中はギザギザの歯でいっぱいだわとどう見ても普通のニワトリではない。マムシも捕まえて食べるし、更には、

「イノシシー」

「タオスー」

「カルー？」

「イノシシは倒さないいっ、狩らないからっ！」

カタコトでしゃべり始め、実際にイノシシも狩ってきやがった。

ニワトリってどういう生き物を言うんだっけ？　と遠い目をしながら、麓の村に住んでいる湯本(ゆもと)のおっちゃん（俺の親戚(しんせき)の友人。俺が山を買う時も親戚と共に仲介してくれた。勤めていた会社は定年退職をし、現在は専業農家さん）に助けを求めた。

解体を専門に行っている秋本(あきもと)さん、湯本のおばさんを巻き込み、ご近所さんを呼んで湯本さんちでＢＢＱをした。その際にうちの東隣の山に住んでいるかわいい女性と知り合った。

彼女は桂木実弥子(かつらぎみやこ)といい、俺より年下だけど山暮らし歴は二年長い。桂木さんはコモドドラゴンよりもいかつい大トカゲを飼っていて、最初はうちのニワトリを大トカゲが食べないようにと考えてくれていたみたいだった。でもその頃には、うちのニワトリたちは巨大化し始めていたから特に問題はなかったんだけど。

大トカゲの名はタツキといい、その見た目から俺はこっそりドラゴンさんと呼んでいる。

それからしばらくもしないうちに、西隣の山に住んでいるイケメンと知り合った。

彼は相川克己(あいかわかつみ)といい、俺より年上で山暮らし歴は三年長い。最初の出会いは女性と一緒だったのでリア充かよ、と思っていたのだが、彼の飼っている生き物も普通ではなかった。大蛇が二頭いて、そのうちの一頭は何故か上半身がキレイな女性の姿をしていた。（それが最初一緒にいた女性である）って、ラミアなのか？　と愕然(がくぜん)とした。

大蛇の雄の方がテン、ラミアっぽい雌はリンといい、二頭とも片言だけどしゃべる。

この辺りの生き物事情はどうなってんだよと頭を抱えそうになったが、不思議と村の人たちはうちのニワトリが規格外にでっかくても、桂木さんのところの大トカゲがワニみたいな大きさであってもあまり気にしなかった。おおらかというのか、懐が深いというのか、そのおかげもあって楽しく暮らせている。

俺もワケアリだが、桂木さんと相川さんも事情があって山を買ったらしい。そのトラブルには少なからず俺も巻き込まれたけど、どうにかなった。そのせいか二人にはすごく感謝されて、なんだかんだかまってもらっている。

春が過ぎ、夏を越えて秋を迎え、冬になった。その間にニワトリたちはどんどん巨大化し、今ではオンドリのとさかが俺の肩に届きそうである。

カラーひよこは普通は全部雄だと聞いていたが、うちのは一羽だけが雄だった。猪突猛進、イノシシにも果敢に立ち向かうオンドリのポチ。怒りっぽいけど周りをよく観察していて、ポチの手綱も握ってくれている苦労性のメンドリのタマ。いつも俺の側にいてくれて大好きを全身で表してくれるメンドリのユマ。この三羽と暮らしていると毎日飽きない。

夏頃、相川さんの知り合いの狩猟関係のおじさんたちとも知己を得た。彼らはうちのニワトリたちをとても気に入ってくれて、狩猟の季節となった今ではうちの山で一緒に狩りに出かけてくれたりもする。（ニワトリたちとだ）

秋から冬にかけては桂木さんの妹のリエちゃんもやってきた。彼女もワケアリで、まだその問題は継続中だ。

だが山の寒さと雪には勝てず、現在桂木姉妹は隣のN町でウィークリーマンションを借りて住んでいる。桂木妹はその間に運転免許を取るつもりで、現在N町の教習所に通っている。

相川さんと狩猟仲間のおじさんたちがうちの山でニワトリたちと狩りをしている間に雪が降り、

ニワトリたちに手伝ってもらって雪かきをしたり、雪遊びをしたりした。

年末年始は相川さんと過ごし、新年はおっちゃんちでごちそうをこれでもかと食べさせられ、フォアグラ状態になったりもした。

新しい年を迎え、狩猟チームはまたうちの山を回った後相川さんのところの裏山を回ると言っていた。

俺はニワトリたちとまったり、冬の山で暮らしていくのである。

1. 何もないのが一番だと思う

せっかく作った雪だるまは溶けてしまった。この寒さだから下手したら春まで残っているんじゃないかと思っていたが、やはり雨が降るとだめらしい。ちょっとだけ残念に思った。……そんなことを考えたらまた雪が降るかもしれない。それはそれで困る。

ポチとタマはパトロールに余念がない。

「ポチ、タマ、裏山には行くなよ」

「エー」

「エー」

やっぱり行く気だったのか。

「イノシシを見つけても運べないだろ？　この山ぐらいならどうにかなるけど裏山は何人か一緒でないとだめだ。相川さんが陸奥さんたちに声をかけてくれてるから待ってろ」

「ワカッター」

「……ワカッター」

本当にわかったんだろうか。俺も難しく言い過ぎたかな？　言い直してみる。

「裏山はダメ！　また陸奥さんたちが来てから！　よろしくな」

「ハーイ」

「……ハーイ」

タマはしぶしぶというかんじだったが返事はしてくれた。そういえばタマって不本意でも返事したことに関しては守るよな。けっこう責任感が強いのかもしれない。タマのちょっとした一面に気づいて嬉しくなった。

と、そんなかんじでポチとタマは夕方まで山を駆けまわっていた。おっちゃんちの敷地もそれなりに広いけど、うちのニワトリぐらいになると運動不足になってしまうんだろうな。やっぱり泊まりは二泊が限界かもしれない。この先そんなに二泊も三泊もすることってないとは思うけど。

夜また桂木さんからＬＩＮＥが入った。

「雪つらいですー。なんでそっちは溶けてるんですかー」

「がんばれ」

とだけ返信した。雪、凍るとつらいよな。

相川さんからもＬＩＮＥが入った。明後日の八日からまた陸奥さんたちが来てくれるらしい。裏山のイノシシが狩れたら予定通り相川さんちの裏山を回るそうだ。ありがたいと思った。

「ありがとうございます。八日って平日ですよね。いらっしゃるのは相川さん、陸奥さん、戸山(とやま)さんで間違いないですか？」

「はい。八日中に捕まえられない場合は、九日以降川中(かわなか)さんと畑野(はたの)さんも参加します。よろしくお願いします」

「わかりました。お待ちしています」

LINEを終え、スマホを一旦(いったん)ポケットにしまう。

「助かるなー……」

そう呟(つぶや)いて顔を上げたら、ニワトリたちが俺をじっと見ていた。

「どうしたんだ？」

ニワトリたちがコキャッと首を傾(かし)げる。ここで伝えてもいいが予定変更はよくあることだ。せめて明日になってから言おうと思う。でもニワトリたちは何か感じ取ったのかもしれなかった。

それよりも。

「かわいいな……」

ニワトリたちが三羽共首を傾げている姿は、コミカルでなんかかわいい。思わず笑顔になってしまった。するとタマはすぐにやめてフンッと息を吐いた。そのツン具合もう少し緩めていただけませんかねえ。

つい昨日までおっちゃんちにいてこれでもかとごちそうを食べさせられたせいか、まだ胃の調子はよろしくない。胃薬は飲んでいるけど、なんか重いのだ。

明日はもう七日だ。七草粥（ななくさがゆ）の日だっけと思ったけど、そんな材料は買いそろえていない。明日も雑炊でいいかなと思った。

七日の朝も快晴だった。晴れだと放射冷却で余計に寒い気がする。しっかり霜柱ができていて、外に出ると足の裏がさくさくする感覚がなんか楽しい。霜柱を踏むと子どもの頃を思い出す。

小学校へ向かう道の途中には畑やら田んぼやらけっこうあって、更に土の道も多かったから冬は霜柱を踏むのが楽しみだった。遅くなるとみんなに踏まれた後だから友達と争うようにして早く家を出たりした。あの頃はそれほど寒くは感じなかったなぁ。今は勘弁してくれって思うけど。それでも霜柱を踏むのは好きだ。

ポチとタマは朝ごはんを食べたら出かける気満々だった。

「気をつけて行ってくるんだぞ。暗くなる前に帰ってこいよ」

「ハーイ」

「ハーイ」

返事はとてもよろしい。返事だけは。

こちらを特に見ないで返事をすることが多いんだけど、今朝はなんか違った。ポチがじっと俺を見る。

「？　ポチ、どうした？」

「サノー」

「うん？　なんだ？」

「イノシシー」

「裏山はだめだぞ」

「ココー」

首を傾げる。この山でイノシシの痕跡をまた見つけたということなんだろうか。

「……この山でイノシシを見つけたのか？」

「マダー」

「見つけたら、ってことか？」

「コレカラー」

ちょっと難しい問題だ。明日になったら陸奥さんたちが来てくれることになっている。でもそれは裏山のイノシシを見つける為だし……。

「見つけても捕まえるのは待ってくれ。相川さんたちに聞いてみるから」

「ワカッター」

「……ワカッター」

二羽は返事をしてツッタカターと駆けていった。

この山のイノシシって言ったってことは今日中に見つけるつもりなんだろうな。そうでなければ言うはずがない。

それにしてもよく見つけるよな。この山の中をただひたすらに駆けずり回ってるんだからそれぐらい可能ということなんだろうか。でもけっこうな面積もあるし、しらみつぶしに探したらそれなりに時間もかかりそうだが……。そんなとりとめもないことを考えた。

ユマは朝食後家の周囲を見て回っている。さすがにこの時期になったらもうマムシはいないだろうが、見てもらえるのは助かるなと思う。後で川でも一緒に見に行こうか。

　でもまずは相川さんにＬＩＮＥを送った。

「イノシシが確実に捕まえられるならどちらでもいいですよ。サワ山と裏山、両方見に行きましょう」

　相川さんからの返事は簡潔明瞭（めいりょう）だった。

　そうだよな。狩りをしたくて山巡ってるんだもんな。なんかよくわかんなくなってたな。彼らの目的を忘れてはいけない。

「いつもありがとうございます。よろしくお願いします」

　ＬＩＮＥを返してからユマと共に川を見に行った。先日雨が降ったせいか、まだ水量が多いように見えた。川って確か、浅いからって入るとすぐ足を取られたりするんだよな。流れがあるから水深二十センチメートルぐらいでも危ない。少し離れたところから全体を見て木など倒れていないかどうか確認する。流れが詰まったり、変わったりする場所がないかどうかも見ておかなければならない。そろそろ確認必要箇所チェックシート的なものを作った方がいいかもしれないな。

「ユマ、ありがとう。ちょっと炭焼き小屋を見に行ってもいいか？」

「イイヨー」

　ユマに断って炭焼き小屋を見に行った。炭焼き小屋の隣に薪（まき）が積んである。細い枝などは紐（ひも）でくくっておいたのがよかったようだ。屋根があり、ビニールシートを薪の上に被（かぶ）せていたおかげか雨風の被害はあまり受けていないようである。

「そういえば……炭焼きやるみたいなこと相川さんが言ってたな……」

いつなのか聞いておくのを忘れていた。以前はここでおっちゃんと炭焼きをし、お互いたいへんだと学んだ。おっちゃん自身は昔炭焼きをしたことがあったが、かなり前だったからたいへんさを忘れていたらしい。炭焼きというのは温度管理が重要らしく、本来は何人もで交替しながらやるものだったようだ。温度管理をするには起きていなければならず、全然眠れなくてひどい目にあった。煙などで臭かったのか、ニワトリたちは全然近寄ってきてくれなかったし。眠れる眠れないうんぬんよりもそっちの方がつらかったな。っと、いけないいけない。ここでは電波が入ったり入らなかったりするので家の方へ戻り相川さんに「そういえば」と炭焼きのお伺いを立てた。

「最初一月中にする予定でしたが、二月にしようかなと思っています。その時はお声掛けしますね」

「はい、よろしくお願いします」

まだ先の話だったようだ。聞いておいてよかった。

そうは言っても一か月なんて飛ぶように過ぎるかもしれない。年が明けてからの三か月は特に。一月往ぬる二月逃げる三月去るなんて言うし。毎日丁寧に暮らさないとなと思った。

その日、ポチとタマはイノシシを狩ってはこなかった。二羽をよく洗ってから聞いてみた。

「ポチ、タマ、イノシシは見つけたのか?」

「ミツケター」

「ミツケター」

おおう。痕跡さえ辿ればってやつか。相変わらず仕事が速い。人と違ってどこへでも走っていけるというのが強みだと思う。

「そっか。明日陸奥さんたちが来てくれるらしいんだ。そうしたら狩るのか?」

「カルー」

「タベルー」

タマさん、直接的なのは怖いっす。それにしても、イノシシを餌としか見ていないニワトリとはいったい……。

まぁしょうがない。深く考えてはいけないのだ。……たぶん。

「わかった。連絡しとくなー」

そう言って忘れないうちにと相川さんにＬＩＮＥを入れたら電話がかかってきた。

「すみません、今いいですか」

「はい、大丈夫です。たびたびすみません」

電話口に向かってついつい頭を下げてしまう。

「とりあえず明日はサワ山を回ります。そこでイノシシが獲れたらどうしますか？」

「うーん。俺としてはおっちゃんちが大丈夫なら宴会してもらうのが一番嬉しいんですけど……でもそうするとおばさんに負担がかかっちゃうのかな……」

宴会は楽しいが今頃になっておばさんのことが気になった。

「そこは真知子さんに聞いてみましょう。まだイノシシは獲れていませんから、獲れてから改めてどうするか話しましょうか。裏山の件もありますし」

「そうですね」

まだ捕まえてもいない段階では取らぬ狸のなんとかだ。裏山でもイノシシが獲れるといいなと思う。なにせうちのニワトリたちはよく食べるし。さすがにイノシシだのシカだのを狩りつくすってことはないだろうが、暮らしていくうちに少なくなっていくに違いない。それを言ってしまうと、マムシの大繁殖とかアメリカザリガニの大繁殖についてもそうなんだけどな。

アメリカザリガニだけは絶対に駆逐したい。

話が脱線してしまった。また明日、と相川さんと確認し合って、電話を切った。

その途端三羽が輪唱するように嘴（くちばし）を開いた。

「イノシシー」

「イノシシー」

「イノシシー」

「……俺はイノシシじゃないからな……」

うちのニワトリの肉食っぷりがハンパない。思わず遠い目をしてしまう俺だった。

「あ、天気予報……」

思い出してＴＶをつけ確認する。明日雪とか言ったら誰も来られなくて、俺がニワトリたちにヤられそうだ。幸い明日も晴れらしい。どこまで信用できる情報なのかは不明だが。

天気予報が当たって、明日もいい天気になりますようにと祈って寝たのだった。

2. 新年一発目の狩猟らしいです

朝はとても寒い。布団の中から出たくない。自主的に出たらえらいよな、絶対。某コウテイペンギンの赤ちゃんじゃないけどさ。

どうにか手を伸ばしてハロゲンヒーターをつける。これで少しはましになるはずだ。寝室は昔ながらの部屋ってのが解せない。壁に断熱素材も使っていないからとにかく寒いのだ。元々あった家を山ごと買い取らせてもらったから文句は言えないけれど。

どうにかタマが来る前には起きられた。いつも通りタマとユマの卵を土間から拾って布で拭く。大きめの卵がとてもありがたいと思う。

餌を準備してニワトリたちに食べさせてから、自分の朝ごはん作りに取り掛かった。

「今日は陸奥さんたちが来るからそれまでは出かけるなよ」

きちんと釘を刺しておかないと勝手に走っていってしまいそうだ。

「エー」

「エー」

「エー」

ユマよ、お前もか……。

「来てもらわないと、もし狩っても運べないだろ？」

陸奥さんたちを荷物運びの人扱いするのはどうかと思うが、ニワトリでは運べないのだからしかたない。俺一人では到底イノシシ一頭なんて運べそうもないしな。その前の解体とかは論外だ。そういえば川中さんも解体は苦手みたいなことを言っていたなと思い出した。あの人はどちらかといえば罠師で、自分が設置した罠に獲物がかかるのが楽しいらしい。もちろんそれが害獣ならば秋本さんのような人に預けて解体してもらうと言っていた。

罠師、なんだよなぁ。ってことはおっちゃんちの近所のイノシシ問題は川中さんに頼めばいいんじゃないか？　とふと思った。（以前おっちゃんちの隣の家でもイノシシ被害があるようなことは聞いていた）

「ワカッター」

「ワカッター」

「ワカッター」

自分たちで運べないということはわかっているようだ。それならまぁいい。でも家の中にずっといろとは思わないので、家の周りにいてもらうことにした。俺はその間に昼飯用のみそ汁を作る。今日は小松菜とシイタケのみそ汁にした。シイタケかぁ、俺もそろそろ栽培してみようかななんて思っている。確か、クヌギの木を使うといいんだっけか。今度ネットで真面目に調べてみよう。

みそ漬けのシシ肉と白菜を炒めてごはんに載っけて食べた。シシ肉はちょっとクセがあるから飽きる、なんて言う人もいるけど俺は肉さえ食えればいいので全然気にならない。野菜もうまいと思うけど冬になってから肉ばっか食ってるなと思った。うまいんだからいいのだ。それにシシ肉は身体が温まるし。

食べ終えて今日は何が必要だろうかと考えていたら軽トラが入ってきた。相川さんだった。その後からあまり間を空けずに陸奥さんたちの軽トラが続く。

「陸奥さん、戸山さん、明けましておめでとうございます。今年もよろしくお願いします」

「ああ、こちらこそよろしくな」

「おめでとう～。こちらもよろしくね」

今日は相川さん、陸奥さん、戸山さんが来てくれた。ニワトリたちも陸奥さんたちに気づいてトトトッと寄ってきた。

「おお、ニワトリたちは相変わらずでかいな。今日からまたよろしくな」

「小さくなったら問題だよ～。よろしく～」

ニワトリたちは陸奥さんと戸山さんの言にコッ！　と返した。まんまニワトリ部隊だなと思った。

「で？　イノシシを見つけたんだって？　どの辺りだ？」

一度うちに招いて荷物などを置いてもらう。お茶を淹れるとそう聞かれた。

そうだよな。普通ニワトリが見つけたなんて言うことはないよな。相川さんがすかさずフォローしてくれた。

「陸奥さん、おそらくニワトリたちが詳しく知っていると思います。一緒に出かければ連れていってくれるのではないでしょうか」

「そうか。この山だっけか。ポチ、タマちゃん頼んだぞ」

陸奥さんの声かけにまたポチとタマはコッ！　と返事した。こっちの言葉が通じるってだけでおかしいのにしゃべるとか、うちのニワトリたちはいったいなんなんだろう。（今更か）

ま、かわいいからいっか。

時には思考放棄することも大切だと思う。

陸奥さんたちは準備を整えると、ニワトリたちと共に出かけていった。一応昼には今まで通り戻ってくるらしいので、みそ汁はありますよと言っておいた。

「いやあ、みそ汁は嬉しいよねぇ」

戸山さんが嬉しそうに言ってくれた。まぁ、あとはせいぜい漬物と煎餅ぐらいしか出せないんだけどな。みんなが出かけてから洗濯物と布団を干した。

そういえば、イノシシを見つけたとは聞いたけど、この山のどこで見つけたんだろう？

「ユマー、イノシシはどこで見つけたか聞いたかー？」

「ココー」

「うん、この山だってのは聞いたけどさ。上か、下か、とか」

指をさして示しながら聞いてみた。ユマは首を上げた。

「ウエー？」

「上か……」

それはちょっと厳しいなと思った。銃と杖みたいなものは陸奥さんたちも持っていったが、イノシシの大きさによっては大きい枝のようなものが必要になるだろう。

「ま、そこらへんは臨機応変にだよなー……」

俺が心配しなくてもうまくやるんだろうし。

ちょうどいい枝とか意外と見つかるものだ。山の中だし。

食料品の在庫などをチェックする。賞味期限切れのものがあったら早めに食べないといけないしな。え？　切れたら食べられないんじゃないかって？　そこらへんは状態による。それが消費期限の場合過ぎたら食べちゃいけないけど。

そんなことをやっていたらあっという間に時間が過ぎた。

今日も戻りが遅い。

ってことはー……？

「イノシシ」

相川さんからＬＩＮＥが入った。よかったと思った。（とりあえず知らせてくれたんだろう）

後は解体してからの状態だ。まずは捕まえられたことを祝わなくては。

「ユマ、イノシシ狩れたみたいだぞ」

ユマに声をかけたら、ユマは嬉しそうに羽をバサバサと動かして、

「イノシシー！」

と大きな声を上げた。

言ってることは全然かわいくないんだけど、今日もユマさんはかわいいです。

それから、少し時間はかかったがみんな帰ってきた。

手ぶらで。

「おかえりなさい。あれ？」

「戻ったぞー。イノシシは川にまんま沈めてきた」

「ああ、そうなんですね……」

陸奥さんが俺の疑問に答えてくれた。この山の上の方で見つけたんだよな？　そんな、イノシシを沈められるような淵ってあるんだろうか。更に疑問を持ったのがわかったのか、相川さんが答えてくれた。

「この山の東側の上の方に湧き水が出ているところがあったんです。そこがちょっとした池のようになってまして」

「へえ、そこに沈めてきたんですか」

「ええ。かなり冷たい水なので血抜きは必要ないかと思いましてそのまま沈めてきました」

殺してすぐに冷やせれば血抜きも必要ないんだっけか。血が温まることによって雑菌が増えるんだよな。

「一頭ですか」

「はい、けっこう大きかったです。湧き水の近くを拠点にしていたみたいですね」

「へえ……」

自分の山だけど知らないことがまだまだたくさんあるんだなと思った。

とりあえず昼食を食べようと家に入った。入る前にきちんとごみやら何やら落としてくれるのがいいなと思う。ポチとタマがお互いに羽のごみなどを取り、ユマが陸奥さんたちをつついていた。

「おー、ユマちゃん。ごみ取ってくれるのかありがとうなー」

陸奥さん、デレデレである。うちのユマはかわいいよな。ポチとタマも自分たちのが終わると他の人の身体をつついてごみ等を取っていた。ごみなんだか虫なんだかイマイチよくわからないが、いいことだと思う。

タマは相川さんのことをしっかり避けていた。ブレないよなぁ。

手を洗ってもらい、こたつに入って待ってもらうことにした。

「は――――……生き返るねぇ……」

戸山さんが大仰に息を吐いた。

「やっぱこたつはいいなぁ。足までじんわり温まるもんねぇ……」

「戸山さんちはこたつは……」

「ないんだよね。床暖房があるからいいなんて奥さんが言うんだよ。確かにこたつに入ったら出られなくなっちゃうけどさ、それもまたいいと思うんだけどねー」

おにぎりを出してみそ汁を待っている姿にほっこりする。みそ汁とー漬物とー……あと味付け卵をスライスして出した。大きめの、タマとユマの卵である。でっかいゆで卵を麺(めん)つゆと醤油(しょうゆ)に漬けたものだ。

「お？　これはタマちゃんとユマちゃんの卵か？」

「はい。大きいのでスライスしてみました。お口に合えばいいんですけど……」

陸奥さんがすぐに反応してくれた。

三人が我先にと卵を取って食べた。

どきどきしていたら、みんなにんまり笑顔になった。

「いやぁ……うまいなぁ」

「おいしいねぇ……」

「丸々一個食べたくなりますね」

味付けはおばさんに聞いて作ってみたのだが、高評価でよかったと思う。今度おばさんにお礼を言っておこう。

「おいしかったならよかったです」

一個分は俺のだけどな。

秋本さんには昼飯の前に連絡してある。もう少ししたらイノシシを取りにきてくれるだろう。

「佐野君、貴重なものをありがとうよ。あきもっちゃんが来たらもうひと踏ん張りだ」

「は～い」

「はい」

卵ですっかり元気になったらしい。

みなでごはんを食べ終えて食休みをしていたら秋本さんが到着した。従業員の結城さんを連れてきたので、沈めた場所への案内は相川さんとポチがすることになった。タマは珍しくユマと一緒に家の周りにいるらしい。

「タマ、どうしたんだ？　ついていかなくてもいいのか？」

コッと返事をされた。大丈夫、ということらしい。それでも足がタシタシしているから、もしかしたら裏山へ行きたいのかもしれないと思った。

「タマ、今日は裏山はだめだからな。……って、いてえっ！」

図星だったらしく、すごい勢いでつつかれた。いや、どう考えても今日これからは無理だろう。

「おー、仲いいなー」

「元気だねー」

陸奥さんと戸山さんが表に出てきてのんびりと言う。それどころじゃないから助けてほしい。でもタマにつつかれるのを誰かに代わってもらうわけにはいかないから、走って逃げた。途中で飽きたらしいタマが畑に向かう。ほっとした。タマさんのツンはどうにかなりませんかねぇ。

ま、どうにもならないよな。

諦（あきら）めて相川さんたちの帰りを待つことにした。その間におっちゃんちに電話をする。

「おー、昇平。どうした？」

「あ、おっちゃん？　みなさんがまたイノシシを狩ってくれたんですけど、そっちで調理してもらってもいいですか？」

「ああ、ちょっと待ってろ」

勝手におっちゃん一人で決めないところがいいなと思った。料理とか作ってくれるのはおばさんだし。でもちょっと油断するとおっちゃん一人で決めてしまったりするから確認は必要だ。

「電話替わりました。昇（しょう）ちゃん、イノシシを獲（と）ったのね～」

正確には俺が獲ったわけではない。

「はい。陸奥さんたちが来てくれまして」

「うちは全然かまわないわよ。だったら明日でいいのかしら？　陸奥さんたちもいらっしゃるのよね」

「はい」

「宴会用に使っていい量を事前に教えてもらえたら作りやすくはなるけど」

「わかりました。量なども含めてまた詳しいことがわかったら連絡します。いつもありがとうございます」

礼を言って一旦電話を切った。陸奥さんたちから基本は宴会用で、残りはみんなで分配しようと言われているのでとても助かる。

そうして、相川さんと結城さんが天秤棒みたいなものにくくりつけて運んできたイノシシは、確かに大きかった。

「なーんか主って言われても違和感ないよね。佐野君ちのニワトリにはかなわないけどさ」

秋本さんがそんなことを言う。主かぁ……いつものことだけどイノシシというと乙〇主しか浮かばない。

「明日、ゆもっちゃんちでいいのかな？」

みんなで頷く。おばさんにはまた迷惑をかけてしまうが、それが最善だとみんな知っている。

「わかった。何かあったら連絡するから」

そう言って秋本さんは軽トラにイノシシを載せて山を下りていった。

「お疲れ様です」

みんなで相川さんをねぎらった。

「いやー、手付かずだったせいかこちらは野生動物が多くていいですね」

相川さんは元気で、そんなことを言いながらにこにこしていた。一座の山にどんだけイノシシが生息しているんだろう。イノシシは縄張りがないとは聞いてるけどさ。

寝る頃になって、あのイノシシがこの山の主だったらどうしようと思ってしまった。

でもなぁ……もう絞めてしまったわけで。おいしく食べればいいんじゃないかな。こっそり山の上に向かって感謝を捧(ささ)げた。

「山の神様、いつも山の幸をありがとうございます」

と。

とてもありがたいと思っている。

手土産どうするかな。目下の俺の悩みはこれである。

明日は川中さんと畑野さんも来るらしい。みんなでまた裏山を見に行ってくれるそうだ。でも夕方になったらおっちゃんちに集合することになっている。土曜日サイコー！　と川中さんが叫んでいたとかなんとか聞いた。確かに次の日仕事だったら飲むわけにもいかないだろう。

秋本さんからは特に病変があるなどの報告はなかった。イノシシは健康体だったらしい。よかったよかった。


翌朝、また俺の上にタマがのしっと乗っかった。

「ぐえっ⁉」

……いや、わかってはいたけどさ。早く起きたってしょうがなくないか？　かなり重いんだが。

「タマ……重い……どけ……」

「サノ、オキルー」

「わかった、どけ……」

睨(にら)みつけてやるとタマはすんなりどいた。俺は上半身をどうにか起こして嘆息した。

「……タマ、起こす度に胸の上に乗るなって言ってんだろ。そのうち俺死ぬぞ」

「ダメー」

「ここに乗るなっつってんの」

胸の上を軽く叩（たた）くようにして示す。

「ンー？」

コキャッとかわいく首を傾（かし）げてもだめだ。俺の死因はニワトリによる圧死になるのではないだろうかと真面目に考えてしまった。

つーかなんだそのあざとさは。

いつも凛々（りり）しいくせにかわいいんだよな。やっぱ女子なんだなと思う。

布団を畳み始めるとタマは満足したらしくトットットッと戻っていった。タマがいなくなったら途端に寒くなった。慌ててハロゲンヒーターをつける。やっぱ生き物が側（そば）にいるだけで体感温度が違うようだった。

そういえば夏の清掃の際、子どもたちが多くて暑かったな。子どもたちは体温が高いから余計に暑く感じられたのかもしれない。そう考えると小学校の教室とか夏はとても暑いのではないだろうかと思った。

今って、どの小学校でもエアコンて付いてるのかな。俺が小学生だった頃はまだなかったけど。

（地域によるだろうが）

とりとめもないことを考えながら着替えを終え、洗面所に寄ってから居間に向かう。

「ポチ、タマ、ユマ、おはよう」

「オハヨー」

「オハヨー」

「オハヨー」

こうして聞くと九官鳥みたいだな。ニワトリって人の言葉しゃべったっけ？　時折ハッとしてしまう。でも話してくれるとわかりやすいし、かわいいからいいか。

今朝も卵を産んでくれたようだ。土間から回収し、キレイに拭いて冷蔵庫にしまう。

「タマ、ユマ、いつもありがとうなー」

今日はこれでタマのことも許してやろう。

みんな一応昼はこちらで食べるのでみそ汁は作る。ニワトリたちはいつも通り、餌を食べたらすぐに表へ出た。

「今日は裏山を巡るみたいだから、待ってろよー」

「ワカッター」

「ワカッター」

「ワカッター」

え？　ユマも行くのか？　それはなんか寂しくてやだなぁ。

「全員で行くのか？」

改めて聞いたら、ユマがトットットッと近づいてきた。

「イカナーイ」

思わず笑顔になってしまった。だってしょうがないだろう。こんなにかわいいんだから。

俺がよっぽどデレデレしているように見えたのか、タマが戻ってきて何度も俺をつついた。

「痛いっ！　タマッ、痛いって！」

痛くて当然よと言われているみたいだった。タマさんが本当にひどいっす。

なんでつつくんだよー。

そんなことをやっている間に相川さんの軽トラが入ってきた。その後続々と軽トラが到着する。

さすがに軽トラが五台も停まると圧巻だ。

「やーっと土曜日も休めるようになったよー。やっぱ二日休まないと疲れが取れないよね」

こんにちは～と挨拶を交わす。川中さんと畑野さんはとても機嫌が良さそうだった。

「世話になる」

相変わらず二人の温度差が激しい。

今日はあまり時間がないのでその場で準備をして裏山に行くようだ。

「一旦昼には戻る予定ですが……どんなに遅くとも三時までには戻りますので」

「はい。大丈夫です、よろしくお願いします」

相川さんに言われて頷き、またポチとタマを一緒に連れていってもらうことになった。昼に戻ってこられなかったとしても、うちのニワトリの餌は自分たちでどうにかするだろう。というわけでいつも通り送り出した。

俺はその間にまた泊まりの準備である。しっかしこんなに甘えて、おっちゃんちは大丈夫なんだろうか。それに、さすがに今回イノシシの解体費用は出そうとしたのだが、秋本さんには余った肉をもらえたらそれでいいよと言われてしまった。もう一頭獲れたらそちらはしっかりお金を取ってくれるそうだ。一頭目から取ってほしいんだけどな。今更言ってもしかたないのでもう一頭獲れることを祈ろう。つか、裏山でイノシシが獲れなかったらうちのニワトリたちが暴れそうだ。

準備を終えたらユマと家の周りを見回る。ユマが畑を見て、尾を軽く振った。

畑の作物はあと二、三日というところだろう。葉物がいつでも食べられるっていいよな。

昼を過ぎた頃浮かない顔で陸奥さんたちが戻ってきた。

「おかえりなさい」

「ただいま……」

うちに入ってもらいみそ汁を人数分よそう。無駄にならなくてよかった。みんななんともいえない顔をしている。

「どうかしたんですか?」

落ち着いてから聞いてみると、陸奥さんが顔を上げた。

「ああ、いや……もしかしたら裏山のイノシシは東の山からたまたま入ってきたものなのかもしれなくてな」

東の山というと桂木さんの土地だろうか。

「そうかもしれないってことですよね?」

「更に裏なら国有地だからそんなに気にするこたあねえんだが、誰かの土地のってなるとなんかあった時困るからな」

イノシシの足跡が東の山に続いていたってことなんだろうか。

相川さんと顔を見合わせた。

ナル山の裏の土地はどちらかといえば平らだ。そちらからうちの土地に入ってきていなければいいのだが。

「まぁそれだけじゃねえんだ」

「?」

「シカがいたんだよ。逃げられたがな」

「シカ……」

というとやっぱり東の土地と行き来してるってことなのかな。

「イノシシもそうですけど、今シカって増えすぎてるんですよね」

この質問って何度目だろう。怒られなきゃいいんだけど。

「ああ、今や立派な害獣だ。東の土地はあの嬢ちゃんたちのところだったか」

「はい」

「じゃあ裏の土地に入っていいか聞いといてくんねえか?」

「わかりました」

みんなが食事中にＬＩＮＥを送ったら、

「いいですよー。なんか狩るんですか?　いいなああ」

と返ってきた。

「全然そっちは動けないの?」

「公道出たら怖くなっちゃったみたいでなかなか進まないんですよー」

確かに今や雪道だもんな。さもありなんと思った。桂木妹は可哀想なことになっているらしい。

「免許、無事取れたらお祝いしようって言っておいてくれ」

「喜ぶと思います。ありがとうございます！」

スタンプを送ってやりとりを終えた。

「東の裏の土地、入って狩ってもいいそうです」

「そりゃあ助かるな。狩猟できる場所が広がるのはいいことだ」

みんな嬉しそうに笑んだから、本当に狩猟が好きなんだなと思った。

獲物は東の土地へ逃げたようで、さすがに今日はもう回るのはやめたらしい。

イノシシの痕跡は東の土地へと続いていた。シカも見つけたけど、同じく東の土地に逃げられたという。ポチとタマがいて逃げられるなんて珍しいなと思ったけど、いつもは獲物をこちらが先に見つけてからちょうどいい位置取りをして捕まえるらしい。そうでなければイノシシもシカもかなり逃げ足が速い。先に気づかれてしまうと捕まえるのは至難の業だろう。だから狩りは極力息を潜めて行うのだと陸奥さんが言っていた。

狩りって意外と地味なんだよな。って俺はいったい何を期待していたんだろうか。

ポチとタマは羽があちこちに飛んだ前衛芸術みたいな状態になっていたので、軽く洗わせてもらった。尾を振るのは勘弁してくれよ〜。獲物が獲れなくていらいらする気持ちはわかるけどさ。

そんなわけでしばらくまったりしてからみんな思い思いに移動する。今回は泊まりということもあり、みな銃は持って来なかったらしい。車に置いておくのも不用心だもんな。じゃあどうやって狩りをするつもりだったのかって？　銃はなくても刃物は持っているし縄もある。ちょっとした罠のようなものはすぐに作れるそうだ。これぞサバイバル。かっこいいなと思った。

もう後は飲むだけだからと荷物を置きに家へ戻る人もいた。相川さんは泊まりに必要ない荷物はうちに置いていく。どうせ月曜か火曜にはまたこちらに来てくれるのだ。預かるのは全然かまわなかった。

「……相川さん、手土産とかってどうします?」

「甘味でも買っていきましょうか。村の西の外れに和菓子屋さんができたらしいですよ」

「ええ~!　初めて聞きました。行きましょう行きましょう」

和菓子屋さんができたとか何事?　というかんじである。この村で生計を立てられるんだろうか。

「そういう情報ってどこで聞いてくるんですか?」

「先週雑貨屋に行った時手土産のことを聞いたんですよ。なにかいいのありませんかって。そうしたら西の外れに和菓子屋ができたらしいと教えてもらいました」

そう言って手書きらしい地図も見せられた。N町へ向かう道の途中にあるのだが、村からの道なので俺がN町に行く時に通る道ではなかった。知らないはずだ。

「へえ……。本当に外れですね。まだ知る人ぞ知るってかんじなんですかね?」

「そうかもしれませんね。位置的には川中さんちに近いのですが……」

「そうなんですか」

そういえば川中さんちも村の西側にあったな。川中さんは独り暮らしなんだっけ。

準備をして、ニワトリたちを軽トラに乗せる。

「先にどっかのお店に寄ってからおっちゃんちに向かうからな。わかった?」

「ワカッター」

「ワカッター」

「ワカッター」

よし、いい返事だ。相川さんと一緒に山を下りた。

当然だがもうみんな山は下りている。残っていたのが相川さんだけだからニワトリたちも返事をしたのだ。

もうおっちゃんちに着いている人もいるだろう。相川さんの軽トラに先導してもらって和菓子屋に着いた。なんか、一見峠の茶屋みたいなたたずまいだなと思った。

それはN町へ向かう道沿いに建っていた。そんなに通らない道ではあるけれど、こんな建物あっただろうかと首を傾げた。もしかしたら建物自体はあったかもしれないが、空き家になっていたから気づかなかったのかもしれない。のぼりが立っていて、「だんごあります」と書かれていた。

「はー……ここっていつからあったんですかね」

「年末に改装して、オープンしたばかりだそうですよ」

オープン、オープンかぁ……。なんかこのたたずまいを見ると似合わない言い方だなと思った。（失礼）

ニワトリたちには駐車場付近にいるように言いつけて（絶対車道に出ないこと、とも言ってある）、相川さんとのれんをくぐった。

「こんにちは～」

奥から女性が出てきて、

「いらっしゃいませ～」

と顔を上げないで言った。この辺りの店では滅多に聞かないなと思っていたからちょっと新鮮だった。

「わっ、わわっ！　な、なにか御用ですかっ⁉」

出てきたのは二十歳に届くか届かないかといった容貌の娘さんだった。頭に三角巾、エプロン姿でなんとも微笑ましい。彼女は相川さんをもろに見てしまったのか、顔を真っ赤にして狼狽した。

相川さんがスッと一歩下がる。俺は苦笑して一歩前に出た。

「和菓子屋さんができたって聞いて来たんです。何かオススメはありますか？」

相川さんはそっと俺の斜め後ろに移動した。相川さんの方が背が高いから俺じゃ隠れないと思うんだけどな。

「あ！　失礼しました。お客様ですよね！　えっと、この茶色いおまんじゅうとか、大福がオススメです！」

「ありがとう。じゃあ……」

「え、ええと！　すみません、試食されますか⁉」

「え？　いいの？」

このお嬢さん、顔が真っ赤なままだけど大丈夫かな。つい素で返してしまった。

「は、はい！　ちょっと待っていてください！」

娘さんは奥に戻り、少ししてから食べやすい大きさにまんじゅうと大福を切ってきてくれた。相川さんも促してつまようじを取った。

うん、まんじゅうとか大福ってこういうものだよね。

「おいしい」

「ありがとうございます！」

「じゃあ、どうします？　何個ずつ買っていきましょうか？」

「みなさんが食べるかどうかはわかりませんが、十個ずつ買っていけば間違いはないんじゃないですか？　余るようなら僕たちがいただいてもいいですし」

「そうですね」

「じゅっ、十個ずつですか⁉　ありがとうございます！」

春とかだとヨモギ餅（もち）とかおはぎもあるのかな。ちょっと楽しみだなと思った。そうして包んでもらっていたら、店の戸が開いた。

「こんにちは〜。おまんじゅうもらえるか、な……えー……」

聞き覚えのある声がしたので振り返ると、先ほど別れた川中さんだった。やっぱり川中さんもこの店を知っていたらしい。あからさまに嫌そうな顔をされて苦笑する。もしかしてここの娘さんのこと狙ってるのかな。

「川中さん、先ほどぶりですね」

相川さんがにっこり笑んで声をかける。川中さんが苦虫をかみつぶしたような顔になった。正直だよなって思う。

「あ、いらっしゃいませ。お父さ〜ん、川中さんいらっしゃったわよ〜」

「あ……」

名前を認識されているということはすでに常連さんになりつつあるらしい。けれど川中さんはがっくりと首を垂れた。

「いらっしゃいませ‼　いや～川中さん、いつもありがとうございます！　本日は何をお求めで⁉」

がたいのでかい、声も大きいおじさんが出てきた。職人さんのようで、白い作務衣を着て頭に白い帽子を被っている。

もしかして、と相川さんと目配せしあった。

「こんにちは……ええと、相川君と佐野君は何を買ったんだい？」

「あ、すみません！　おまんじゅうと大福十個ずつですよね！　すぐにお包みします！」

「急がなくていいですよ」

そう断って店の端に移動した。つっても店自体大きくはないから邪魔にならない程度ってかんじだけど。相川さんは相変わらず俺の後ろにいて店の外を眺めている。例の件の解決までに三年以上かかったんだ。妙齢の女性に関われるようになるまでにまた三年かかったってしょうがないかもしれない。もちろん三年で克服しろって話ではないけど。

「えーと、じゃあ……みたらし団子を十本ください……」

「まいど！　そちらの方々は川中さんのお知り合いかい？」

あからさまにテンションが下がった様子で川中さんが頼んだ。それにおじさんが勢いよく返事をする。そしてこちらを見やった。

まぁ、知り合いは知り合いだけど……俺はちら、と相川さんを見た。

「……狩猟関係の仲間です。たまにお邪魔することがあるかもしれませんが、その時はよろしくお願いします」

お嬢さんがまんじゅうと大福を包んでから中に戻ったので、相川さんがそつなく答えた。

「ほう！　狩猟はいいなぁ。いやあ、私もやってみたいんですよねえ！」

「狩猟免許を取られる予定がありましたら川中にお声掛けください」

「ああ、ありがとう」

相川さんは全く関わる気はないようだ。ここの和菓子がおいしかったとしてもお嬢さんが店番をしていたら対応できないもんな。

幸いニワトリたちの姿は誰にも見られていなかったらしい。購入した和菓子を抱えて、俺たちはおっちゃんちに向かった。

おっちゃんちに着くとすでに肉は届いていたようだ。秋本さんと結城さんの姿もあった。

「おー、遅かったな。何やってたんだ？」

縁側でお茶を飲んでいた陸奥さんから声がかかった。

「先日オープンしたっていう和菓子屋に行ってきたんですよ」

相川さんが返事をした。俺は玄関を開けて中に声をかけた。

「こんにちはー。お世話になります！　まんじゅうと大福を買ってきたんですけどー！」

「あらぁ！　ちょっと待っててねー！」

おばさんの声がして、おっちゃんが出てきた。

「まんじゅうだって？」

「はい、相川さんと買ってきました。みなさんで食べられたらと思って」

「あんまり気を遣うなよ～」

川中さんも便乗してだんごを渡す。

「おお、すまねえな。今用意してるから待ってろよー」

「はーい」

いつも通りニワトリたちは畑に行かせて庭にビニールシートを敷く。

そういえば今日はシシ鍋(なべ)って言ってたな。楽しみだなとにんまりした。

んで、今夜はシシ鍋の他に鶏(とり)の唐揚げと食べやすい大きさに切られた揚(あ)げ餅が出てきた。正月の残りだなってしみじみ思う。白菜の浅漬けも糠漬(ぬかづ)けもある。大根の煮物にレンコンのきんぴら、切り干し大根と煮物は野菜づくしだったがどれもおいしかった。

「切り干し大根うまい……」

「大根もあめ色で最高ですね～」

相川さんとおばさんの手料理を絶賛する。

「も～、昇ちゃんも相川君もお肉食べなさいよ～」

「食べてますよ～」

みそ味のシシ鍋っておいしいよな。シシ肉が柔らかくなって最高だ。

「そういえばおまんじゅうとかおだんごを買ってきてくれたけど、どこで買ったの？」

「村の西の外れに和菓子屋ができたって相川さんに教えてもらったんです。川中さんはすでに常連みたいですけど……」

正直に答えるとみんなの視線が川中さんに向いた。

「な、なんだよ？」

「……川中、お前そんなに和菓子が好きだったか？」

陸奥さんがいぶかしげな顔をして聞いた。

「……行ったら若い娘さんが出てきましたよ」

相川さんがしれっと答えた。川中さんが相川さんを睨(にら)む。みんなの視線があー、というようなものになった。

「……そんなに出会いがほしいなら、結婚相談所にでも行けばいいんじゃないか？」

呆(あき)れたように畑野さんが呟(つぶや)く。

「そーいうんじゃないよ！　みんな若い女の子好きだろ！」

俺と相川さんは首を傾げた。

「そこの若い二人、そんな反応しないでよ！」

戸山さんがため息をつき、おっちゃんは微妙な顔をした。秋本さんと結城さんは我関せずと、とにかく食べている。

「若い女の子なら外にタマちゃんとユマちゃんがいるじゃない〜」

おばさんがコロコロ笑って言った。うちの子たちは絶対にだめです。いくらタマとユマがいいと言ったってお嫁には出しません。（俺はいったい何を考えているのか）

「真知子さん、僕は人間の若い女の子がいいんです！」

酔っ払い上等である。相変わらず料理が多すぎてデザートまで辿(たど)り着(つ)けなかったので、和菓子は明日食べることになった。

余計なお世話だとは重々承知しているけれど、川中さんは結婚相談所に登録した方がいいと思う。ニワトリたちは食べ終えると知らせに来てくれたので、嘴(くちばし)や羽を確認して拭(ふ)いたりしてから土間に移動させた。若い女の子は当分いいかなぁと思った。

宴会の翌朝だ。

……今回もそれほど飲まなかったので頭は大丈夫だった。ただ、意外と揚げ餅がおいしくて食べすぎてしまったらしい。起きたら胃が少しもたれていた。

「……餅は危険だ……」

布団から起き上がってうなだれる。でもあの程度でもたれるって、俺の胃はそんなに弱くなっているのだろうか。

「佐野さん、起きていらしたんですか。おはようございます」

先に起きていたらしい相川さんが呼びにきてくれた。今日も朝から爽(さわ)やかである。

「……おはようございます。胃薬ってありますか？」

「ああ……ありますよ。佐野さんでもなかなか回復しないものなんですねぇ」

相川さんは先に胃薬を飲んだようだった。相川さんも胃の調子が悪いらしい。布団を畳み、顔を洗って玄関の横の居間に顔を出すと、おっちゃんが新聞を読んでいた。

「おはようございます」

「おお、昇平。起きたか。卵もらったぞ」

「どうぞどうぞ」

おっちゃんの前にはベーコンエッグがあった。タマとユマの卵にしてはサイズが小さいなと思ったけど、卵を一個炒(いた)めてそれを二人で分けたらしい。

「昇ちゃん、おはよう。ベーコンエッグ作るわね。相川君と分けて食べてちょうだい」

「おはようございます。ありがとうございます」

いつも通り梅茶漬けをいただき、ベーコンエッグもいただいた。うん、うちのニワトリたちの卵は最高だな。ベーコンも分厚くてとてもいい。

「……本当に濃厚でおいしいですよねぇ。ユマさんたちみたいなニワトリって他にいるんですかね？」

相川さんが首を傾げながら言う。でっかいニワトリっていうと、ブラマとかは聞いたことあるけどどうなんだろうな。

「突然変異っぽいがなぁ……だが三羽同時となるとどうなんだろうな。やっぱでかい種の親鳥がいたのか」

おっちゃんが考えるように呟く。

「どうなんでしょうね」

鶏が先か卵が先か、意味合いは違うけど気持ち的にはそんなかんじだ。でっかい親鳥がいたとしたら、それってどのくらいの大きさなんだろうな？　タマとユマはポチほどはでかくないけどやっぱそれなりに大きいし。しかも尾が爬虫類(はちゅうるい)系だし、ってやっぱ羽毛恐竜なのでは？

「……おはよう」

「おはようございます～」

「……おはようございまーす……」

陸奥さん、戸山さん、川中さんが起き出してきた。畑野さんは朝方帰っていったらしい。秋本さんについては結城さんが飲んでいなかったので昨夜（ゆうべ）のうちに帰っていった。今時奇特な若者よね～なんておばさんが言っていた。本人はあまり酒は好きじゃないようなことを言ってたからそれでいいんだろう。

「真知子さーん、卵ないの卵。佐野君ちの」

川中さんがさっそく言っている。

「やだわ～、早い者勝ちに決まってるじゃないの～」

おばさんはコロコロ笑った。

陸奥さんと戸山さんがあからさまに落胆したような顔をした。まぁまた機会があったらでお願いします。

当然のことながらニワトリたちはとっとと朝食をいただいて畑に駆けていったそうだ。おっちゃんちの畑もけっこうな広さがあるんだけどうちの山に比べれば当然狭いわけで。お昼をいただいたら帰ろうかなと思った。ニワトリの運動不足っていうよりユマの運動不足が心配なんだよな。今のもふふわ加減は冬毛のせいだとは思うけど。

つか、冬毛の動物ってかわいいよなー。見た目もこもこしてて。ん？　羽は冬毛っていうのか？

羽毛っていうぐらいだからいいのか。

「明日、は休みでいいか。祝日だしな。佐野君、明後日（あさって）からまた回らせてもらっていいか」

陸奥さんが言う。そういえば月曜日は成人の日だったか。どうも毎日が日曜日な生活だから祝日とかがわからなくなっている。

「はい、よろしくお願いします」

「ん？　なんだなんだ？　もう昇平んとこを回んのは終わったんじゃあねえのか？」

おっちゃんが不思議そうな顔で聞いた。

「昨夜のイノシシは佐野君の山で獲れたんだけどよ、裏山から東の土地に向かってイノシシの足跡とシカを見つけたんだよ。桂木の嬢ちゃんから許可をもらったからうまくすりゃあシカも獲れるしな」

「そりゃあいいな」

陸奥さんの説明でおっちゃんが笑顔になった。そういえばシカを食べたいようなことをおばさんが言ってたな。桂木さんの土地って裏手はほぼ平地だからかシカが多いんだよな。一頭ぐらい獲れるといいと思った。

あ。そういえばドラゴンさんはどうしているんだろう。

勝手に東の土地に入って怒らないかな。

「ちょっと桂木さんに確認したいことがあるのでＬＩＮＥしますね」

断ってから桂木さんにＬＩＮＥを送った。

「タツキさんて冬眠してるみたいだけど大丈夫？　勝手に土地入っても問題ない？」

「ああー……明日確認しに戻ります。雪でたいへんそうだったらヘルプ頼んでもいいですか？」

「役に立つかどうかは微妙だけど、いいよ」

と、すぐ返ってきたＬＩＮＥに返信した。

「相川さん、明日なんか予定ってあります？」

それで即相川さんを頼ってしまう俺、情けない。

「どうかしましたか？」

「明日桂木さんが山の様子を見に戻ってくるらしいんですけど、全く手入れしていないので山道が通れるかどうか不安みたいなんです。だからヘルプ求められた時に対応できたらなって」

「ああ、そういうことですか。僕は特に何も予定はないのでかまいませんよ。あ、でもちょうどＮ町に買い出しに行く予定だったので、ついでに迎えに行きますか？」

「それもいいかもしれないですね。あ、でも乗せるところがないですね……。彼女、自分の軽トラで来るかな」

買物に行ってその帰りに一緒に連れて来るなら（もちろん車は別だ）、こっちがやきもきして待っている必要はないからいいかもしれない。

「じゃあ、迎えに行く時間を決めますか」

そんなやりとりをしていたら川中さんにじーっと見られていることに気づいた。

「？　どうかしました？」

「……いいなあーって思っただけだよ。僕も山買えばよかったなーって」

思わず相川さんと苦笑してしまった。勤め人が一人で山を買って暮らすのはなかなかたいへんではないだろうか。陸奥さんと戸山さんがなんともいえない表情をしていた。

……ぶっちゃけ、俺もなんか崇高な思いがあって山買ったわけじゃないし。

崇高どころか現実逃避する為に買ったんだよな。ちょっと落ち込んだ。

おっちゃんちでお昼ごはんをいただいてから山に戻った。

和菓子屋で買ったお団子も出てきたので摘まんだ。うん、うまいと思う。残ったシシ肉は秋本さんに多めに渡して解体費用に充ててもらい、残りはみんなで分けた。内臓など、うちが多めにいただいてしまって恐縮した。

「佐野君の山で獲れたものなんだから佐野君が量を決めてくれていいんだぞ？」

そんな俺に、陸奥さんは不思議そうに言った。でも俺が山の中を一緒に巡ったわけじゃないしな。基本はニワトリたちの餌の為だと割り切ろう。

山に戻ったらさっそくポチとユマがタシタシしていた。

「あれ？　今日はユマなのか。暗くなる前に戻ってくるんだぞー」

許可を出したら二羽共助走もつけずにツッタカターと駆けていった。やっぱり運動不足だったらしい。悪いことをしたなと思った。

「あ、タマも遊びに行っていいからな？」

どうせ今日は後は片付けぐらいしかしないし。そう言ったら軽くつつかれた。なんでだ。

片付けをしてから家の表に出て辺りを見回す。今日もなかなかに空気が冷たい。なんていうか、山の下とは空気感が違うのだ。

畑を見ると、小松菜がそろそろ良さそうだった。この寒さのなかよく育っているよなと思う。もちろんビニールは一部かけてあるけどさ。寒いせいか生長は遅い。それでも新鮮な野菜が食べられるのはありがたいことだ。

「明日の朝採るかな」

今日はもう店じまいだ。

「タマー、俺昼寝するからなー」

以前家屋があったところにいるタマに声をかけて、俺は居間で昼寝をすることにした。

明日は重労働だと思った方がいい。

午前中にN町に向かい、買物をしてから桂木さんと合流してこちらに戻ってくる予定だ。桂木妹は明日も教習があるらしい。仮免は取れたので路上教習だ。さぞかし冷や冷やしながら運転していることだろう。そんなことを思いながらうとうとした。

二時間も寝てしまった。

「……いてぇっ！」

いつまで寝てんのよとばかりにタマにつつかれて起きた。タマさんの愛がつらいっす。

夕方、ポチとユマが帰ってきてから明日の準備を始めた。

雪が残っていることを想定してスコップが必要だと思う。残っているとしたらもうカチカチの氷になっているはずだ。とても箒(ほうき)なんかでは掃けない。そうなってくると、あとできることはスコップで割っていくぐらいである。

「明日桂木さんちに行く予定だけど、行くか？」

「イカナーイ」

「イクー」

「イクー」

今回はポチが留守番らしい。ポチがぷいっとそっぽを向いた。

「じゃあタマとユマな。先にN町行って、買物終えてからなんだよな……。どうすっかなー」

おっちゃんちに二羽を置いてから、というのも時間のロスだ。桂木さん、相川さんに相談したら、普段よく買物をしているスーパーの近くにあるいつもの駐車場で桂木さんは待っているという。

「タマちゃんとユマちゃんの相手、させてください！」

「いいの？　まぁ二羽がなんかやらかさないか見ててくれればいいけど」

「大丈夫です！　久しぶりに会えるの嬉しいです！」

ということで桂木さんが駐車場で二羽を見ていてくれることになった。助かるなと思った。

3. 隣山へ行ってみる

翌朝である。いつも通り朝食を準備して食べて食べさせて、ポチを見送ってからタマとユマを軽トラに乗せて出かけた。行く時は荷台にタマが乗っているけど、ニシ山の麓に着いたら相川さんの軽トラの助手席にユマが乗り、タマがうちの軽トラの助手席に乗るようにさせる。確かに幌があるとはいえ荷台じゃあんまり安定しないしな。ちなみに、タマに相川さんの軽トラに乗るかどうか聞いたら思いっきりつつかれた。だからどんだけ大蛇嫌なんだよ。リンさんが乗ってた場所には乗りたくないって……。

相川さんと合流し、無駄のない動きでタマとユマを助手席に乗せ換えてN町に向かう。いつもの駐車場に着くと桂木さんが先に着いていた。確かに町の方がところどころ雪が残っているように見える。こちらは雨が降らなかったようだ。そういうこともあるのだなと思った。

「明けましておめでとうございます！　今年もよろしくお願いします」

「ああ、今年もよろしく」

元気よく挨拶(あいさつ)をされたのでこちらも挨拶し返した。ペコリと桂木さんが頭を下げたのでこちらも頭を下げ返す。

タマとユマを桂木さんに頼んだ。

「桂木さんはなにか必要なものある？」

「大丈夫ですよ～。お弁当も持ってきたので」

「そっか、じゃあタマとユマのことよろしくな」

「はーい」

相川さんと頭を下げて店に向かった。そういえば鍋(なべ)キューブを買おうってこの間思ったんだよな。買ってくか。キムチ鍋のキューブが売っていたので試しに買ってみることにした。シシ肉はけっこうな量があるんだけど、豚肉も食べたくなる。バラ肉だの調味料だのを買い、スーパーの側(そば)にあるドラッグストアにも寄ったりしていろいろ買った。もちろんお昼用のお弁当も購入した。桂木さんの山で食べる予定である。家の中には入らないから軽トラの中で食べることになるだろうけど。

軽トラに戻るとちょうど相川さんも戻ってきたところだった。

「桂木さん、ありがとう。じゃあ行こうか」

「いえいえ、タマちゃんもユマちゃんもかわいいですよね～。今日はよろしくお願いします」

桂木さんの顔が綻(ほころ)んでいた。そうだろうそうだろう。うちのニワトリたちはかわいいだろう、とか飼主バカなことを思った。口には出さないけど態度には出ていたと思う。ホントすみません。

ユマとタマは助手席に乗ったままだ。俺たちは買ったものをクーラーボックスに入れたりと準備をしてから桂木さんの山へと向かった。N町を出るとあまり雪が残っているようには見えない。やはり山が境界線になっていたのかもしれなかった。

桂木さんの山、雪が全部溶けてるといいななんて思いながらナル山の麓まで軽トラを走らせる。日が当たらなかったのだろう場所では、雪がところどころ残っているのが見えた。

そこで一旦(いったん)軽トラを停(と)めた。

「……思ったより残ってないですね」

桂木さんの感想はそうだった。

「雨が降ったからじゃないかな。そうでなければけっこう残ってたと思う」

「あー……あの日ですねー」

俺と相川さんがおっちゃんちに泊まっていた時だ。N町の方は雪が降り続いたというあの日である。

「もー、雪が降ってからリエがうるさくてうるさくて。やっぱり地元で免許取ることにすればよかったーとか。でもこっちで暮らすとしたら雪道にも慣れないと困りますよね～」

「そうだなぁ。さすがに久しぶりすぎてチェーン巻くのにも手間取ったけど」

相川さんはにこにこして聞いているだけでこちらの会話には入ってこない。妙齢の女性が本当に苦手なんだよな。わかってるのになんで俺は相川さんを誘ってしまったんだろう。嫌われなきゃいいけど、とさすがに心配になった。

「先に昼飯にします？」

相川さんの方を向いて言うと相川さんが苦笑した。

「そうですね。上がるまでにどれだけかかるかわかりませんし……ここで食べましょうか」

タマとユマはとっとと軽トラを降り、草などをつついている。一応白菜などは持ってきたので荷台で食べてもらうことにした。

「？　ここで食べてもらってもかまいませんよ？」

「全部キレイに食べたとしたってちらかると思うから荷台で食べさせるよ。風避けにもなるしな」

麓の柵の前には道路の横にちょっとした広さの場所がある。もちろん舗装なんてされていない砂利でむき出しの広場だ。桂木さんが設置したでっかい柵が台風でやられた時はここに置いておいた。うちの麓にも似たような場所がある。昔は来客は山の上まで上げないでここで相手をしたのかもしれないなと勝手に想像した。

その広場に軽トラを停めて思い思いに昼食をとった。もちろんこの広場にも少しばかり雪が残っていた。

運転席でごはんを食べるのもだいぶ慣れた。ここに来るまではしたことがなかったと思う。（車の中で食べるということはあった）初めてばかりでたいへんなこともあるけどなんとなく楽しい。

食べ終えて落ち着いたところで柵の鍵を開けてもらい中に入った。また厳重に閉め直す。女性が住んでいるということは知られているので防犯は大事だ。以前よりも柵は低くなったが、それでも鉄のけっこう頑丈なものになっている。ちょっとした道具を使っても開けることはできそうもない。

少し進むともう一か所柵がある。そこを越えていくと道が二股(ふたまた)に分かれている。左側が桂木さんの家に向かう道だ。以前は右の道はほとんど手入れをしていなかったせいか雑草が生い茂っていて道があるようには全く見えなかった。冬の間に思うところがあって整備を頼んだようだった。

ところどころ雪は残っていたが雪かきをする必要まではなかった。よかったなと思った。ちょっと気になるところは軽トラを停めてスコップで割り、ガードレールの向こうに落とした。そうしていつもの倍以上の時間をかけて桂木さんの家のあるところまで向かった。

「あー、帰ってきたー！　ありがとうございます。手伝っていただいて、本当に助かりました」

桂木さんが軽トラを降りて両手を上げた。そして下ろし、俺たちに深々と頭を下げた。

「いや、別にお互い様だし……」

そう言うと桂木さんの目が据わった。

「……お互い様っていうほど私佐野さんの役に立ったことないと思いますけど……」

「そんなことはないよ」

彼女と言って親に見せた写真だけでかなり助かったしな。母親は気づいているみたいだけど今のところおとなしくしてくれてるし。

「女性は守られるものですよ。気にすることはありません」

少し離れたところにいる相川さんがさらりと言う。また桂木さんの目が据わった。

「……佐野さんといい、相川さんといい、考え方が古風ですよね」

「そうかな？　男女ってだけで筋肉量に差はあるんだし。もちろん自分でできる範囲のことはやってもらうけどね。桂木さんは誰かがやってくれることを当たり前とは思ってないだろ？」

「それはそうですけどおー……なんか複雑です。でもありがとうございます」

何かしてもらったらそのことに感謝できればそれでいいんじゃないかなと俺は思う。ありがとうと言いながら、要求がどんどんエスカレートするような人は絶対感謝してない。姉ちゃんが以前嘆いていたことを思い出した。

桂木姉妹は全然そんなかんじじゃない。だからできるだけのことをしてあげたいと思うんだ。

「ええと、タツキを見てきますね！」

桂木さんはほんのり赤くなった頬を手で扇（あお）ぐようにしながら家に向かった。

「……佐野さんてすっごくモテますよね」

「……何言ってんですか？」

思ってもみないことを相川さんから言われて面食らった。モテるのはアンタだろう。女性は守られるものですよ、ってなんだ。んなこと言いまくってたらそりゃあストーカーも現れるわ。相川さんはもうちょっと言動に気をつけた方がいいんじゃないかと思う。

危険はないだろうと思ったが桂木さんの後ろをついていった。そういえばこの家って鍵はかけてないんだよな。ドラゴンさんがいれば大丈夫だろうけど何か入り込んでないか心配ではある。タヌキの親子程度ならいいけどさ。

桂木さんも用心はしているのか、すりガラスの引き戸を中から見えない位置から開けた。少し離れたところから俺が中を確認して親指と人差し指で丸を作って知らせた。そうして俺が更に中を覗（のぞ）き込むと、土間の陰に光る何かを見つけた。

もしかして。

「タツキさん？　佐野です」

グウウウウ……

唸るような、低い声が聞こえた。もしかして威嚇されているのだろうか。背筋を冷汗が伝った。

「タツキ？　ただいま！」

グウ……クルクルクル

唸り声が少し甘えたような高い声に変わる。そして桂木さんが家に入った。

「すみません、ちょっと待っててもらっていいですか」

「ああ、いいよ」

俺は家から離れ、ニワトリたちと相川さんと共にぼうっと畑の跡を眺めた。

冬の間はいないからと何も植えなかったようだ。霜柱はなかったけど、土が隆起した跡は見てとれた。きっと毎朝霜柱がいっぱいできるんだろうなと思った。

不意にタマが首を桂木さんの家の方へ向けた。桂木さんが出てきて、その後からドラゴンさんがゆっくりと出てくるのが見えた。タマがトットットッとドラゴンさんの側まで行く。俺もその後を追った。

「タツキさん、ご無沙汰しています。今日から何日か、うちのニワトリたち、相川さんとその知り合いがこちらの山にお邪魔します。動物や虫を獲ってもよろしいでしょうか？」

ゆっくり伝えると、ドラゴンさんは目を細めて頷いてくれた。

「ありがとうございます。大丈夫みたいです」

「タツキさん、相川です。こんにちは。山に入る許可をいただきありがとうございます」

相川さんがこちらに来て、ドラゴンさんに挨拶をした。こういうことは面倒ではあるけど大事だ。相手が動物だからって相川さんも桂木さんもバカにしたりしないし、むしろ断らない方がおかしいと言いそうだ。

「これで明日から来ても大丈夫ですね」

「僕も気づくのが遅れました。佐野さん、気づいてくださってありがとうございます。桂木さんも、お手数おかけしました」

相川さんが丁寧に礼を言うと、桂木さんは慌てたように胸の前で両手を振った。

「いえいえ！　私もまた山の様子を見に来た方がいいかなと思っていたので、ありがとうございました」

お互い、いえいえ、いえいえってやりがちではある。

「おもてなしって言ってもできることはないんですけど……」

桂木さんが家を眺めながら情けない顔をした。

「そういえば水って出ました？」

「あ、確認してないです。見てきます！」

ここは確か湧き水を引いてるんじゃなかったかな。家のすぐ裏手に湧き水が出る場所があって、そこからホースを引っ張ってきてるんだったっけ。山の上というのはなかなかに水の確保がたいへんだったりする。そう考えるとうちみたいに川が多い山はあまりないのではないかと思う。いい山を売ってもらえたなと今頃になって思った。

ドラゴンさんは日向で寝そべり、その身体をタマが当たり前のようにつついている。最初見た時はなんてことを！　と思ったけど、久しぶりに見てなんか気持ちがほっこりした。仲がいいのはいいことだ。

ユマはというと、ドラゴンさんには興味がないようで、縁側の向こうの枯れた雑草がある辺りをつついている。

桂木さんは慌ただしく家の中に入ってから、少し間を置いて出てきた。

「大丈夫でしたー。水、一応出しっぱなしにしてたので」

昼間でも相当寒いから冬の間は出しっぱなしにしておかないとすぐにホースの中が凍り付いてしまう。

「ええと、お湯を沸かしているので温かいお茶だけでも飲みませんか？」

「ありがとう。いただくけど……」

ちら、と縁側を見る。日が当たっているからまぁ大丈夫かなと思った。桂木さんは申し訳なさそうな顔をした。でもこの家自体小さいし、さすがに女所帯の家に入るわけにはいかないだろう。

「ありがとうございます、いただきます」

相川さんは如才なく答えた。

縁側を軽く掃除し、座布団を出してもらってからお茶を飲んだ。ユマが当たり前のように近づいてきて、俺と桂木さんの間に入った。

「ユマちゃん、撫でさせてもらってもいい？」

「イイヨー」

とユマが返事をした。

「ありがとう〜。いつ見てもキレイな羽だね。佐野さんの手入れがいいんだね〜」

桂木さんがそう言うと、ユマは頭をクンッと上げて少し得意げな表情をした。ニワトリの得意げな表情ってなんだ。でもそう見えたんだ。かわいい。ニワトリバカである自覚は大いにある。お茶請けは古漬けだった。

「ええと、けっこう発酵が進んでるとは思うんですけどお口に合いますか？」

心配そうに桂木さんが聞く。

「え？　ちょうどいいじゃん。おいしいよ」

「おいしいです」

俺が古漬けを好きなのは知っているだろうから、問題は相川さんの方だったのだろう。相川さんも古漬けは好きだったりする。

「キムチとかも発酵が進んでる方が好きなんです」

「ああ〜わかりますわかります」

「買ってもすぐには食べないでしばらく置いたりするかな」

相川さん、桂木さんと俺とで同意する。日本全国いろんな習慣の土地があるから、食べ方も微妙に違ったりするのが面白い。

「じゃあね、タツキ。また帰ってくるからね。起こしちゃってごめんね」

桂木さんはのそのそと家の中に戻ったドラゴンさんとお別れをし、みな山を下りることにした。

「……これからの方が降りますよね……」

「降りますね」

桂木さんの呟きに相川さんが即答した。

「そうですよね。リエが免許を取れても取れなくても、二月いっぱいはN町にいると思います」

「わかった、気をつけてね。すぐに向かえるかどうかはわからないけど、何かあったら言ってくれ」

桂木さんが苦笑した。

「もう～、そこは何があってもすぐ駆けつけるぐらい言ってくれないと！」

「うーん、暗くなったら走れないしなぁ……」

「そうですよねー」

あはははは！　と三人で笑った。

久しぶりに元気そうな桂木さんの姿が見られてよかったと思う。麓の柵の鍵をしっかりかけ、桂木さんの軽トラを先頭に相川さんの山付近までは見送った。本当はN町まで送った方がいいんだろうけど、みんな軽トラだし。車で車を送るっていうのも変な話だ。

「これで明日は桂木さんの土地にも入れますね」

相川さんがにこにこして言う。

「そうですね。なんか捕まえられるといいですよね」

ドラゴンさんにお伺いを立てるという任務をこなしたので、山に戻った。家に戻ったら、タマがとっとと遊びに出かけた。それはどうなんだと思った。

4．家から裏山経由して東の土地ってかなり無理があるのでは？

さて、翌朝は祝日から明けて火曜日である。成人式は遠くになりにけり。

いい天気だった。

天気予報では場所的に、降ったら雪になるとは聞いていたんだけど雨雲どこ行った。いや、降ってほしいわけではないけど。

今朝は早くから陸奥さんたちがやってきた。裏山の足跡を確認して東の土地に続いているようなら見に行くのだろう。ドラゴンさんに許可は取ったし、桂木さんも捕まえた動物は好きにしてくれていいと言っていたので陸奥さんたちは意気込んでいた。

「よし！　今週の週末までは佐野君の山から東の土地まで回るぞ！」

「けっこう遠征するねー」

「わかりました」

戸山さんと相川さんが返事をする。

俺もついてってもいいんだけど俺と一緒じゃ進みが遅くなるから相変わらずの留守番である。猟銃も持ってないし。今回もポチとタマが足をタシタシしてマダー？　と言いたそうだった。

ちなみに今朝はタマが起こしに来る前に目覚まして起きた。着替えている際にスパーン！　と襖（ふすま）が開いたのにはびっくりした。

「……タマ？」

タマは起きている俺を見てチッと舌打ちするような音を出して去っていった。えええ、ニワトリの舌打ちってえええ。つかタマさん態度悪すぎじゃないですかね？　いいかげん泣くぞ。

襖を閉めていってくれなかったから廊下から更に冷気が入ってきて寒い。タマはもしかしたら俺を殺す気なのかもしれなかった。つらい。そんなことを思い出している間にみな準備が整ったようだった。


陸奥さん、戸山さん、相川さんがポチ、タマと共に出かけた後、まったりと家事をした。昨日買い出しに行ってきたので食料はしっかりある。いや、食料自体は元々それほど困ってないんだよな。バリエーションが増えたというか……。ああそうか、嗜好品が充実したのか。「人はパンのみにて生くるものに非ず」という聖書の言葉が浮かんだがそれは意味が違うなと思った。なんかもういろいろ連想される言葉が間違っている。もう少し勉強し直した方がいいかもしれない。

洗濯して、掃除して、うちの周りをユマと共に見回り、畑で小松菜を採ってユマに何枚かあげた。

「またおいしく生えますように」

畑に向かって手を合わせる俺、怪しすぎる。

本日のみそ汁の具材は小松菜とじゃがいもだ。大きめの鍋に作ってある。野沢菜の漬物も買ってきてあるし、うちのニワトリたちのではないが味付け卵も用意した。俺、完璧である。

確か芸人さんで、「オレって天才かも？」って決め科白を言う人がいたよな。気分はあれである。

畑の向こう、元々は家屋があった辺りを見て回り、軽トラが停まっている辺りも見に行った。さすがに道路に出る気はなかった。

「うん、異常なしだな」

「イジョーナシ？」

「おかしいところがないって意味だよ」

「イジョーナシ！」

「うんうん」

クンッと頭を上げて言い直すところがかわいい。本当にユマには癒されるよな。

家に戻って気になった場所をいじったりしているうちに昼になった。玄関の外に出ると、ちょうどみなが戻ってくるところだった。午前中は成果なしだったようだ。

「いやー、キツイな」

「厳しいね～。明日からはあっちでお昼も食べるべきかな」

「困りましたたね」

東の土地まで一度下りてからこちらへ戻ってきたらしい。すごい体力である。俺もこちらに来てから大分鍛えられたと思うがそれほどではない。

ニワトリたちに餌を準備したり、こたつでぐんにゃりしている陸奥さんたちにみそ汁をよそったりとお昼の準備をする。

「ああ～おみそ汁おいしいなぁ……日本の心だよねぇ～」

戸山さんがほっとしたように言った。言っていることはわかるんだけど規模がでかいなと思った。

味付け卵がうちのニワトリたちのではないとわかって肩を少し落としたのは見てとれたが、そんなに提供できるものでもない。だって一日二個だし。産まない日もあるし。一日二個なら俺のたんぱく源で終わりだと思う。

「明日からどうしようかな……佐野君のおみそ汁～」

戸山さんが悲しそうな顔をする。

「みそ汁ぐらいなら魔法瓶に入れて持ってってもらうことはできると思いますけど」

でもそれだったらインスタントみそ汁を持ってった方がいいのかな、とも思った。なんか自分で言ってて恥ずかしくなった。

「じゃあそれでお願いできますか？」

だが相川さんにしれっと言われた。

「いいですけど……」

「佐野君のみそ汁うまいしな」

「おかわりもらっていい？」

「あ、はい。どうぞ」

陸奥さんと戸山さんのお椀におかわりをよそった。明日は各自魔法瓶を用意することが決まってしまった。ちゃんと洗ってきてくださいねとは伝える。雑菌の繁殖が怖い。

みな午後も元気に出かけていった。

「なぁ、ユマ。俺ももう少し鍛えた方がいいかな……」

「キタエルー？」

ユマがコキャッと首を傾げた。説明が難しい。

「ちょっとごめんな」

そう言って腰を落とし、ユマをだっこしてみた。うん、前よりしっかり重くなってる。

「サノー？」

きょとんとしたつぶらな瞳がかわいい。体重はもう少し増えてもいいけど縦には伸びないでほしいかな。

「ユマはかわいいな」

「カワイイー？」

ユマが羽を動かそうとしたので慌てて下ろした。

「うん、かわいい」

「カワイイー！」

バッサバッサとユマが羽を上下に動かす。いつものやりとりだけど幸せだなと思った。

それと、ユマの質問には全く答えていないなとも。

でもユマが気にしてなさそうだったのでいいことにした。

日が落ちる前にみな戻ってきた。

「あー……さすがにあの距離を二往復はだるいな……」

「ねえ、僕たち高齢者なんだよねえ……」

「ちょっと距離が長かったですねー……」

さすがの相川さんも足首を回したりしていた。

……うちの山から裏山を回って東の土地に下りるとか、帰りは全部登りだよな。それを二往復って鬼か。

いい運動したーとばかりにご機嫌なポチとタマを眺めた。

「あのう……ポチとタマのペースにまともについていったら身体おかしくなりませんか？」

俺が言うことではないが聞いてみると、三人ははっとしたような顔をした。

えー？

陸奥さんと戸山さんがははと誤魔化すように笑った。

「いやー、なんつーかなー、ポチとタマちゃんと回ってると楽しくてなー」

「ついどんどんついてっちゃうんだよねー」

「……それで何かあってもこちらでは責任負えないですよ……」

薄情なようだがそこらへんはどうにか調整してほしい。山を回るのは頼んでしてもらっている立場だが、ベテランなんだし。

「……いささか、調子に乗りすぎましたね。明日からは堅実に行きましょう。なんだったら明日は休みにしてもいいですし」

「いや、行くだろ？」

「行くよね～」

相川さんが戒めるように言ったのだが、陸奥さんと戸山さんはきょとんとした。マジか。

「動けなくなるのはいつだ？　明後日か、明々後日か」

「むっちゃんは明々後日かな。僕は明後日ぐらいには身体が痛くなりそうだねえ」

なんの話かなと思ったら筋肉痛の話だった。

「歳を取るとね、翌日になんかこないんだよ～」

「……そうなんですね」

以前筋肉痛になった時はその日の夜から激痛が走ったとか言わないでおこうと思った。

「相川君はでも翌日には痛くなったりするのかな？」

「さあ～、どうでしょうね」

戸山さんに聞かれて相川さんはとぼけた。遅くともきっと明日の早い時間には痛みが出るんじゃないかな。筋肉痛になるとしたら。でももしかしたら相川さんは筋肉痛にはならないかもしれない。

「ポチ、タマ……お前らは筋肉痛とは無縁だよな～……」

「ニワトリって筋肉痛になるもんか？」

「なるのかねぇ」

すでにうちの周りで何やらつついているポチとタマを眺めながら呟いたら、陸奥さんと戸山さんが首を傾げた。あれだけ動き回ってて筋肉痛にならないとしたらどんだけ普段から運動量が多いんだよ。そりゃあ食べる量も多いはずだわ。俺は内心げんなりした。

でも、うちの畑が荒らされたりしないのはニワトリたちのおかげなんだろうなとも思う。山の中を走り回るというのは縄張りのパトロールなんだろう。まぁほどほどにやってもらいたいものだ。

そんなわけで明日の方針は決まった。前と同じぐらいの時間に来て、魔法瓶にみそ汁を入れたら夕方まで行きっぱなしという方向でやってみるそうだ。

「ポチ、タマ、明日は夕方まで戻ってこないっていうけど、それでも行くか？」

ココッ！　と二羽が返事をする。望むところだ！　と言っているようだった。

「おーし、ポチとタマちゃんのＯＫも出たし明日もがんばるかー」

「明日は何か獲れるといいねー」

「ポチさんとタマさんの餌は僕が運びますね」

相川さんが相変わらずイケメンな発言をする。

「なきゃないで自分たちで勝手になんか食べてるみたいですけど？」

「冬ですから自力で獲るのもたいへんでしょう」

「わかりました。お言葉に甘えます」

相川さんがイケメン過ぎてつらい。俺だと勝手に食ってこーい！　だからなぁ。それでも朝夕はきちんと用意してるけどさ。そうなってくると昼間ってコイツらは何を食ってるんだ？　冬眠してる虫とかか？　そう考えると意外と食べるものはありそうだが……っていけないいけない。

陸奥さんたちが帰った後改めて聞いてみた。

「ポチー、タマー、明日はお前たちが陸奥さんたちと一緒に出かけるのかー？」

「デカケルー」

「デカケルー」

「わかった。じゃあユマは俺と一緒だな」

「イッショー」

うん、かわいい。

「明日はさ、ポチとタマのごはんは相川さんが持ってってくれるっていうから感謝するんだぞ」

「カンシャー？」

「カンシャー？」

「カンゲキー、アメアラレー！」

「……ユマ？」

またどっから学んだのか。なんかＴＶのＣＭとかであったんだろうか。イマイチうちのニワトリの情報源が解せない。

「ええと、相川さんにありがとうって言っておけよってこと」

「アリガトー」

「アリガトー」

「アリガトー」

「俺にありがとうじゃないっての！」

これはわかってて言ってそうだが一応つっこんでおいた。それにしても餌とボウルと……ってやってるとけっこうな量だよな。本当に持ってってもらってもいいんだろうか。俺もやっぱ荷物持ちとして一緒に行った方がいいんじゃないか？

覚悟を決める為に相川さんにＬＩＮＥをしたが、「大丈夫ですよ。ご安心ください」と返されてしまった。まぁ相川さんが相当鍛えていることは俺も知ってるけど（泊まりとかだとフツーに一緒に着替えするし）、俺の情けなさが際立ってなんか落ち込んだ。俺って面倒くさいヤツだなぁ。

「サノー？」

首を垂れていたらユマがトットットッと近づいてきて首をコキャッと傾げた。

「ううううう……ユマ～、かわいいぞ～！」

「ヘンー」

「ウルサーイ」

おいこらお前らそこへ直れ。

ちょっとポチとタマに殺意が湧いた夜だった。（返り討ちにあって俺が餌になるのは必定である）

……早く起きてよかった。

今朝は起きて頭を振ってる間にまた襖（ふすま）がスパーン！　と開けられた。

「……タマ……」

チッとまた舌打ちのような音をさせてタマがトットットッと何事もなかったかのように戻っていった。だから開けっ放しにされると風が入ってきて寒いんだっての！

「タマー、襖閉めてけー！」

無駄だとは思うが一応文句は言ってみた。しょうがないので手の届く位置にあるハロゲンヒーターをつけ、「世界が寒すぎる」とぶるぶる震えながら着替えをした。この部屋はやっぱりどうにかしないと心臓に負担がかかるかもしれない。

山倉（やまくら）さん一家が引っ越したのは正解だったなと思った。年寄りにこの寒さはきついだろう。

今日陸奥さんたちが来るのはいつも通りの時間だから、朝食を用意してみそ汁を作っても時間が少し余るかんじだった。でもポチもタマもまだかなまだかな～と言うように外でうろうろしていた。気分は遠足前の小学生なのだろう。それなら早く起きるのもやむを得ないのかもしれないが、俺に乗っかって起こそうとするのは勘弁してほしい。

昨日収穫したので下の方の葉っぱしかない畑を眺めたりして、今日は豆腐屋に行ってこようかなと考えた。最近豆腐を食べていない。N町のスーパーで買ってきたのじゃあだめなんだよな。つか、手作りと比べられるものじゃないだろう。価格も大きさも工程も違うわけだし。

ちょっと反省していたら陸奥さんたちの軽トラがやってきた。ポチとタマがヤットキター！　とばかりに駆けていった。俺は手を振ってから家に戻り、みそ汁を温め始めた。

やがてにこにこしながら陸奥さんたちがやってきた。

「いやー、ポチとタマちゃんが迎えに来てくれるなんて嬉しいもんだなぁ。うちの孫なんざ帰ったって挨拶もしやがらねえ」

「お出迎えって嬉しいもんだねー」

「佐野さん、こんにちは」

「こんにちは、どうぞ上がってください」

お茶を出し、その間にスープ対応の魔法瓶を受け取ってみそ汁を入れる。ポチとタマの餌はタッパーに入れてボウルを一緒にしておいた。

「みそ汁のいい匂いがするね～」

さっそく戸山さんが反応した。

「一杯飲んでいかれますか？」

「うーん……やめておくよ。お昼の楽しみにとっとくね～」

「そんな……楽しみにするほどのものでもないでしょう」

俺は苦笑した。でも戸山さんにとってはそういうものらしかった。

「今日はちょっと昼に買い出しに行ってくるので早めに戻ってこられてもいないと思います」

「わかった」

「はーい」

「わかりました」

各々の返事を聞いて三人を送り出そうとしたら、

「佐野さん」

相川さんに声をかけられた。

「雑貨屋に、パッケージで小分けされた蒸し鶏(どり)が最近売られているのをご存じでしたか?」

「? いえ?」

「一個一個の値段が手ごろでおいしいですよ。試してみたらどうでしょう」

「はい、試してみます」

蒸し鶏ねぇ。もしかして最近流行(はや)りのサラダチキンとかいうやつなんだろうか。スーパーでも見かけるんだけど食べたことはないんだよな。

というわけで改めて見送ってからユマと出かける。まずは言われた通り雑貨屋に寄ってみた。

「こんにちは~」

「元気にしてたかい?」

「はい。おじさんもおかわりないですか?」

今日の店番はおじさんだった。

「なんか鶏肉のおいしいのがあるって聞いてきたんですけど」

「あ？　ああ、これだこれだ」

おじさんは冷蔵品の場所から小分けにされた鶏肉のパウチを持ってきた。

「？　これ、普通の鶏肉じゃないんですか？」

見た目が白いので皮がついているように見えたがそうではなかったらしい。

「養鶏場があるだろ？　あそこで鶏肉を蒸してちょっと味付けしたのを持ってきたんだよ。パウチしてあるからそれなりに持つしな。そういえば顔のいいあんちゃんが買ってったってうちのが言ってたかな」

顔のいいあんちゃんといったら相川さんのことだろうなと思った。

「あー……松山（まつやま）さんのところの鶏ですかこれ。じゃあおいしいはずですよね」

「今ならお試し価格で……こんなかんじだ」

「これは安い。五パック買っていきます。えーと、感想は松山さんに直接電話すればいいですか？」

「そうしてもらえると助かるかな」

養鶏場の松山さんのお宅もいろいろがんばっているらしい。とても嬉しくなった。

当初決めていた通り豆腐屋に行くといつも通り営業していた。

「久しぶりだねー」

「ご無沙汰（ぶさた）してます」

そう言いながら目についたものをどんどんカゴに入れていく。おからもまたオマケでどんどんといただいた。

「おからはニワトリも食べるんだっけ？」

「ええ、食べますよ。おかげで助かってます」

「こっちももらっていってくれるから嬉しいよ」

「養鶏場に下ろしてるんですよね」

「それでも毎日出る量が量だからね～」

「それもそうですよね」

おからはもらう人とか、使う人がいなければ産業廃棄物として処理するしかない。豆腐製造で出るものだからしょうがないとはいえ世知辛い話だ。おからクッキーも買った。

「また来てねー」

「はい、また伺います」

スンドゥブチゲ（豆腐チゲ）の素もまた買ってみた。今夜はチゲだな、と思う。換気扇をフルで回さないとタマに怒られるな、なんてちょっと思った。

「ユマー、おっちゃんち寄っていいかー？」

コッ！　とユマが返事をしてくれた。電話をすると二人とも家にいたので、ちょっと顔を出すことにした。

あれから何日も経ったわけではないのだが、なんとなく山を下りたら挨拶に行った方がいいんじゃないかなと思うのだ。

松山さんのところの蒸し鶏のパウチをお土産におっちゃんちに向かった。

「こんにちはー」

呼び鈴を鳴らしてガラス戸を開けようとしたら珍しく鍵がかかっていた。来客の予定がなかったから開けていないのだろう。

「はーい」

おばさんの声がして、ドタドタという音。そして玄関のガラス戸を開けたのはおっちゃんだった。

「昇平、なんかあったのか？」

「いえ、買物のついでです」

「そうかそうか。上がってけ上がってけ」

「じゃあお言葉に甘えて」

それほど長居するつもりはないのでユマには庭にいるように言った。畑まで行かせてもいいんだけど、万が一何かと遭遇してストリートファイトならぬフィールドファイトでもされたらたまったものではない。あ、でも畑で倒す分にはいいんだろうか。近いから処理しやすいし。なんだかだいぶうちのニワトリたちに毒されてきたなと思った。

「これ、買ったことあります？」

おばさんに蒸し鶏のパウチを二つ渡した。

「これサラダ用かしら？　初めて見たわ」

「雑貨屋にありました。松山さんが試しに出してるみたいですよ」

「あらいいわね」

どうやらおばさんのおめがねにかなったらしい。俺も今夜少し切って食べてみようと思った。

「お昼ごはん食べていくでしょう？」

「いえいえ。顔を出しただけなんですぐ帰りますよ」

とんでもないと手を振った。

「何か用事でもあるのかしら？」

「いえ、ないですけど……」

「じゃあ食べていきなさい！」

「はい」

というわけでお昼ごはんをご相伴させてもらった。おっちゃんが打った蕎麦をいただく。わざわざ天ぷらまで揚げてくれて、おいしかったけど恐縮した。

「天ぷらなんつーのは来客でもねえと揚げてくれねえからな。昇平、ありがとよ！」

おっちゃんが上機嫌で背中をばんばん叩いた。中身出そう。おばさんが庭までユマにごはんをあげに行ってくれた。ありがたいことである。

「本当に昇ちゃんのところのニワトリはイイ子ね～。また育ったんじゃない？」

「背の高さは変わらないんですけど……」

そのはずである。あんまり背が高くなると風呂に入れられなくなるし。

「そう～？　羽のせいかしらね～」

おばさんが首を傾げた。寒いから羽がふかふかしているのは間違いない。

「飼主とかってのは毎日見てるから成長はあんま実感しないもんじゃねーのか？」

「そうかもしれませんね」

確かに毎日見てるから変化はわかりづらいだろうと納得した。

ゴボウとニンジンのかき揚げがたまらなくうまい。小さい頃はあんまり好きじゃなくてさつまいもの天ぷらばかり食べていた気がするが、こういうのがたまらなくおいしいのだ。ってもしかしてこれきんぴらの材料だったんでは？

「そういえば陸奥さんたちはまだ昇平んとこの山を回ってんのか？」

「ええ、桂木さんの山の方まで行っているみたいです。うちのニワトリたちの方が獲物にこだわってるみたいで……」

なんか申し訳ないなと頭を掻いた。

「まあそうだろうな。寒い時期に獲物が獲れなきゃ死活問題だ。昇平んとこのニワトリたちはよくわかってるよ」

「？　そういうもんですか？」

「ポチもタマも立派な狩人だろ？　昇平を飢えさせないように働いてんじゃねえか」

俺はなんとも言えない顔をした。

俺ってやっぱりアイツらからしたら庇護対象だったのか。っていつから立場が逆転してたんだよー。

「……俺、もしかして働いた方がいいんですかね」

「金に困ってなけりゃ働く必要はねえだろ？」

「いえ……一応群れのリーダー的な意味でですね……」

おっちゃんが呆れたような顔をした。

「んなことしなくたってニワトリたちはお前のこと大事に思ってるよ。安心しろ！」

ガハハと笑いながら背を叩かれてやっぱり微妙だなと思った。もしかしてうちのニワトリたちにとっての俺ってニートみたいな立ち位置なのでは？　と思ってしまった。いかん、このままではいかんぞ。ちゃんと飼主としてがんばらねば！

って、何を？（自分でもよくわかっていない）

おばさんに天ぷらを少し分けていただいた。それで明日の朝は天丼にしようと決意した。（そこまでたいそうなものでもない）

「ユマー、付き合ってくれてありがとうな。帰るぞー」

ユマに声をかけて助手席に乗せて山に帰った。だいぶ背の高さがギリギリになってきたように思えた。

「ユマ……これ以上大きくなったら助手席乗れないかもしれないぞ」

「……エー……」

えー、って言われてもな。

座ってるともふっとしてるからいいんだが、乗る時がな。

家に戻ったけどまだ陸奥さんたちは戻ってきていなかった。スマホを確認したけど連絡はきていない。電波事情が悪いところに向かっているから何かあっても連絡できないだろう。トランシーバーとか誰か持ってないのかな。まぁでも、あの三人になにかあったらポチたちが全力で呼びに来る気はする。

買ってきたものを冷蔵庫にしまったりしてからお茶を淹れた。おばさんが作ってくれた天ぷらおいしかったなーと思っていたらＬＩＮＥが入った。

相川さんからだった。

「残念。今日も空振りのようです」

そうそう獲物なんて獲れるものじゃないよな。

「お疲れ様です」

そう返し、彼らが帰ってくるのを待つことにする。

ほどなくして陸奥さんたちが戻ってきた。先頭にいるポチのとさかが心なしか力を失っているように見える。

毎回獲物が獲れるわけではないと知っていても、獲れないとテンション下がるわな。

「お疲れ様です、おかえりなさーい！」

声をかけると陸奥さんたちが手を上げた。うちに入ってお茶を淹れる。

「いやー、さすがに遠いな」

「遠いね～」

「枯草が困りましたね～」

いろいろ片付けをし、コタツに入ってお茶をすすりながら陸奥さんと戸山さんがぼやく。魔法瓶など洗う必要があるものを受け取って洗う。うちの裏山から行くと桂木さんの土地はほぼ平地だ。桂木さんではなかなか草など刈ったりできないので冬は枯草で足が取られるようだった。

「んー、ってことは草刈りしに行った方がいいですかね」

「……一応待ち伏せが基本ですからそれほどは気にならないかと。ただ、シカには逃げられるかもしれませんね」

「あー、そうですよねぇ……」

逃げ足が速いしな。

外を眺めると、ポチとタマが不満そうに枯草をつついていた。こんなに寒いのにどこかを開けておくことに慣れてしまったなと思う。陸奥さんたちはコタツに入っているから家の戸が開いていても文句は言われない。

寒いは寒いけど昼間だから底冷えがするかんじではないし、まぁ許容範囲だ。

「……明日はどーすっかな」

「回る場所を考えた方がいいかもね～」

「……北側から回ってみます？」

「それもいいかもしれねえな。おーい、ポチ、タマちゃん！　作戦会議だ！」

表に向かって陸奥さんが声をかけるとポチとタマが駆け込んできた。スライディングしてきたような形だ。危ないっての。つかニワトリ交えて作戦会議ってなんだよ。お前らもキリッとしてココッ！　とか言ってんなよ。

いてもしょうがないのでユマと家の周りを適当に見て回ることにした。

ほどなくして明日の方針が決まったらしい。ポチとタマが意気揚々と出てきた。相川さんも一緒に。

「佐野さん、すみません」

「いえ？」

別に謝られるようなことはないと思う。

「明日は何狙いになったんですか？」

「一応はシカですね。その後イノシシを狙えたらいいかなと思ってます」

「だいたいいる場所は把握してるんですか？」

「シカはけっこう見かけますよ。こっちが見かけるってことは相手にも見えるので逃げられちゃいますけどね」

「あー、そういうことですか」

「ポチさんとタマさんがイライラするのもわかります」

「確かに」

見える場所にいるのに獲れないとかいらつくわな。うまくいくといいんだが。

「個体数がけっこう多いので、間引いた方がいいとは思うんですよね。村の方まで出て来るかどうかはわかりませんが、このままだと増えていく一方なので」

「そんなに多いんですか」

「ええ」

手付かずの平地で増えてしまったのか。なかなかに問題ではある。

「おそらくタツキさんも食べてはいると思うんですけどね。それでも冬は食べないみたいですから」

「ですね」

捕まえて食べるのが一番だ。そんなことを話して、その日はみな帰っていった。明日も似たような時間に来てくれるらしい。みそ汁は好評だったようなので、明日も用意することにした。

夜は換気を忘れずにスンドゥブチゲを食べた。それ用に作ったという柔らかい豆腐が口の中でくにゅっと溶ける。熱い、辛い、うまい。ニワトリたちの卵を加えたから味は絶品だ。うまいうまいと言いながらはふはふして食べた。キャベツの千切りに昼間買ってきた松山さんちの蒸し鶏を切って加え、ごま油と塩であえて食べた。うまい。直接買いにいこうかなと思った。

「はー……うまい。あれもこれもうまい」

ニワトリたちにはいつもの餌に豚肉をつけた。おからも多めに入れた。たんぱく質をいっぱい取らないと疲れるだろうし。

「シカ、獲れるといいな？」

ポチとタマが首を上げた。

「シカ、トルー！」

「シカ、タベルー！」

「タベターイ！」

「うんうん、がんばれよー」

応援しかできないけど、やる気があるのはいいことだと思った。

蒸し鶏が思ったよりおいしかったので松山さんに電話した。

「もしもし、明けましておめでとうございます。佐野です」

「もしもし？　佐野君か。おめでとう。餌が足りなくなったのかい？」

「いえ、餌はまだ大丈夫だと思うんですけど、雑貨屋で蒸し鶏を買いまして」

「ああ！　買ってくれたのか。ありがとう！　で、どうだった？」

「おいしかったです。日持ちがするならまとめて買わせていただきたいんですけど……」

「おお～、嬉(うれ)しいねえ！」

今日の明日というわけにはいかないけど数を言ってくれれば用意すると言ってもらえた。鶏肉の冷凍ブロックもほしいはほしいんだけど今日の蒸し鶏も切ればすぐに使えるので便利でいいなと思った。

「食べてくれたの～？　ありがとうね！」

おばさんが電話を替わったので感想を言ったらまたごはんを食べにおいでと誘われた。

「最初に蒸し鶏を知らせてくれたのは相川さんなんですよ。相川さんと一緒に今度お邪魔してもいいですか？」

「もちろんよ～！　必ず来てね！」

と言われたので今度相川さんとお邪魔することにした。

さて、手土産はどうしようかと考える。

松山さん宅に向かうのも今日明日の話ではないので、手土産については今度相川さんと相談することにした。

んで、翌朝である。

……起きるのがどんどん早くなるのはなんなんだ？　確かに俺も早めに寝るようにはしてるけどな。それにしてもタマが来るのが早すぎる。かろうじて身体を起こしたところでまたスパーン！と襖（ふすま）が開くとかもう、朝からホラーでしかないんですけど。これがまたさ、襖の取っ手を嘴（くちばし）で器用に動かして少し隙間を開けてから足でスパーン！　と横に向かって開けるんだよな。怖いわっ！

「タマ！　襖閉めてけってのー！」

「ムリー」

言いながら逃げてった。まぁ、うん。閉めようとするならこっち側から引かないといけないもんな、ってそういう問題じゃねえ！　寒いんだっつってんだろーが！

あー、寒い。

今日のみそ汁の具は豆腐とワカメにした。オーソドックスなのがおいしいよな。みそは豆腐屋で買ってきた。

「そういえば佐野君はみそ作りはしないの？」

と豆腐屋のおばさんに以前言われたがそこまでは、と断った。相川さんとかだと凝りそうな気もするけど俺はそれほどいろんなことにがんばれない。そう、俺はもろもろのことに中途半端なのだ。

そんなことをつらつらと考えていると陸奥さんたちの軽トラが入ってきた。で、昨日の通りにみそ汁を魔法瓶に入れて渡した。

「佐野君、ありがとうね～」

みそ汁は戸山さんがとても喜ぶ。そんなに喜ばれると作り甲斐があるよな。んで、ポチとタマが足をタシタシして待っている。さあ行くぞそら行くぞやれ行くぞとせかしているような音である。いいかげんにしろっての。傍らにいるユマを見る。ユマがなーに？　と言うようにコキャッと首を傾げた。うん、かわいい。

語彙力がないなどと言うなかれ。人は本当にかわいいものを見た時かわいい以外何も言えなくなるのだ。（個人の意見です）

「待たせてすまんな。さ、ポチ、タマちゃん行こうか」

コッ！　とポチとタマが返事をし、今日はタマを先頭にして出かけていった。殿はポチである。

ああやって陸奥さんたちを守ってるんだからえらいよな。そう考えると、うちのニワトリたちにとっても山中というのはやはり危険な場所なのだろう。感謝を忘れないようにしないとなと改めて思った。

それにしてもいい天気だ。

洗濯をして布団を干して、と家事をしつつ山の上が少し気になった。

「墓参りしてくるか」

ユマと共に墓のある場所まで行って、掃除をしたり線香を供えたりした。

「なかなか来なくて申し訳ありません」

手を合わせてから立ち上がり、山の上の方を見上げる。春になったら元庄屋さんのご家族が祠を持ってくると言っていたことを思い出した。息子の圭司さんは確実に来るようなことを言っていたけど山倉さんはどうするんだろう。最近寒いから腰の調子はどうだろうか。でも俺がいちいち連絡することでもないのかな。距離感、というのだろうか。どこまで踏み込んでいいのかが難しいなと思った。

さて、枯草などを一か所に集めてからどーしたものかなと思う。今の時期は燃やすわけにもいかないから、結局木々の多そうな、邪魔にならないところへ運んでいくしかない。こんな乾燥した時期に燃やしたらちょっとでも風が吹くと山火事になってしまう。

「また参ります」

線香の火を消して片付け、別れの挨拶をして家に戻った。冬の間はやることがないというのは本当だなと思った。

昼食をユマと食べてからは電子書籍を読んで過ごした。今は本屋に行かなくてもこうして書籍が手に入ってしまうのだから便利だなと思う。もちろん紙でほしいものは本屋に行って買うが、最近全然紙の本を買ってないなと思った。

「N町に古本屋ってあったっけ……」

本屋に行ってもいいのだが、古本屋があるなら古本屋を見て回りたい。最近本はすぐ絶版するから、まずは古本屋で探してからだ。だったら図書館に行けばいいんじゃないかって？　なんか自分の本じゃないと落ち着かないんだよ。別に書き込みとかはしないんだけどさ。って誰に話してんだ、俺。

どちらにせよ相川さんに聞くことが増えた。スマホでも調べられるんだけど、古い情報も残ってたりするから意外とあてにならなかったりもする。スマホの情報を頼りにして行ってみたら店がなくなっていたとかざらにあるわけで。

ユマは家の外で適当に過ごしている。

不意に表からコココッ！　と聞きなれない声がした。

「ユマ～？　どうした～？」

家の外に出たら、ちょうど陸奥さんたちが戻ってきたところだった。

「おー、佐野君。捕まえたぞ～！」

そう言って陸奥さんたちが持って帰ってきたのは小さめのイノシシたちだった。

「おめでとうございます！」

「途中の川でシカも沈めてきたぞ～！」

「うわー、すごいじゃないですか！」

今日は大猟だったらしい。戸山さんも疲れた顔はしていたが嬉しそうだった。ポチとタマがどんなもんだ！　と言うように首を上げている。

「獲物を捕まえてきたのか～、ポチもタマもえらいな！」

そう褒めたらツーンとされた。なんでだ。

「ただいま、佐野さん。ポチさんもタマさんも照れてるみたいですよ」

そうだったのかと納得したらタマにつつかれた。だからなんでだ。

イノシシもシカも、だなんてすごいことだと思う。

「イノシシはわしらで分けちまおう。シカはゆもっちゃんちに持ってくか」

「いいんじゃないかな～」

「それでいいと思いますよ」

陸奥さんたちがそんなことを言いながらコタツに入る。秋本さんにはすでに連絡をしてあるらしい。そうして秋本さんが来るまでまったり待つことにした。みんな、顔を綻ばせて喜んでいた。

「イノシシとシカだって？　大猟じゃないか！　いや～、むっちゃんやるなぁ～」

秋本さんがニコニコしながらやってきた。今回も結城さんと一緒に来てくれたようである。

「おいおい、わしの功績じゃあねえ。ここにいる全員がチームだぜ」

陸奥さんがまんざらでもなさそうに答えた。なんかどっかで聞いた科白だけどなんだっけ？

「シカは途中の川に沈めてきたので一緒に行きますね」

相川さんがポチと一緒に秋本さんたちを案内して出かけていった。タマはもう狩りはしたのでどうでもいいようだ。ユマと一緒にそこらへんの草や地面をつついている。もう少ししたら洗った方がいいだろう。

「そういえば途中の川ってどこらへんにあったんですか？」

「佐野君ちの裏山側だな。どうもその水を飲みにイノシシだのシカだのが来ていたようだぞ」

「裏山にも川があったんですか」

「ああ、その川が東の土地の方に一部流れていたみたいだな」

やはり水場というのは大事だ。それを求めて裏山と東の土地の境を動物が行き来しているらしい。

「それが動物を増やすのにも一役買ってたんですね……」

「そういうこったな。おかげで裏山の東側は木がうまく生えてないところもあったぞ。ありゃあシカが木の芽を食べ過ぎてるんだろうな」

「うわあ……」

シカも見た目はかわいいかもしれないけどやっぱり害獣には違いない。

「そういえば陸奥さんの土地の林、でしたっけ。あちらにも出るんですか？」

陸奥さんは苦虫をかみつぶしたような顔をした。

「あそこはよほど奥に入らねえと銃が使えねえんだよ。だから罠(わな)は設置してあるんだがなかなかかかるもんじゃねえんだよな。で、だ」

なんとなく言われることの予想がついてしまった。

「佐野君、今度ニワトリたちを何日か貸してくれ！」

「……即答はできないので、聞いてみます……」

うちのニワトリ大人気である。そろそろ日が暮れるかなという頃に相川さんたちが戻ってきた。頑丈そうな枝にシカをくくりつけて。ちなみにイノシシの血抜きは途中の川でしてきたというので、うちの近くの川に置いておいた。うちの中に入れるのはさすがに虫とかが怖いので。イノシシは子どもと大人の中間ぐらいの大きさのを三頭捕まえたようだった。それだけでもすごいことである。

さて、メインはシカである。角も立派ななかなかの個体だった。

「いや～、このクラスはすごいね。銃を使った痕もあるけど、この辺のズタズタになったところなんか……」

「あ、いいです。俺は聞かないんで」

秋本さんが運んできたシカについて話し始めたが、耳を塞ぐポーズをしてご遠慮願った。だってその傷九分九厘うちのニワトリがやったっぽいし。だからうちのニワトリはなんなんだよお。

「佐野く～ん、いいかげん現実を見た方がいいぜ～」

わかってる。そんなことはわかっているのだ。うちのニワトリたちの尾がやけに汚れているとか確認しているから理解はしている。それでも聞かされるのと聞かされないのとでは大違いだ。というわけで秋本さんの揶揄は無視してポチの尾を洗った。うん、このトカゲっぽい尾って勢いよく当たったらめちゃくちゃ痛いよな。覚えがあるだけに身震いした。

「じゃあこのシカは土曜日にゆもっちゃんとこへ持っていけばいいのか？　イノシシは明日麓まで持ってくるよ」

「ああ、ゆもっちゃんには連絡してあるから大丈夫だ」

いつのまに。

「明日はこの山の麓まで来るからよろしくな～」

もう時間も遅いので、秋本さんたちがシカやイノシシを運んでいく際にみんな帰っていった。帰る時に陸奥さんと戸山さんが、

「あー、いてえ……今頃筋肉痛か……」

「二日後にくるとかやだねえ」

と言っていた。本当に二日後に筋肉痛がきたらしい。忘れた頃にというヤツなんだなと怖くも思った。そこらへんのメカニズムってどうなってんだろうな。相川さんはピンピンしている。やっぱり運動量が違うんだろうな。俺ももっと動かなくては。

秋本さんが明日の午後にはイノシシの肉を持ってきてくれるというので、まずそれから分けることにした。内臓は明後日おっちゃんちにシカと一緒に持ってきてくれるらしい。急速冷凍しておいてくれるというのだから助かる。ありがたいことだ。

「ポチ、タマ、ユマ。明日はイノシシの肉は来るけど内臓は明後日だからな。明後日はおっちゃんちに行ってシカを食べるから。わかったか？」

「ワカンナーイ」

「ワカッター」

「ワカンナーイ」

「……タマ、ポチとユマに説明してやってくれ……」

どう説明したらいいのかわからない。つか、人に話すようにしゃべってる俺も悪いんだけど。

「ワカッター」

そういえばタマも本当にわかってんのかな。

「明日は内臓はないぞ。明後日、おっちゃんちに行ったらある。わかった？」

「ワカッター」

「ワカッター」

「ワカッター」

短く言い直したら今度はみんなわかったらしい。よかったよかった。

あ、内臓はないぞ、ってのはダジャレじゃないから。別に狙ってないから。ほら、ニワトリたちもわかってないし。誰にともなく言い訳をしながら、豚肉の生姜（しょうが）焼きを作って食べた。

明日は狩りはお休みらしい。みんなにはゆっくり休んでもらいたいなと思った。


翌日はゆっくり起きることができた。つってもニワトリたちの朝食に間に合う時間だけど。今日は何かあるわけでもないせいか、タマは起こしにこなかった。

冷凍してあったシシ肉は昨夜（ゆうべ）冷蔵庫に移しておいたので解凍はされていた。それを軽く湯がいてニワトリたちの餌につけた。それにしてもすごいアクである。アクを捨てて布などで濾（こ）せば、いいだしが取れるのかもしれないがそれは面倒だった。アクだけ取ってみそを溶いて汁の代わりにした。うん、獣臭い。

やってられないのでみそ漬けにしていたシシ肉を焼いてシシ肉丼にして食べた。まぁなんつーか贅沢（ぜいたく）だよなと思った。

朝飯を食べ終えたニワトリたちを外に追い出し、今日はポチとユマが出かけると言うので「いってこーい」と見送ってから家の中の掃除をした。特にやることがない日ではあるんだが、快適に過ごす為には掃除も必要だ。ちょっとサボっていたせいか奥の部屋にはほこりがうっすら積もっていた。

「今日はどーすっかなー……」

いい天気だしとタマと共に家の裏手から炭焼き小屋があるところに下りた。相川さんに、できるだけ枯れ枝を集めてほしいようなことを言われている。二月の炭焼きの準備だ。炭焼き小屋を中心として枯れ枝を一時間ほど集めた。腰が痛い。毎日少しずつやった方がいいなと思った。

枯草も刈ったりまとめたりとやっていたら昼になったので家に戻った。豚肉の残りをタマにあげ、俺は親子丼を食べた。親と子が合ってないけどな。こういうのって他人丼って言うんだっけ。卵はタマかユマのだし。漬物もうまい。

ごはんを食べ終えたところで秋本さんから電話がきた。これからシシ肉を解体したものを持ってきてくれるらしい。

「陸奥さんと戸山さんの分は相川君に預けることにしたよ」

「あ、そうなんですか」

「筋肉痛で死にそうになってるみたいでね」

秋本さんが笑いながら教えてくれた。

「ああ……あの時の……」

笑いごとではないなと思った。やっぱり身体を鍛えなくてはいけないだろう。でも鍛えるたってどーすりゃいいんだ？　ニワトリたちと走り込みか？　すぐ筋肉痛になりそうだ。

「タマー、イノシシの肉取りに麓まで行くけどどうする？」

「イクー！」

「取りに行くだけだぞ。その場で食べないからな」

「ワカッター」

イノシシの肉と聞いてキュルキュル喉を鳴らしているタマがちょっとかわいい。でもあんまり見てるとつつかれるからそっと目を逸らした。もう少しデレがほしいです。

軽トラに乗って麓まで行ったらまだ秋本さんは着いていなかった。柵の外に出てちょっと広くなっている砂利のところに軽トラを停め、タマを降ろす。

「ここで待ち合わせしてるから、遊んでてもいいけど遠くには行くなよ」

コッ！　とタマが返事をした。本当にうちのニワトリは頭がいい。

雪が降るって言ってたけどいつ降るんだろうな。実際降られたら降られたで困るんだけどさ。山から出られなくなるし。

そんなことを考えていたら軽トラが二台入ってきた。秋本さんの軽トラと相川さんのだった。

「こんにちは。わざわざこちらまで持ってきていただいてすみません」

「いやいや、佐野君たちはお得意様だからね。ここまで狩ってくれるのはありがたいよ」

「こんにちは」

秋本さんがパウチしたでかいシシ肉を三つ相川さんに渡した。

「ありがとうございます。のちほど置いてきます」

俺にはそれより一回り大きいのを一つくれた。

「え？　こんなにいただいていいんですか？」

「山の持ち主だからね。それにニワトリたちがいっぱい食べるだろう？」

秋本さんがニコニコしながら言った。タマがコッ！　と胸を張って応えた。そこって胸を張る場面なのか。

「ええまぁ、食べますね……」

「いっぱい食べて元気で長生きしてもらわないとね～。今日はタマちゃんかな？」

最近みんなうちのニワトリたちを見分けられるようになっている。タマが得意そうにクンッと頭まで上げた。

「……そうですね」

秋本さんの言葉がストンと入った。いっぱい食べて元気に暮らしてもらわないとな。大事な家族なんだし。

「相川君、陸奥さんたちの具合はどうだって？」

「筋肉痛が一気にきたみたいですね。獲物が獲れてほっとしたからなおさらなんじゃないでしょうか」

「ああ～、そういうのもあるかもね」

どうやら陸奥さんも戸山さんも布団で痛い痛いと唸(うな)っているらしい。年寄りの冷や水という言葉が浮かんだ。何気に俺がひどい。……まぁでも普段はそこらの若者よりも元気だけど。

「ありがとうございました。シカは明日ですよね」

「うん、ゆもっちゃんちに内臓も一緒に運んでいくからよろしくな。いや～、イノシシもシカもたくさん食べられて嬉しいよ。シカはこちらで一部買い取りするから解体費用はそれでチャラでよろしく！」

「えええ」

お金を払おうとしたのだが財布を出した手を押し戻されてしまった。

「そんなにシカ肉って売れます？」

「個体数は増えててもなかなか狩れる人がいないからね。N町のジビエ料理の店主が喜んでたよ」

「それならいいんですけど、ちゃんとお金はとってくださいね」

「大丈夫、利益はちゃんと出てるよ！　佐野君はいい子だなぁ～」

いや、いい子とかじゃなくて常識ではないのだろうか。なんか釈然としない。

そうして、明日の夕方おっちゃんちに向かうことを確認して別れたのだった。明日はシカ肉で宴会だ。

5. 降らなきゃ降らないで困るんだろうけど

嫌な予感はしていたんだ。たまたま昨夜は天気予報を見なかった。

寒い、というのか、朝起きた時暗くて、なんとも空気感が不思議ではあった。冬は元々静かなのだけど、本当に音がしなくて……。

「……マジか」

玄関の、すりガラスの戸の向こうがやけに白い。やだなぁと思いながら開けたら世界は果たして白くなりつつあった。

「雪……雪、かぁ……」

困ったなと思う。とりあえず寒いのでガラス戸を閉め、TVをつけた。時間的に天気予報に間に合ったようだ。

「えええええ」

ニュースで言ってる天気予報は平地のものだが、それでも明日いっぱいまで降り続くようだった。昼ぐらいに一度雪下ろしをして、雪かきをしながら出かけるべきだろうか。何もない日なら夕方雪下ろしをすればいいんだが。

「困ったなぁ……」

せっかくの宴会なのに。

「酒飲まないで明日は朝一で帰ってくればどうにかなるか？」

雪は積もると厄介だ。雨に変わってくれればいいんだが、この寒さでは雨は降らないと言われているようだった。朝食を用意してから考えることにした。

朝食を終えてスマホを確認すると相川さんからＬＩＮＥが入っていた。

「雪けっこう降りそうですが大丈夫ですか？」

「ちょっとどうするか考えているところです」

と返して念の為出かける準備をしておく。シシ肉はあるんだよな。でも内臓とかどうなるかな。
今日中止にした場合、明日も一日中降るみたいだから宴会は早くて明後日になるだろう。明後日になっても動けるかどうかは雪の降り方によると思う。下手したら何日も山から出られなくなるかもしれない。

「どうしたもんかな……」

判断が難しい。ネットで天気予報を眺めた。

経験の少ない俺が判断することの方が危険だと思い直して、相川さんに電話した。

「もしもし、すみません。予報だと雪が明日いっぱい降り続くようなんですけど、この場合山を下りた方がいいですかね？」

「下りた方がいいと思います。うちはリンが雪を投げ飛ばしていますが佐野さんちはそうはいかないでしょう」

「一番のネックは屋根の雪下ろしなんですよね」

「そうですよね……じゃあ」

相川さんの提案は、どこまで俺が彼におんぶにだっこなのかよくわかるものだった。

「いや、あの……上まで来てもらうのはさすがに……」

「でもそうしないとぎりぎりまで家にいられないでしょう。うちの屋根は熱で雪を溶かすからいいですけど、佐野さんちはそういう設備がありませんし」

「ニ、ニワトリたちに頼みますから、できれば麓まで来ていただけると……」

「わかりました。そうしましょう」

ということで、どちらにせよ甘えていることに変わりはないが麓までは迎えに来てもらうことにした。

「おーい、昇平大丈夫か～？」

その後すぐにおっちゃんから電話があった。

「うーん、大丈夫ではないですけど今日は行ってもいいですか？」

「ああ、秋本も来れるっつーしよ。昇平もアレだから山はできるだけ早く下りた方がいいぞ。木とか倒れて道が通れなくなったなんつったらたいへんだからな！」

言われてみればそういう問題もあった。台風の時に倒木があったじゃないか。

「……それもそうですね。酒は飲まないで朝一で帰るつもりではいるんですけど」

「ああ、明日は朝飯食ったら帰りゃあいい。それでなんか困ったことがあったら連絡してくればいいさ」

「おっちゃんちだって雪下ろしたいへんだろ」

「どーにかなるもんだ」

昔ながらの知恵みたいなものがあるんだろうか。くれぐれも身体(からだ)には気をつけてほしいと思った。

おっちゃんちに行くことは決まったのでほっとしたけど、ニワトリの飯はどうしたものだろうか。家の中で食べさせたりしたら掃除がたいへんである。そこらへんは行ってから相談することにして、箒(ほうき)だのなんだのを用意した。行きはポチたちに先行してもらって道路の雪を払ってもらうことにする。

「ポチ、タマ、ユマ～、また雪降ったんだけどさ、後で出かける時に雪かき頼んでいいか？」

「イイヨー」

「ヤルヨー」

「イイヨー」

なんか、タマのヤルヨーが殺るよーと言っているように聞こえて怖いなと思った。何を殺るんだ何を。昼飯をしっかり食べさせ、二時過ぎに屋根にうっすら積もった雪を落とす。思ったより降る量は多くないようだ。それでも二日間も降り続いたらたいへんなことになるだろう。あまり量が降りませんようにと山の上の方に向かって祈った。

そうしてからポチ、タマ、ユマの尾に竹箒の頭をくくりつけていく。これで尾を振れば雪が掃けるという寸法だ。でも尾だから、最初のうちは後ろ向きに進んでもらわないとなんだよな。つかニワトリって後ろ向きでは進めないんじゃ？　雪で滑らないといいけど、とちょっと心配した。

「よーし、じゃあ気を付けながら行くぞー！」

「オー！」

「オー！」

「オー！」

雪が少し積もってきた。このまま降り方が変わらなければいいが、量が増えてくると厄介だ。

酒は飲まないこと、と自分に言い聞かせ、相川さんに「これから出ます」とＬＩＮＥを入れた。

相川さんからは「気をつけて来てください」と返答があった。相川さんのところも大丈夫かな。あちらはリンさん頼みだし。

そんなことを思いながらニワトリに先行してもらい、ゆっくりと軽トラを動かした。それほど道には積もっていなかったので拍子抜けするほど早く麓に着くことができた。よかったなと思った。

相川さんもちょうど着いて、「大丈夫でしたか？」と声をかけてくれた。

「今のところはほとんど積もってなかったので。明日が心配ですよね」

相川さんが笑う。

「それは明日心配しましょう」

それもそうだ。ニワトリたちの尾から箒の頭を外して軽トラに回収し、おっちゃんちに向かった。

雪は全く止みそうもない。

村の道もまだそれほど積もっているというかんじではなかった。よかったなと思いながらおっちゃんちに向かうと、すでに軽トラが何台も停まっていた。そういえば今日は川中さんと畑野さんも来るようなことを言っていたなと、今頃になって思い出した。

軽トラを停めて、一旦ニワトリたちを降ろす。雪は降っているが、そんなに激しくはないのでニワトリたちは普通にトットットッと動いていた。

玄関のガラス戸を開けて中に声をかける。

「こんにちはー！　ニワトリどうしたらいいですかー？」

玄関から続く土間からおばさんの顔が覗いた。

「あらー、昇ちゃん大丈夫だった？　ニワトリねえ……テントでも立てる？」

「あ、テントあります？」

ニワトリたちの食事場所をどうしようかと思ったのだが、どうやらポールを立ててタープを張る形のテントがあるらしい。すでにみんな庭に面した居間にいるらしいので、おっちゃんちの倉庫からテントを出し、結城さんと相川さんに手伝ってもらいながらテントを立てた。ビニールシートを敷けばニワトリたちがごはんを食べる場所の完成である。ごはんの準備が整うまでは畑まで行っていてもいいと許可をもらった。

何故（なぜ）かニワトリたちはヒャッハー！　と言いそうなかんじで畑まで駆けていった。そういえば今日は表に出すどころじゃなかったもんな。だからって人んちで暴れるなよ。頼むから畑も荒らさないように。それから山にも登らないでください。

「呼んだら戻ってくるんだぞー！」

聞こえてるんだか聞こえてないんだかわからないがとりあえず怒鳴っておいた。ユマが一瞬立ち止まったから聞こえたんだろう、多分。

庭から居間に入ると、みな改めて「おー」と声をかけてくれた。

「陸奥さん、戸山さん、筋肉痛がひどいって聞きましたけど大丈夫ですか？」

とりあえず二人のコップにビールをついだ。まだ漬物しか座卓には載っていないが、すでにみんなビールを飲んでいたようだった。

「ああ、久しぶりにあちこちが痛くなってなぁ。どこもかしこもいてえから昨日はうんうん唸りながら寝てたんだ。そしたら家内のやつに年寄りの冷や水だあなんだと、こんこんと説教されてよ。全く、参ったよ」

陸奥さんが苦笑しながら言う。

「うちも似たようなかんじだったかなぁ。相川君がシシ肉を持ってきてくれたから説教がそこで終わったけど、筋肉痛よりお小言の方がつらいねえ」

戸山さんはそう言って笑った。

「そうでしたか。で、肝心の筋肉痛の方は？」

「まだいてえなぁ」

「まだ残ってるけど昨日ほどじゃないね」

「無理しないでくださいね～」

話している間におばさんが料理を運んできてくれた。白菜のくたくた煮、大根の煮物、大根の葉っぱと茎のサラダ、きんぴらごぼう、そしてシカ肉を甘辛く炒(いた)めた物が出てきた。

「まだまだ出すからいっぱい食べてね～。あ、昇ちゃんはこっちに来てね～」

「はーい」

相川さんに目配せして料理を確保してもらうよう頼む。おばさんについていってニワトリたちの分のごはんをもらい、二往復ぐらいしてテントの下のビニールシートにごっちゃりと置いた。

ニワトリたちを呼びに畑まで走る。すでに日は落ちて暗くなりつつあったけど、空が白っぽいのであまり暗いというかんじはしなかった。

「おーい！　ポチ、タマ、ユマ、ごはんだぞー！」

畑の手前で呼ぶと山側にいたニワトリたちがこちらを見た。そして間髪容(い)れずドドドドドと駆けてきた。俺も踵(きびす)を返して走る。あの勢いでぶつかられたら正直やヴぁい。雪は思ったより積もっていなかったから走れたけど、そうじゃなかったら多分こけていたと思う。それぐらい危なかった。

テントの下を示せば、ニワトリたちは素直にそこに入って食べ始めた。

「足りなくなったら居間の手前で鳴いてくれよー」

さすがにこの寒さでは窓を開けておくのは難しい。ニワトリたちはわかったというようにコッ！と鳴いた。それにしてもすごい量である。

そうしてから居間に戻ると、天ぷらとシカ肉の唐揚げも来ていた。

「カツレツも作るから楽しみにしててね～」

「はい、ありがとうございます」

とてもおいしそうだけど揚げ物のオンパレードである。相川さんがしっかり料理の確保はしてくれていた。

「相川さん、ありがとうございます」

「いえいえ。早く食べないと冷めちゃいますよ」

今夜は酒が飲めない分食べることに集中する。相川さんも今夜は飲まないことにしたようだった。

「うちは大丈夫だとは思いますけど万が一ってことはありますからね」

「そうですよね」

純粋に宴会が楽しめないってのもなんだかなあと思ったが、

「もー、なんでせっかくの休みなのに雪かなぁ～。降らなかったら少しぐらい佐野君とこの山に行きたかったのに～」

「しょうがないだろう」

川中さんが畑野さん相手に管を巻いていた。みんな雪が降って残念だと思っているようだった。

シカ肉の甘辛炒めは少し冷めてはいたけどおいしかった。揚げたての天ぷらとシカ肉の唐揚げがたまらない。

「あー、どれもうまい～……」

「それならよかったわ～」

おばさんがそう言いながら食べやすい大きさに切ったシカ肉のカツレツと小松菜の煮びたし、そして炒り豆腐を運んできた。もうなんていうかおいしいものだらけで雪が降っていることなんて吹っ飛んでしまった。ごはんがおいしいって幸せだと思う。

途中居間の窓の向こうからコケーッ！　と派手な鳴き声がして驚いた他は平和な夜だった。

これで明日は雪と戦えると思った。


翌朝、世界は更に白くなっていた。

テントは昨夜のうちに畳んだが、ビニールシートの汚れについてはそのままでいいと言われた理由がわかった。もちろん残った塊とかは昨夜回収したのだが、シートについた血などは洗わなかったのだ。シートが敷かれている場所はわかる。雪で洗って回収すればいいのだなと思った。

「……まだ降ってるのか……」

ぼうっとして障子の向こうを窺った。今日は早めに戻って雪かきをしないといけない。屋根が雪の重みで潰れてなければいいな。布団を畳んで顔を洗い、玄関の横の居間に顔を出した。

「おはようございます」

「おう、昇平起きたか。飯食ったら帰るんだろ？　たいへんだな」

「ええ。道が凍ったら動けなくなっちゃうので」

今日は暗くなるまで除雪作業だ。昼の間に止んでくれることを祈るが、そううまくはいかないだろう。相川さんもすでに起きていて、おかずを摘まんでいた。

「昇ちゃんおはよう。何食べる？　昨日の天ぷらが残ってるんだけど」

おばさんの顔が覗いた。朝から天丼かな。まぁ飲んでないから食べられそうだ。

「天丼にしてもらうことってできます？」

「いいわよ～」

「ありがとうございます」

昨日の野菜のかき揚げと、分厚いサツマイモの天ぷら、かぼちゃとレンコンの天ぷらがごっちゃりと載った丼が出てきた。野菜天の天丼だけどボリュームがすごい。ごはんもぎっちり詰めてくれたらしく、食べても食べてもなかなかなくならなかった。うまい。

「ごちそうさまでした。そろそろ帰ります」

お茶を飲んで一息ついてからそう言うと、「これ、持っていきなさい！」と言われて野菜を山ほど持たされた。

「また……こんなにいただいていいんですか？」

「山の上では何が起きるかわからないでしょう？　腐らせたってかまわないから持っていきなさい！」

「いや……腐らせるのはだめでしょう……」

でも相川さんとありがたくいただいた。今回は手土産を持参するヒマはなかったけど次は持ってこなければなと思ったのだが、

「シカのお肉、いっぱいありがとうね。おいしくいただくわ」

とおばさんは上機嫌だった。しかも昨日の残りだとシカ肉のカツレツだの、唐揚げだのももらってしまった。みんな飲むのが忙しくてそれほど食べなかったようである。

「二日目だから臭い？　が少し気になるかもしれないけど、めんつゆを濃い目にして卵とじにでもしちゃえば気にならなくなるわよ～」

「ありがとうございます」

あのシカ、かなり立派ではあったけどどんだけ肉が取れたんだろう。角もなかなかにカッコよかった。あの角は秋本さんが回収したらしい。

ニワトリたちは朝食をいただいた後表にいたようだった。雪の降り方は昨日と特に変わっていなかったので気になるほどではなかったのだろう。今日は残念ながら卵を産まなかったらしい。昨日のビニールシートを雪で洗って片付けておっちゃんちを辞した。

「僕は一度山に帰ります。多分なんともなっていないと思うので、その後佐野さんちに向かいますね」

「いえ、さすがに今日は……」

「うちみたいに除雪しなきゃいられないのがいるわけじゃないんですから、気にしないでください」

「……はい、ありがとうございます。お言葉に甘えます」

除雪しなきゃいられないのってリンさんのことだよな。そんなこと言って相川さんがぐるぐる巻きにされなきゃいいけど。

いろんな人たちに世話になりっぱなしだ。いずれお返しできる日が来るんだろうか。俺は内心嘆息した。

ニワトリたちを軽トラに乗せて一路山に戻る。林が深い場所は上に積もっているので道にはそれほど影響がない。でも木の枝などが雪の重みで折れているようなところはあった。雪が積もっているところはニワトリたちの尾に竹箒を結んで掃いてもらったりスコップで取り除いたりした。そうやって麓の柵のところまで進み、そこから先も地道に除雪していった。除雪車来てくれないかなと思ってしまうが、道もかなり狭いところがあるから来てもらっても通れないかもしれない。相川さんちは大丈夫かなとか思いながら汗だくになってざっと雪を捨てていった。

そうして柵を越えてから少し上がったところで相川さんが追い付いてきた。

「佐野さん、リンを連れてきました！」

「えええ!?」

まさかのリンさん登場である。

リンさんが軽トラから降りた。

「あ、あのぅ……リンさんお久しぶりです。今日はよろしくお願いします……」

「サノ、イイヒト。オテツダイ、スル」

「……ありがとうございます」

なんでリンさんが？　と頭に大量の？が浮かんだ。

「ザリガニだけじゃなくてシシ肉とかシカ肉もいただいているので手伝いをするって付いてきたんですよ」

相川さんが苦笑して言う。

「ああ、ええと、そうだったんですか……助かります」

そこから先はすごかった。

「佐野さん、ニワトリさんたちももっと離れてください」

相川さんに注意されて軽トラの後ろに移動すると、リンさんは雪の少し積もった道を上り、それから尾をぶんぶんと振り回して雪をどけていってしまった。

そういえば投げ飛ばすって言ってたっけ。

リンさんのおかげで、それから一時間も経たないうちに道路から雪が駆逐され、無事山の上の家に帰ることができた。多少屋根に雪が積もっていたので脚立を押さえてもらいながら雪下ろしをできるだけした。

「今日は本当にありがとうございました」

一通り済んでから、俺はリンさんと相川さんに深々と頭を下げた。

「いえいえ、僕もいつも佐野さんには助けていただいていますから」

「サノ、イイヒト。マタ、テツダウ」

ニワトリたちは自分たちがあまり活躍できなかったと思ったのか、竹箒の頭を尾につけたまま、まだ雪が残っているところを精力的に駆け回っていた。

大蛇はやっぱり怖いけど、大したことをしていないのに恩に感じてもらえるなんてありがたいなと思った。

今回リンさんに渡せたのは卵ぐらいだったけど（タマとユマのではない）、喜んでもらえたようでよかった。

「リン、今回もニワトリさんたちのおかげでシカ肉をいただいたよ。家で食べよう」

相川さんがリンさんにそう声をかけた。リンさんは頷くように頭を動かして、

「イツモ、アリガト」

と礼を言ってくれた。本当にリンさんは義理堅いなと感動してしまった。タマは俺のすぐ側に来た。ユマとポチは雪の中を好きなように過ごしているというのに。警戒しているかんじではないが、俺のボディーガードをしてくれるようだった。

リンさんには土間に入ってもらい、相川さんには簡単に用意した昼飯を食べていってもらった。うどんを茹でて、蒸し鶏をタマとユマの卵で閉じた親子うどんにした。

「やっぱこの濃厚な卵、たまりませんね～」

「おいしいんですよねえ」

二人ではふはふしながら食べた。雪はどうにか夕方にはちらほらという量になっていた。それでも雪かきをしていない場所には十センチメートル以上積もっているように見えたからそれなりに降ったのだろう。

夕方、相川さんとリンさんは帰っていった。この恩は絶対に忘れてはいけないなと肝に銘じた。

しかし……。

「まだ一月も中旬なんだよな……」

これからどれだけ世話になるんだろうか。もう少し雪対策を考えなければいけないだろう、そう切実に。

「雪国とかだと……除雪車だよな」

この辺りは山間部だからもちろん降る時は降るがものすごく降るというほどでもない。昨日今日ぐらいの雪ならタイヤにチェーンは巻いてあるから動けないわけではない。ただ道が凍結していたり、雪だまりがあったりしたら動かないかもしれないとは思う。とにかく地道にスコップだのなんだのを軽トラに詰んでおくしかないのだろう。携帯用のコンロもあるといいかもしれない。お湯を積んでおく？　あんまり現実的ではないなと思った。

一番いいのは桂木さんのように冬の間は山から下りてしまうことだ。少なくとも孤立はしないだろう。

「でもなぁ……今のところはここがいいんだよな……」

寒いけど。

ニワトリたちに付いていた雪だのごみだのを払い、足湯を用意した。あんまり気持ちよかったのか糞をしたのでそれはすぐに表に捨てた。なんだか知らないけどうちのニワトリたちって自分の糞嫌いなんだよな。基本好き勝手にするのに。

ニワトリたち用にシカ肉をいただいてきたから、いつもの餌の上に切り分けて載せてやると嬉しそうに食べた。彼らが幸せなのが一番だと思う。

「今日もありがとなー」

夕飯はいただいてきたシカ肉の唐揚げ等を温め直して食べた。確かに二日目は臭いが少し気になったが食べられないこともない。ミンチにしたものなら食べられるだろうとミンチにしたものも持たされた。そぼろにするか肉団子にするか迷うところである。

と、こんなかんじで当たり前にイノシシもシカも食べてはいるが地元にいた時は口にしたこともなかった。山の幸もなかなか豊富だなと思う。

暗くなったので試しにガラス戸を開けたらもう雪は止んでいた。よかったな、と思ったけど今度はものすごく寒い。雪が止んだら寒くなるというのは本当だ。急いでガラス戸を閉めた。今夜は冷えそうでやだなぁと思った。

陸奥さんたちは明日一日休んだら、その後はしばらく相川さんちの裏山に向かう予定らしい。でもリンさんが雪を見て荒ぶっているからどうなるかわからないと相川さんが言っていた。目に見えるところに雪があるのが許せないらしく、行動範囲に見える雪はなくなるまで投げ飛ばしていくのだそうだ。すごいなぁと思った。

夕飯を食べた後ユマがトテトテやってきて、

「オフロー」

と訴えた。

「うん、入ろうな」

ユマさんかわいすぎです。昨夜は入れなかったもんな。

急いで風呂を準備し、ユマの足を拭いて一緒に浸かった。思ったより身体が冷えていたらしく、湯がじんわりと身体に沁みた。ユマも気持ちよさそうに目を閉じている。もう二人で入ると動けないぐらいだが、それでもぎりぎりまで一緒に入れたらいいなと思う。

「相川さんちみたいに外に作った方がいいのかな……」

ああやって作ればけっこうでかくしても大丈夫そうだ。薪で風呂釜を温める機械なんてのも相川さんは使っているから作ろうと思えば教えてくれるだろう。問題は、外に作ることになるので冬にそこまで向かうのに耐えられるかどうかだ。

「屋根をつけた渡り廊下を作って……ってやったらいくらぐらいかかるんだろうなー……」

木材は山で調達できるといえばできるだろうが、作り方とかうんぬんを考えるとそれほど現実的とも思えない。業者に頼んだ方が早そうではある。自分で作れと言われそうだがそこまでして広い風呂がほしいわけでもない。

そんなことを考えているうちに熱くなってきたので風呂を出た。

「ユマ～、これ以上育ったら風呂は無理だからな」

「ヤダー」

本当に、ニワトリってどこまで成長するものなんだろうか。つーかこれはニワトリの範疇(はんちゅう)なのだろうか。

湯冷めしないうちにユマも自分も拭いて早々に寝た。それほど雪かきに労力を割いたわけではないが、けっこう疲れたらしい。

布団に入ったらすぐに意識がなくなった。

おやすみなさい、また明日。


……寒い。ものすごく寒い。ハロゲンヒーターまで手を伸ばそうとしたのだが、寒くて布団から手も出せない。ああでもニワトリたちの飯が……。

ガタガタ震えながらどうにかハロゲンヒーターをつけた。

布団の中から出たくない。某コウテイペンギンの赤ちゃんではないが、そんな気分である。（二回目）

布団から出るってどうやるんだっけ？

真面目に考えてしまった。

ハロゲンヒーターのおかげで布団の前面が温かくなってきたので勢いをつけて起きた。……寒い。

今度から作業着も布団の中に入れて寝ようかと思うぐらいである。

ニワトリたちのいる土間兼台所兼居間は春のように温かった。俺の部屋のツンドラ気候とは雲泥の差である。いいんだ。ニワトリ大事だし。でもそろそろ俺もここに布団敷いて寝ようかなと思った。さすがにあの部屋は寒すぎる。

「おはよう、ポチ、タマ、ユマ」

「オハヨー」

「オハヨー」

「オハヨー」

挨拶（あいさつ）を返してくれる存在がいるというのはいいことだ。思わず笑顔になる。ニワトリたちの餌は倉庫から何日分か取ってきてあるので今朝は倉庫に向かう必要はない。雪が降っている間に運んできておいてよかった。やっぱ止むと途端に寒くなるんだよな。倉庫の中はちょうどいい冷凍庫状態だろう。夏もひんやりしているからいろいろ保管するのにいい場所だ。

タマとユマの卵を回収して感謝をする。たとえ卵を産まなくなったとしても大事にするからなと思う。

それにしても、有精卵は産まないのだろうか。ポチは異性として見られていないということなのだろうか。それとも時期とか関係するのかな。この寒い時期にひよこが生まれても困るので考えるのは止めた。

朝飯を食べ終えて、さあどうしようか。

ポチとタマは表へ出るようである。

「外すっごく寒いけど大丈夫か？　すぐ帰ってきてもいいからな？」

「デルー」

「デルー」

「イルー」

はいはい。ポチとタマは予定通り遊びに行くようだ。ガラス戸を開けたら二羽共普通に出ていった。寒さもそうなんだが今日は風が強そうだ。大丈夫かな、と思ったら戻ってきた。

「ポチ、タマ？」

「シメルー」

「シメルー」

「あ、行くのやめたのか」

さすがに今日はニワトリにとっても寒かったらしい。どうやら、一日家でのんびり過ごすことに決めたようだった。ＴＶをつけたら、「本日は今年一番の寒さです」と言っていた。さもありなん。

「今日はのんびりするか」

こたつに入ると眠くなる。昨日雪かきもしたことだしと、今日は完全に休暇日にすることを決めた。

まったりと思い思いに過ごし、昼飯を用意して食べ終えたら二羽はまた出かけると言う。

「大丈夫か？」

ガラス戸を開けてやったら表へ出て、そのままポチとタマは駆けていったので気温が少し上がったようだった。

「ユマは出かけなくていいのか？」

ユマにツーンとされた。なんでだ。

スマホを確認したら桂木さんからＬＩＮＥが入っていた。そういえばＮ町の方はどうなっているのだろう。

「雪降りました。そちらはどうですか？　リエが雪道を走るのは嫌だと泣き言を言っています」

気持ちはわかる。まだ教習の段階で雪道はとても怖いだろう。ましてこの辺りは雪が多い。どうせ免許を取るならやっぱり地元の自動車学校に通えばよかったのではなかったかと思ったが、地元にはストーカー元カレがいるわけで難しい。追いかけてこないことを祈るばかりだ。

「こっちも雪は降ったよ。十センチぐらい積もってる。妹さんについては長い目で見てあげな」

そう返してあくびをした。寒い時期っていつもより寝なきゃいけないんだったか。

「ユマ、ちょっと昼寝するから、ポチたちが帰ってきたらよろしくなー」

「ワカッター」

「頼んだ」

やっぱりニワトリが一羽は側にいてくれると助かるなと思った。そこをうちのニワトリたちも見越しているんだろうか。俺がどれだけ頼りない飼主なのかわかろうというものである。

昼寝をけっこうしたのだが、夜眠れないということはなかった。やはりそれなりに疲れていたらしい。ポチとタマは近くを散策していたようだった。それで気分転換ができたならよかったと思う。

翌日はそれほど寒くはならなかったので、ポチとタマが揚々と出かけていった。運動不足が敵であるかのようだ。相川さんからＬＩＮＥが来た。今日から陸奥さんたちと相川さんの山の裏山を回ることにしたらしい。

「宴会の際は声をかけますので是非来てくださいね」

「ありがとうございます」

と返した。桂木さんもヒマなのか一日一通はＬＩＮＥをよこした。俺はそれに適当な返事をするぐらいである。これからまだまだ雪が降るから、いつ山に戻れるかわからないというぼやきがあった。

「町にいる方が安全だよ、たぶん」

と返した。少なくとも雪の重みとかで木が倒れて孤立するなんてことはないだろう。

せっかくなので昼間は薪を作ることにした。切りやすい太さの枝打ちをして、使いやすそうな長さに切る。まだ薪というほどではないが千里の道も一歩からと考えることにした。枝打ちをして隙間を作ることが山を生かすことに繋(つな)がる。ユマに近くにいてもらいながら少しずつ枝を増やしていくことにした。

まだ雪の残る場所を眺めながら、山は平和だなとしみじみ思った。

6. ニワトリは大人気らしい（別の意味でも）

「陸奥さんが、ニワトリがほしいと言っています」

その週の金曜日、相川さんからわけのわからないＬＩＮＥが届いた。

うん、まぁ……なんとなく言っていることはわかるけど。久しぶりにニワトリ出張か。どうしようかなと思っていたら養鶏場の松山さんから電話があった。

例の蒸し鶏が大量に用意できたから買いにこないかという話だった。買いにくるついでに昼飯を食べていけという。おばさんが腕によりをかけて料理を準備してくれるそうだ。

ちなみに先日の雪による被害はそれほどなかったらしい。二日ほど続けて降ったけど量が思ったより少なかったから自分たちだけで雪かきができたようである。毎回そんなかんじで済むならいいんだけどな。

「相川さんに声をかけてから連絡しますね。そうだ、もらった電話ですみませんがニワトリの餌も買わせていただいてもいいですか？」

こちらの用件も伝えたら準備しておくと言ってくれた。それで一旦電話を切った。

「ニワトリの件は詳しくお願いします。松山さんちの蒸し鶏の準備ができたそうです。ごはんに誘われましたけどいつ行きますか？」

相川さんにＬＩＮＥを返したら電話がかかってきた。やっぱ電話の方が楽だよな。

「こんにちは。蒸し鶏いいですよね」

「ですね」

松山さん宅には二日後以降の日程で伺うことにして、ニワトリをどうしようという話になった。

「なんというか……贅沢を覚えてしまったらってかんじで。やっぱり僕たちだけだと効率が悪いんですよねー……」

「つってもうちのニワトリたちがそちらにお邪魔していいものなんでしょうか？　リンさんは？」

「リンはかまわないそうです」

「でも土地勘ないですよね」

「それは僕も言ったんですけどね」

どうしても、という話ではないらしい。

「いるはずなのに見つからないっていうのもありますね。もしかしたら昨年のうちにテンが根こそぎ狩ってしまった可能性はあります」

「ああ……」

小さめのイノシシぐらいなら丸飲みしそうだしな。だとしたら親イノシシはどこへ行ってしまったんだろう。

「ポチさんとタマさんてすごく勘がいいんですよ。僕たちが見つけられない痕跡とかも簡単に見つけてしまうんです。情けない話ですけどね」

図体はでかいけどよく地面はつついてるからな。それで周りは見えやすいんだろうと思う。

「そうですね……あとは聞いてみないことには」

今はまだ山の中を駆け回っているので帰ってきてからになるだろう。

「松山さん宅に行く際に聞いてもいいですか」

「ええ、どうするか決めるのは二ワトリたちですから」

自主性に任すというのは聞こえはいいがただの放任である。でもせっかくの機会だからいろいろな山に行ってもいいのではないかと思った。松山さんに二日後以降の日程ならいつでも、と伝えたらじゃあ三日後にという話になった。そうなると二十五日の月曜日になるかな。

松山さんちに行くと伝えてニワトリたちにどうするか聞いたら、今回は珍しく三羽とも付いてくることになった。雪でも降らなきゃいいけどと思った。

「手土産どうします？」

「また和菓子を買っていきますか」

というわけで村の端から端へ移動することになった。店がやってなかったらどうしようかなと思っていたけど開いていた。今回も真っ先に出てきたのは若い娘さんだった。

「こんにちは～」

「いらっしゃいませ～。あ、この間のお兄さんたち！　先日はいっぱい買っていただいてありがとうございました！」

「いえ。売ってくれてありがとうございます」

覚えていてくれたようだった。相川さんイケメンだしな。え？　俺は平凡だから覚えてもらえることなんてあまりないよ。自分で言ってて切なくなってきた。

「今日は何をどれだけお包みしましょうか？」

「どうします？」

「そうですね。いろんな種類を五つずつというのはどうでしょう」

「そうしますか」

仏壇へのお供えと松山のおじさんとおばさんが二つずつ食べられるといいかなと思った。

「じゃあ、まんじゅうと、大福と、お団子を買っていきますか」

「好みがわかりませんからみたらしとあん団子を両方買いましょう」

「その方がいいですね」

「ありがとうございます！　今お包みしますね～」

包んでもらって受け取る。それを相川さんに手渡したら、

「あ、あああのっ！」

娘さんがなにかに動揺したような声を上げた。顔が赤い。もしかして具合でも悪いのだろうかと少し心配になった。

「はい？」

「お二人は、その……いつも一緒に行動されてるんですかっ⁉」

「？　いえ？　今日はたまたまだけど？」

「そ、そうなんですか……」

娘さんががっくりと肩を落とした。すると何故(なぜ)か奥からおばさんが出てきた。

「これっ！　またこの子はっ！　あ、これよかったらお友達と食べてね！」

おばさんは何故か娘さんにげんこつを落とすと、俺たちにまんじゅうを一個ずつオマケだと言っ

て渡してくれた。

「？　ありがとうございます？」

「どうぞこれからもご贔屓に～」

なんだったんだろうと首を傾げた。相川さんは何かに気づいたようで、苦笑していた。一度軽トラから降ろしていたニワトリたちを回収して、松山さんの山に向かった。

結局あれはなんだったんだろう。

松山さん宅に着いてから改めて和菓子屋の娘さんの反応について相川さんに聞いてみたが、「さあ？　どうしたんでしょうね？」とはぐらかされてしまった。重要なことではなさそうなので忘れることにした。

松山さんの山に続く道はもうかなり雪が溶けていた。山に入ると雪はそこかしこに残ってはいたが進めないというほどでもない。ただちょっと雑なかんじはした。

「……雪かき、してった方がいいですかね……」

「そうですね。気になったところだけでもしていきましょうか」

そうは言ってもあれから何日も経っているので箒では掃けないだろう。安請け合いはできないのでとりあえず松山さんに聞いてみることにした。

「こんにちは～」

家の方に声をかけると、

「いらっしゃ～い」

というおばさんの声がした。

「佐野と相川です。ニワトリは好きにさせてもいいですかー？」

「養鶏場の方にだけ行かせなければいいわよー」

「ありがとうございますー」

　おばさんは手が離せなさそうだったので、ニワトリのことだけ聞いてみた。ニワトリたちに養鶏場の方には行かないように言い、帰る時間もあるから明るいうちに戻ってくるように伝えた。腕時計を渡してもよかったが、その時間、と言ったらその時間まで本当に遊んでいる可能性もあったからやめた。ニワトリたちはみんなツッタカターと遊びに行った。

「みなさんいらっしゃるなんて珍しいですね」

「ですよね。雪とか降らなきゃいいんですけど」

「佐野さん、それフラグですよ」

　あちゃー、と思った。これで本当に降ったら恨まれそうである。くれぐれもリンさんにはご内密にと言ったら笑われた。くそう。

　おじさんは養鶏場の方で作業していたようだった。養鶏場から出てきて、

「お！　佐野君、相川君来たか！」

　嬉しそうな顔をした。

「ご無沙汰してます」

　年末にお邪魔したっきりである。すでに一月も終わりだ。

「ご無沙汰ってほどご無沙汰でもないがなぁ。来てくれて嬉しいよ。なかなか人とも会わないからねえ」

と大歓迎された。

蒸し鶏とニワトリの餌の代金を聞いて先に払う。受け取りは帰りにすることにした。

「うちのが張り切って料理しているから食べていってくれよ」

「はい、いただきます」

家にお邪魔して手土産の和菓子を渡したらとても喜ばれた。和菓子を売ってる店なんて近所になかったもんな。

「わざわざ町まで行ってきたのかい？」

まだ和菓子屋の情報はきていないようだった。

「村の西の外れに和菓子屋ができたんですよ」

「へ～。でも西の外れっていったらけっこう遠いんじゃないか？」

「うちがほぼ西の外れなのでそれほどでもないですよ」

相川さんがそう言って、みんなで笑った。

「あら、和菓子なんていただいたの？　も～気を遣うことなかったのに～」

おばさんが嬉しそうに仏壇へ供えに行った。いただきものはまず仏壇に捧げるっていいよなと思う。そういえばまだうちも神棚を用意してなかったことを思い出した。春になったらホームセンターで買ってこよう。

お茶と漬物が出された。

「もうちょっとだけ待っててね～」

「おかまいなく」

蒸し鶏はやはりサラダチキンを見たことで思いついたらしい。参鶏湯が作れるのだからといろいろ試行錯誤したそうだ。でもまだ冬の間しか出せないと言われた。夏の間どれだけ持つのか保証ができないからだろう。

その蒸し鶏を食べやすい大きさに切って上に載せたサラダが出てきた。サラダのドレッシングは自家製のようだった。

「今日はいろいろ試してみたから食べてね～」

「はい、いただきます」

定番の唐揚げ、天ぷらの盛り合わせだけでもおなかいっぱいになるのにポトフも鍋いっぱいに出てきた。ひじきに大根の煮物、里芋の煮っころがし等もとてもおいしかった。やっぱり煮物はいいよな。

「鶏がうまい……うますぎる……」

日本人なら唐揚げだろうってぐらい唐揚げが好きだと、この家に来るとしみじみ思う。やっぱり自分のとこで育てているだけあって、どうやったらおいしくなるのかよくわかっているようだ。村のおばさんたちが作る料理には抗えない。相川さんと顔を見合わせた。

「足りなければまだ作るけど～？」

「いえ、十分すぎるぐらい足りています。大丈夫です！」

相川さんと必死で止めた。いいかげんにしないと腹が破裂しそうだ。

「そーお？　どうだった～？」

「すっごくおいしかったです！」

食べ終えて、食休みがてら雑談をする。今年は雪がまだ思ったより降らないせいかイノシシが近くまでやってくるそうだ。

「畑を荒らされるのも困るんだが、養鶏場に突っ込んでこられたら困るからな」

「それは確かに困りますね。猟友会には？」

「まだちょっと悩んでいるんだよ」

頼まれないことには相川さんも動けないだろう。本当にイノシシは困るなぁと言い合っていた。

そろそろ雪かきの話をした方がいいかなと思った時、表からクァーックァックァックァッ！　とニワトリの激しい鳴き声がした。

「⁉」

俺たちは慌ててガラス戸を開けて表へ出た。

「えええ⁉」

そこでは、どんなフラグだよと言いたくなるような光景が広がっていた。

噂をすればなんとやらというヤツだったのか。それともニワトリたちが追い込んだ先がこちらだったのか。

何故か家のすぐ近くで尾を振り回しているニワトリと、ブオー！　と断末魔の叫びを上げたイノシシが。

……ニワトリの狩りの様子とか見たくなかったよ、ママン。（誰）

クァ――――ッッ‼

勝利の雄叫びなんだろうか。倒れたイノシシの頭にも尾をバシン！　と当ててトドメを刺し、ポチがどうだ！　と言わんばかりに鳴いた。

「おおー、やっぱポチさんカッコイイですね～」

相川さんは平然として、にこにこしていた。みなでギギギとぎこちなく首を動かして相川さんを見た。

あれはいったい……。

「ああ、そういえばニワトリさんたちの狩りの様子って佐野さんも見ていませんでしたね。イノシシをこちらまで追い込んで狩るなんてさすがですよね。秋本さんに連絡してもいいですか」

「あ、ああ、かまわないよ？　なぁ、お前……」

「いいんじゃゃ、ないかしらね……？」

松山のおじさんとおばさんが顔を見合わせて返事をした。どうしたらいいのかわからないようである。相川さんはスマホを出すとすぐに秋本さんに電話をした。

東の山の養鶏場でニワトリたちがイノシシを狩ったということを相川さんが伝えたら、秋本さんの笑い声がこちらにも届いた。

「今倒したところなので何もしていません。とりあえず雪を被せておけばいいですか？」

相川さんの言葉にはっとした。獲った獲物はすぐに冷やした方がいいはずだ。俺と松山さんは急いでそこらへんの雪を取りに行き、キレイに見える雪をバケツいっぱいに入れてイノシシに被せていった。本当は倒れた反対側、イノシシと地面の間にも敷いた方がいいのだろうがでかすぎて動かせそうもなかった。

ニワトリたちが何をする⁉　とばかりにクァッ、クァーッ！　と鳴く。

「冷やさないと食べられなくなるんだよ！　内臓食べたくないのかよっ！」

と周りを跳びまわっているポチとタマを叱ったらおとなしくなった。正確には食べられなくはならないが生臭くなったりしてまずくなるのだ。なにせ血抜きもしてないからな。

ユマと三羽して少し離れたところでもう何かをつつき始めた。おばさんがはっとしたように野菜をニワトリたちにくれた。

「ありがとうございます」

「いやあ、たまげたねぇ……」

白菜の葉をニワトリに渡しながらおばさんが呆然（ぼうぜん）としたように呟（つぶや）いた。本当に魂消（たまげ）た、という様子だった。

雪はそこかしこに残っていたからイノシシはすぐに雪に埋められた。そうしてから道路の方の雪を持ってくればよかったなと思った。

「相川さん、ついでに、いいですか？」

「ええ、道の方もしてしまいましょう」

松山のおじさんとおばさんに恐縮されながら、道の雪ももう少し丁寧にどけた。ニワトリたちは近くに来て、しきりに首をコキャッと傾（かし）げていた。

「箒じゃもう払えないぐらい固くなってるからその辺にいてくれ」

手伝いたそうな様子だったからそう言って家の側（そば）にいてもらった。そうしているうちに秋本さんの軽トラが入ってきた。運転は相変わらず結城さんがしている。軽トラが停（と）まった。

「佐野君、ニワトリやるねぇ！　って君のところのニワトリでいいんだよな？」

「ええ、養鶏場の鶏では倒せないと思います」

「だよねぇ、思わず笑っちゃったよ～。養鶏場の鶏が参戦してたら、こちらが捌く前にヤられそうだもんなぁ。解体費用とかの話はどうすればいいかな」

秋本さんがかなりやヴぁいことを言う。

「あ、じゃあ僕が行きますよ。佐野さんに負担させるわけにはいきませんから」

「ええ？　うちのニワトリが狩ったんですよ？」

どこまで相川さんは俺に対して過保護なんだろう。

「佐野君はここで雪かきしててくれ。相川君と話するから」

「そんな～」

「よいようにしますからお願いします」

にっこりと笑んで言われてしまっては聞かざるをえない。なんでだよ、って思いながらそれからも黙々と雪かきをした。意外と集中してやってしまったらしく、秋本さんの軽トラが戻ってきてはっとした。

「お～けっこうキレイになったね～。またイノシシとかシカを狩ったらよろしく。詳細は相川君たちに聞いてくれ。またねー」

秋本さんは上機嫌でイノシシを運んで行った。

雪かきが一段落したところで戻ったら、相川さんと松山のおじさんとおばさんがまだ何か話しているところだった。

「一応雪かき終わりましたよ～」

「あらあ、いろいろしてもらっちゃってありがとうね～」

「佐野君、すまんなぁ」

「それより、イノシシってどうなったんですか？」

「そのことなんだけどね、明日の夜こちらに持ってきてもらおうと思っているのよ。でもけっこう大きなイノシシだったから残りは持って帰ってもらうことになっちゃうんだけど……」

おばさんはとても嬉しそうだ。

「ああ、そうなんですね。でも、解体費用とかは……」

きょとんとした顔をされた。俺別におかしなことは言ってないと思うんだが。

「うちの山で獲れたイノシシだろう？　もちろんうちが払うし、ニワトリたちには内臓だっけ？　思う存分食べてもらわないといけないな」

狩ったのはうちのニワトリだけど、畑を荒らしているだろうイノシシが退治されたことでとても喜んでいるようだった。とはいえ畑を荒らしているのは一頭だけとも限らないんだけどな。

「あら？　それともイノシシ全部ほしかった？」

おばさんが口に手を当てた。

「いえいえ、そんなことは全く思ってません！　ただ、うちのニワトリたちが勝手に狩ってしまったので……」

ダジャレではない。断じてダジャレではないぞ。

「あらぁ、そんなこと全く気にすることないわよ。むしろ狩ってくれてありがたいわ。本当に、佐野君ちのニワトリはすごいわねぇ」

その後、宴会の話になる。酒が入ると泊まりになるのだがそこまで人を泊めるスペースがないということで、俺と相川さんは泊めてくれるがそれ以外の人は自己責任だと言われた。一応何人誘ってもいいらしい。

酒が入ろうが入るまいが俺たちは暗くなったら帰れないので泊まるしかない。相川さんと顔を見合わせて考えることにした。その日はそこで辞し、ニワトリたちには明日の夜が宴会だと伝えた。みなウキウキして身体(からだ)が揺れ始めたのが面白かった。

「言ってることがわかるのって、本当に賢いわよねぇ」

おばさんが笑いながら言う。ちょっと乾いた笑いが出てしまった。

松山さん宅を辞す。

あ、そうだというように相川さんに聞かれた。

「陸奥さんたちに声をかけてもいいですか？」

「いいんじゃないですか？　陸奥さんち、ここから近いですよね」

「ええ」

なんだったら俺は飲まないで陸奥さんたちを送っていってもいいと思った。いつもお世話になってるし。

「今日は休みにしたので、ありがたいです」

「ああ……裏山ですもんね」

「ちょっとうちの山は勝手に入ってもらうわけにはいかないんですよねぇ。西側から山を回るようにして車で入れはするんですけど、僕がいないとさすがに……」

「そういえば裏山ではなにか見つけました？」

「イノシシの巣の跡っぽいのはあったんですけどかなり派手に壊されてたんですよね……」

思わず顔を見合わせた。やはりリンさんやテンさんが食べられるだけ食べてしまったのだろうか。

「害獣がいないのはいいことなんですがいやはや……」

相川さんは頭を掻いた。今日はもうアレなのでニワトリたちには後日頼むかもしれないと相川さんは言い、今日のところは帰宅した。

……尾を洗うのがたいへんだった。んなに興奮スンナ。

「えーい、ビチビチ動かすなー！」

「ビチビチー？」

「バチバチー？」

「バンバンー？」

バチバチとバンバンはどこから出てきたんでしょうか。うちのニワトリの語彙が増えててびっくりです。やっぱＴＶとかなのかな。擬音の種類も豊富でどうかと思う。

翌朝相川さんからＬＩＮＥが入った。

陸奥さんと戸山さんが参加するらしい。二人がお酒を飲むようなら俺が送ると言ったが、今日に関しては陸奥さんの息子さんが迎えに来るそうだ。大丈夫なんだろうかとちょっと心配になったけど近所といえば近所だから改めての顔合わせも兼ねているのではないかという話だった。行きは相川さんが迎えに行くという話でまとまった。

出かけるまでは家事をして過ごした。洗濯とか掃除とかは気が付いた時にやらないと溜まっていくものだ。ニワトリたちには太陽があの位置まで来たら帰ってくること！　と指さし確認して送り出した。ユマは例のごとく残ってくれたが、なんであんなに元気なんだろうなと遠い目をしてしまった。

「……あれ？　相川さんが迎えに行くって言っても、助手席ってどうしたんだっけ？」

確か相川さんちの軽トラも助手席の部分は座席を外しているのではなかったか。それに助手席をつけていたとしても二人は乗れないのではないかと思った。

「一応俺も声をかけた方がいいのかな？」

改めて助手席をつけないといけないいけど。

まぁ、何かあれば声をかけてくれるだろうととりあえず考えることを放棄した。

泊まりの準備をして昼飯を食べ、どーせ落ち着かないからと家の周りをユマと歩いて確認した。川の方まで行ったが、かなり手前で戻るのを余儀なくされた。川の側はまったく雪かきしていなかったのでけっこう凍っていて危なかったのだ。こういうのも考えなければいけないと思った。水、凍って出なくなったら困るし。

ポチとユマは思ったよりも早く戻ってきた。

「イノシシー」

「ハヤクー」

二羽でせかすなっての。羽をバサバサと動かし、足踏みしているような動きが面白い。

「まだ行っても食べられないと思うぞ。松山さんちに行っても奥まで行かれちゃ困るしな……」

暗くなったら帰ってこいと言えばいいんだろうか。じいっと睨（にら）まれて根負けした。俺も大概弱いよな。

「ニワトリがうるさいから早めに出ます」

相川さんにＬＩＮＥを入れ、松山さんに一応電話をしてから山を下りた。ポチとタマが嬉々として荷台に飛び乗ったのが面白いなと思った。ドーン！　というかんじで音は全然面白くなかったけど。

今日は手土産はいらないだろうか。後日持っていけばいいだろうと思い、一路松山さんの山へと向かった。

「すみません、早く来てしまって……」

「そうでもないぞ。もう秋本君たちがシシ肉を運んできてくれたからな。うちのが今台所で奮闘してるよ」

「ありがとうございます」

松山さんはご機嫌だった。ニワトリたちは準備ができるまで遊んでいていいらしい。もちろん養鶏場には近づかないように言っておいた。

「日が落ちる前にはここに戻ってこいよ」

ココッ！　とニワトリたちは返事をし、北の方向へ駆けていった。

あ、と思った。

「もう何も狩ってくるんじゃないぞー！」

返事がない。ただのニワトリのようだ。（昔のＲＰＧ風）

一抹の不安を覚えたが走られたら連れ戻すこともできない。あとは哀れなイノシシだのシカだのに遭遇しないことを祈るばかりである。

「……たぶんイノシシはまだいそうだけどねえ」

「そうですね……」

あの一頭だけということは考えづらい。ニワトリが向かった先を松山さんとぼうっと眺めていたら、軽トラが入ってきた。相川さんだった。

「こんにちは」

軽トラの荷台に珍しく幌（ほろ）をかけているなと思ったら、幌の中から陸奥さんと戸山さんが出てきた。

「松山の！　佐野君、この間ぶりだな」

「こんにちは～」

俺は相川さんをじっと見た。相川さんは照れたように笑った。

まぁ、村のお巡りさんは見て見ぬフリをしてくれるだろうからいいけどさ。（注：見逃しちゃだめです）

メンバーは揃（そろ）ったがまだまだ料理ができる気配はない。秋本さんは今日は参加しないようで、肉だけ運んで帰っていったらしい。

「そういえば、またイノシシとかシカを捕まえたら連絡してくれと言っていたよ」

松山さんがにこにこしながら俺に言う。

「なんで俺に言うんですかね……」

みんなではははと笑った。

全く、うちのニワトリたちは……。

えらいと言えばえらいんだけど、アイツらは欲望のままだからな。

油断しないでおこうと思った。

外で駄弁（だべ）っているのもアレなので、居間に通してもらった。居間からは駐車場が見えないので暗くなる前にニワトリたちを誘導する必要はあるが、それまで外で立っているというのもおかしな話だった。

お茶とお茶請けの漬物をぽりぽり食べながら、みんな何の気もなしにため息をついた。で、みなで顔を見合わせて苦笑した。

「いやあ〜なかなか狩りがうまくいきませんでな〜。失礼しました」

陸奥さんが頭を掻いた。

「そうなんですか。今年度はかなり狩ったようなことを聞きましたが」

松山さんが合わせる。

「いやあ〜ほとんど佐野君ちのニワトリに手伝ってもらってしまって。おかげで今年の冬は冷凍庫からシシ肉がなくならないぐらいですよ」

「それはすごいですね」

「こんにちは〜。挨拶（あいさつ）もしないですみませんね」

おばさんがお盆を持ってやってきた。一段落ついたらしい。棒棒鶏（バンバンジー）と、サラダが出てきた。

「お世話になります」

みんなでおばさんに頭を下げた。調理してくれる人には敬意を表さなければいけない。

「イノシシも使うけどうちは鶏屋だから鶏肉が多いのよ。いいかしら？」

「もちろんです!!」

みんな即答した。

「佐野君、ニワトリたちの分は準備できたわよ」

「わかりました。ありがとうございます」

相川さんに手伝ってもらって庭にビニールシートを張り、おばさんからボウルをいくつも受け取った。ありがたいことである。イノシシは健康体だったらしく内臓もしっかりあった。

「ここのところは百発百中ですね」

相川さんが嬉しそうに言う。

「?」

「たまに病気になっている個体を捕まえてしまうこともあるんです。そうするとやっぱり落ち込みますね」

「そうなんですか」

「病気になっていたイノシシの個体を見つけたら保健所にも連絡する必要が出てきますし、けっこう面倒なんですよ」

「ええ」

そんなことまでしないといけないのか。

「たまに一頭程度であれば報告しないこともあるんですが、さすがに二頭三頭と続いた場合は絶対に連絡しないとまずいですね」

「ああ……」

それはなんとなくわかる気がする。

「豚にも移る可能性が高いからですよね」

「ええ。養豚場の近くに病気のイノシシがいたせいで、なんてことになったら目も当てられませんからね。まぁ養豚場の豚はワクチンなどを接種しているとは思うのでそうそう伝染病にはかからないと思いますがゼロではありませんし」

「ですね～」

畜産農家もたいへんだ。

とりあえずボウルを並べてぼうっと待っていたらニワトリたちが戻ってきた。

ココッ！　と俺と相川さんの姿を見つけて声をかけてきた。

「ポチ、タマ、ユマ、おかえり～。ごはんの用意、できてるぞー」

ココココッ！　と鳴き、なんとも嬉しそうである。食べ方がなかなかにダイナミックなので被害を受けないようにとっとと庭から居間に上がった。

「？　あんなに遠くでいいのかい？」

松山さんがニワトリたちを眺めて不思議そうに言った。

「食べ方がけっこうワイルドなので、下手すると血とか飛んできちゃうんですよ」

「そうかあ、すごいねえ」

「お待たせ～、どんどん食べてね～」

シシ肉と鶏肉の唐揚げが出てきた。シシ肉は小さめに切られている。これだと食べやすくてどんどん腹に入っていきそうだった。大根と鶏肉の煮物や、野菜炒め、きんぴらレンコンに小松菜の煮びたしなどが出てきた。

「シシ鍋でいいんでしょう？」

「はい、ありがとうございます！」

イノシシは鍋がいいなと改めて思った。みそ仕立てのシシ鍋がとてもうまい。ビールも開けたがみんな食べ物に集中してしまった。

「いやあ、佐野君ありがとうね。こんなにたくさんシシ肉を食べたのは久しぶりだよ」

「身体が温まっていいわよね～」

松山のおじさんとおばさんに喜んでもらえてよかった。

「……それはよかったです」

もちろん決して俺が何かしたわけではない。狩ってきたのはニワトリたちだ。ニワトリたちはイノシシの内臓も、肉も、更に野菜もすごい勢いで食べている。足りなくなれば言いにくるだろう。

「うちの山を回ってもらうってことはできるのかね？」

松山さんが陸奥さんに聞いている。

「依頼してくれれば来るが。その時は佐野君ちのニワトリにも同行を頼みたいな。もちろんニワトリたちには日当を払うぞ」

陸奥さんが言い、戸山さんと相川さんがうんうんと頷いた。

「えええ？」

どんだけうちのニワトリは買われているのだろうか。どちらにせよニワトリたちに聞く必要はありそうだ。

「やっぱり佐野君ちのニワトリは特別なんだな。うちの鶏たちじゃ、ああはいかないものなぁ」

「あんなニワトリばっかだったら困るよなぁ」

「返り討ちに遭いそうだよねぇ」

松山さんもいい塩梅（あんばい）に酒が入ってご機嫌だ。陸奥さんと戸山さんも顔が赤い。一度ニワトリがおかわり希望でクァーッ！　と鳴いたので、シシ肉をおばさんにもらった以外は楽しく過ごした。

陸奥さんと戸山さんについては陸奥さんの息子さんが来て回収していった。

「また鶏肉を買いに来ることがあるかもしれません。どうぞよろしくお願いします」

息子さんはぺこぺこしながら帰っていった。俺は相川さんに手伝ってもらってビニールシートを片付け、松山さんちに泊めてもらった。今日もおばさんの料理はとてもおいしかった。


松山さんちに初めて泊めてもらった。起きた時寝ぼけていたのかおっちゃんちと勘違いしてぼーっとへんな方向へ歩いていき、壁にゴインとぶつかったりした。それをたまたま土間にいたポチに見られてフイッと顔を背けられてしまった。ひどい。

ニワトリたちは先に朝ごはんをいただき、食べ終えていた。飼主が寝坊助（ねぼすけ）で申し訳ない。

朝ごはんは炊き込みごはんだった。そんなに飲んでいなくてよかったと思った。

ニンジンと油揚げ、鶏肉の炊き込みごはんである。幸せだ。豆腐と白菜のみそ汁が胃に優しい。

おかずは親子丼ならぬ親子炒めだった。卵はタマとユマが産んだものを使ったらしい。大皿いっぱいになっていた。ニワトリたちの卵については昨夜（ゆうべ）のうちにおばさんに伝えてあったので遠慮せずに使ってくれたようだった。産んだら、という話だったから産んでくれてよかったと思った。

「卵、使わせてもらったわよ～」

「はい、調理していただきありがとうございます」

別に俺の分はなくてもよかったけど、あったらあったで嬉しいものだ。

その親子炒めだが、一口目を食べた途端みんな目の色が変わった。鶏肉が最高で卵も最高なのだ。

朝から奪い合いになってしまった。卵と鶏肉は危険である。

「な、なんだこの卵は……濃厚で、それでいてもっと食べたくなる……」

「目玉焼き？　次は目玉焼きね……佐野君」

松山さん夫妻の目の色がまだ変わっている。

「一日一個しか産みませんし、うちのニワトリたち以外でこんなにでっかいのは見たことありませんから」

二人の肩が落ちた。

「そうだよなぁ……」

「そうよねぇ……」

相川さんはマイペースにもりもり食べている。この人も大概元気だよな。ちなみにニワトリたちはすでに表へ出て遊びに行ってしまっている。寒いというのにとにかく元気だ。

「衛生管理もきちんとできてませんから、量産は難しいと思いますよ」

「でっかいニワトリかぁ」

「真面目に探してみる？」

それでも二人は諦められないようだった。鶏屋さんだもんな。でも卵は扱ってないわけで。

「雌もってなったらたいへんじゃないですか？　それにうちのは毎日山を回ってないとすぐに運動不足で眠れなくなりますよ」

「身体が大きいもんなあ」

「そうねえ」

納得はしてくれたようだった。おっちゃんちにニワトリたちを貸したことはあるけど、運動不足で眠れなくなって夜に騒いだっつってたもんな。広い田畑を一、二軒分駆け回ったってそうだったのだ。卵の為とはいえ複数飼ったらとても手に負えないに違いない。

「じゃあ佐野君、たまには泊まりに来てね。ニワトリたちも一緒に」

「佐野君、よろしくな」

「わかりました。おいしいごはん、期待してます」

現金だなぁと思いながら俺は笑った。相川さんは幸せそうな顔で、更に確保した親子炒めを食べていた。

「ここの鶏肉で作る親子丼、最高でしょうねぇ」

相川さんが呟く。冷凍肉ではやったことがあるけど、ここで買った肉をその日のうちにってのでは作ったことがない。

「佐野君、今夜も泊まっていきなさい！」

「佐野君、是非！」

だからなんて現金なんだ。

「帰りますよ～。近々陸奥さんたちが来るんでしょう？　その時にニワトリたちがよければ派遣しますから」

「もーわかってて言ってるわね～」

「それも大事だけどそれだけじゃないんだよ～」

朝からわいわいと楽しく過ごした。今日もいい天気だ。

土間などの掃除を手伝い、おじさんとおばさんが養鶏場に行っている間まったりした。

「相変わらず松山さんたちって面白いですね」

「ですね～」

商売人というかんじで、でも素朴で。いつまでも続いてほしいから次はいつ来るかなと考えた。餌も蒸し鶏も沢山買ってあるからしばらくは持つだろう。

そういえばニワトリたちに何時に帰ってくるようにとか言うの忘れた。畑程度ならすぐに飽きて戻ってくるのかもしれないが相手は山だしな。

「ニワトリたち、いつ帰ってくるかな……」

「山ですもんね」

「山なんですよね」

また他の動物とか狩ってこなきゃいいけど。ちょっとばかり心配になった。

夕方になる前に戻ってきた三羽は、何故かボロボロだった。

「……いったいどうしたんだ？」

何かに突っ込んだ、というかんじでもない。言ってしまえば別の動物と格闘してきたのかと聞きたくなるような状態だった。

三羽とも何故か不機嫌そうだし。

「ちょっと怪我してないかどうか見せてくれな？」

相川さんも一緒に三羽の羽を少し持ち上げて確認したりしたが特に怪我はしていなかった。俺はほっとした。ただ、羽や尾に黄色い毛のようなものがついていたり、灰色の毛のようなものも見えた。

「なんでしょうね？」

「なにかの生き物に遭って一緒に転がった、とかですかね？」

松山さんにも一緒に確認してもらったが、イノシシでもシカでもなさそうだった。かといってクマでもなさそうである。黄色、というとキツネだろうか。でもキツネにしては色合いがもっと明るいような気もする。灰色の毛を見て、「オオカミ？」と呟いたけどまさかなと一蹴した。

「なんだったんだ？」

疑問は尽きなかったが、のんびりしていると日が暮れてしまう為相川さんも一緒に松山さん宅を辞した。

「ユマ、なにかあったのか？」

助手席でお餅のように丸くなっているユマに声をかけたが、家に着くまで口を利いてはくれなかった。

不思議なこともあるもんだと思う。

帰宅してから羽などの汚れを落としたりと甲斐甲斐しくニワトリたちの世話をした。今日は特に

抵抗もなく、ニワトリたちはされるがままだった。素直に委ねてくれるのが助かるけど、素直すぎるのもちょっと心配ではある。

「今日は何があったんだ？」

夕飯の後改めて聞いてみた。

「デッカイノー」

「タベチャダメー」

「ヒト、イタ―」

「……お前らに聞いた俺がバカだった」

断片すぎて全くわからない。唯一ユマの言ったことだけが情報といえば情報だった。人がいたというとその山には所有者がいるわけだよな。

「松山さんちの裏山まで行ったのか？」

となると隣村の管轄になるんだろうか。いやだぞ俺は、ニワトリたちのせいで隣村と喧嘩(けんか)なんて。

でもあっちって確か国有林なんだっけ？　わからないな。

「ウシロー」

「オクー」

「ヤマー」

裏山まで行ったらしい。そのままどうにかこうにか話を聞くこと十分。

「裏山の先になにかでっかい生き物を見つけたから狩ろうとしたけど狩れなかった。知らない人が来たから逃げたってことでいいのかな？」

うちのニワトリたちに狩れない生き物ってなんだよ。でかいっていったらクマぐらいしか思い浮かばないぞ。

「ま、いっか。その生き物には今度遭っても狩ろうとするんじゃないぞ。心配だからな」

そう言って三羽の羽を撫でる。今日はタマも特に嫌がりもせず撫でさせてくれた。いつもこうならいいんだけどな。

いつも通りユマと風呂に入った。足が伸ばせないのがつらいけどユマと一緒に入る方が大事だ。気持ちよさそうに目を細めてくれるところなんか最高にかわいい。

「やっぱうちが一番だよな～」

相川さんちでも風呂は使わせてもらえるけどさすがにちょっと気を遣う。そういえば大きい風呂の作製はどーすっかな。作らなくてもいいんだけど、ユマがこの先も育つかどうかが問題なんだよな。

次の日はいつも通り過ごした。

相川さんからＬＩＮＥが来た。

川中さんがずるいずるいとうるさいらしい。しょうがないだろ、うちのニワトリがイノシシ捕まえちゃったんだから。

宴会に誘われなかったと文句を言っているようだが知ったことではない。陸奥さんは養鶏場が気になっていたみたいだから戸山さんも合わせて声をかけただけだ。大体、平日で泊まれないのにどうするつもりだったんだろう。

「今度はお知らせだけ事前にすることにしましょうか」

よほど文句を言われたらしく相川さんからこんなＬＩＮＥが入ってきた。

「そうですね」

お誘いは特にしないけど。こういうことがあるというのを先に知らせるぐらいはいいだろうと思った。

今日はポチとタマが遊びに行っている間に、ユマに付き合ってもらって炭焼き小屋の近くで枯枝などを集めていた。一応鉈(なた)やのこぎりなどを持って木々の余分だなと思う枝は切っていく。枝が重なってたら光が届かないだろうし。

「間伐って大事だよな」

木々を見上げて呟いた。この辺りは常緑樹が少ないから太陽の光が届いているが、夏もこんなに枝が重なっていたらだめだろう。腰に負担がこない程度に枝などを切っていった。

「相川さんにも見てもらわないとなー」

なにせ自己流だからよくわからない。ネットは見てるんだけどピンとこない部分もある。そこらへんは実践している人に聞くのが一番だと思った。

そういえば、と頼まれていたことを今頃思い出した。昨日ニワトリたちがボロボロになって戻ってきたことで頭から吹っ飛んでいたらしい。

いかんいかんと思いながら夜ニワトリたちに聞いてみた。

「相川さんちの裏山なんだけど、お前たちも行くか？　陸奥さんたちが来てほしいんだって」

「イクー！」

「………」

「イカナーイ」

珍しくタマが返事をしなかった。どうしたんだろうと思ってから、リンさんたちが苦手だったなと思い出した。

「相川さんの裏山ではリンさんにもテンさんにも会わないよ。陸奥さんたちもリンさんのことは知らないし、テンさんは冬の間は眠ってるしな」

「……イクー」

それならば、とタマも返事をした。ユマは興味がないらしい。

「ユマは？」

トトトッと近寄ってきて、

「イルー」

と言う。

「俺の側にいてくれるのか？」

「イルー」

ユマさんがかわいすぎてやヴぁい。絶対この子は嫁に出さない。（誰にだ）

相川さんにさっそくＬＩＮＥでポチとタマが相川さんちの裏山に行くことを知らせたら電話がかかってきた。

「いいんですか⁉」

「え、ええ……」

なんで食い気味なんだろう。ちょっと引いた。

「……すみません、今年は本当に何も見つからなくて……シカは見かけたんですけど逃げられてしまって……。川中さんには文句を言われまくるしでたいへんなんですよ……」

「お疲れ様です」

それはひどいと思った。主に最後の理由が。

「それで、いつからにしましょうか」

「明日からでもいいですか？　陸奥さんたちに連絡しておきますので」

「ええ……まぁ特に予定はないのでいいですけど」

よほど堪(こた)えているらしい。そんなわけで急きょ明日、相川さんちの裏山に行くことが決まった。

「明日行くからなー」

と伝えたら、

「イクー」

「イクー」

「イルー」

ニワトリたちから即座に返事があった。ユマは俺の助手席に収まってればいいんだよ。かわいいなと思った。

7. ニワトリたち、出張再び

相川さんちの裏山は、相川さんちの山の西側から車で入れるようになっている。舗装された道ではなく、砂利の道である。

「舗装はあえてしていません」

と相川さんは言っていた。勝手に入ってこられても困るからだろう。走った先は山だしな。西側からぐるりと上がったところで相川さんたちが待っていた。

「おはようございますー」

「おはよう、悪いなぁ来てもらっちゃって」

「おはよう～。ありがとうね～」

「おはようございます、佐野さん。わざわざ連れて来ていただいてすみません」

俺が挨拶（あいさつ）するとみんなにこやかに挨拶してくれた。陸奥さん、戸山さん、相川さんの順である。

ニワトリたちを軽トラから降ろした。

「おお～、ポチ、タマちゃん、今日もよろしくな～」

陸奥さんがすごく嬉（うれ）しそうだ。二羽はココッ！　と返事をした。もうなんでもありだよなと思う。

「ええと、今日はポチとタマを預けていけばいいですか？　帰りとかは……」

「帰りは僕が送りますよ。本当に頼ってばかりですみません」

「ええ？　いつも頼ってるのは俺の方じゃないですか」

相川さんの中での俺の株が上がりまくってて怖い。

「何も獲れなかったら獲れないで納得するので、何日かはお願いすることになると思います。ですから送るぐらいはさせてほしいんです」

「じゃあお言葉に甘えますけど……ポチ、タマ、帰りは相川さんが送ってくれるってさ。それでいいか？」

コッ！　とすぐに返事があった。それでいいらしい。

「暗くなる前にはお送りできると思います。事前にＬＩＮＥは入れるようにしますね」

「すみません。よろしくお願いします」

頭を下げ、ユマを再び軽トラに乗せた。

「ユマちゃんは佐野君が大好きだなあ」

陸奥さんが楽しそうに言う。

「そうだよね～」

戸山さんもにこにこしていた。

「ええ、ユマは俺が寂しがるから一緒にいてくれるんですよ～」

「ノロケたぞ」

「ノロケたね」

「いいですね～」

せっかく出てきたので雑貨屋に寄り、不足したものを買ってから山に帰った。今日は卵を買った。

今朝は珍しくタマとユマが卵を産まなかったのだ。そういう日もたまにはあると知ってはいるががっかりしてしまうのはしかたないことだろう。普通の卵も好きだから二羽の卵以外にも買ってはいるのだ。ぶっちゃけ卵かけごはんで十分だし。

今朝は朝ごはんを食べただけで慌ただしく出かけたから、家の周りの見回りは全然できていなかった。そう考えるとそんな時間に雑貨屋はよくやっていたなと思う。でも確かあそこの営業時間って九時から五時じゃなかったっけ。暗くなったらおしまいである。それぐらいの方が長く続くのだろう。

畑を眺める。まだ収穫できる状態にはなっていなかった。

「今日はどーすっかなー……墓参りついでに山の上に行けるかどうか見てくるか」

先日の雪の量はそれほどでもなかったし、あれから降る気配もない。なんというか不義理をしているのも申し訳なくて見に行った方がいいと思ったのだ。

墓までは普通に軽トラで行けたし、掃除をして線香を供えて手も合わせた。まだ春は遠いけれど、春になったらあなた方の子孫が来ますとお知らせしておく。

その後が本命だ。

「ユマ〜、上に登れそうなところってあるか？」

供える為の水は持参している。掃除をする為の雑巾なども持った。だけど何故か上に登れそうな場所は見つからなかった。

「？　なんでだ？」

以前はそんなことはなかったはずなのに、木が鬱蒼としている。冬なのに緑が沢山ということは常緑樹が生えているということだ。この間もこうだっただろうか。何故か記憶が曖昧だった。

ユマはあっちこっちと回ってくれたが、

「ダメー」

と言った。ニワトリでも上がれないってどうなってるんだ？　木々の向こうを見ても特に倒木などは見当たらない。なのに上がれない。

「……上がっちゃいけないってことか？」

ようやくそのことに思い至った。

「ユマ……だめなのか？」

「ダメー」

「そっか」

理由はわからないけどだめらしい。危ないからなのかなと勝手に思った。少し離れてみる。

「いつも見守っていただき、ありがとうございます。また春になったらご挨拶に参ります」

そう言って両手を胸の前で合わせ、心の中で精いっぱい感謝した。

家に戻ってから、やっぱり早めに神棚を買わなければいけないだろうなと思った。秋までは山の上に参拝できるだろうが、冬になると雪も降るし危なくて行くことができない。それでも神様は気にしないかもしれないが、なんか悪いような気がするのだ。

それともそういうことを気にしないようにと教えてくれたのだろうか。

「神棚は、また今度にするか」

ユマと一緒に昼ごはんを食べる。

ユマの餌にはシシ肉の切れ端も載っけてみた。とても嬉しそうな姿を見ると癒される。ポチとタマにお弁当を持たせてやればよかったかと今頃思った。相川さんが準備すると言っていたから甘えてしまったのだ。つか俺、甘えすぎ。

いろいろよくわからないことが多いけど、守られてるなとなんとなく思った。

暗くなる前にポチとタマは帰ってきた。

何も捕まえられなかったようだが機嫌はよさそうだった。不思議なこともあるものである。

「タダイマー」

「タダイマー」

「おかえり」

「オカエリー」

相川さんの軽トラの荷台から降りて、二羽は普通に挨拶すると畑の周りに移動した。

「送ってきていただき、ありがとうございます」

「いえいえ、これぐらいはさせてください」

「ニワトリたちの餌まで用意してくださり、ありがとうございました」

「情けない話なのですが……シカ肉が思ったより残ったので食べていただいてたんです。リンは食べ溜めをするので時々必要な分量がわからなくなるんですよ」

相川さんは申し訳なさそうに頭を掻いた。

「そうだったんですか。でもそのおかげで用意していただけたんですから、リンさんにありがとうなのかな」

相川さんが笑んだ。

「ポチさんとタマさんがよければ来ていただいている間はこちらでお昼を用意しますよ」

「ええええ。それはさすがに悪いですよ」

「お世話になっているんですから」

ポチとタマがトットットッと近づいてきた。そして何故か俺をつつき始めた。

「いてっ！　ポチ、タマ、痛いって！　なんでだっ？」

「シカー」

「シカー」

「えええええ」

なんてうちのニワトリたちは図々しいんだ。パパは恥ずかしいぞ！（誰）

「大丈夫ですよ。本当にたくさんあるんです。用意しておきますから」

「で、でも何も獲れなかったら……」

相川さんはきょとんとした。

「獲れなければそれで納得します。狩場を変えることにはなりますが、うちの山がだめでも狩場は他にもありますしね」

「それは、そうでしょうけど……」

そんなに豪華な飯をもらって、何も狩れなかったらどうしようと思うのだ。

「佐野さんが気にする必要はないんですよ。こちらが頼んでいるんですから」

「そういうことでしたら、お言葉に甘えます……」

ポチとタマは満足したように家の方へ走っていった。

「……すみません、うちのニワトリが……」

「素直でいいじゃないですか。純粋で、いいですよね。あと、これを」

「？　なんですか？」

ビニール袋をいただいた。

「ユマさんの分です。夕飯の時にでも足してあげてください」

「えええ、そんな」

「それじゃ、また明日お願いします」

シカ肉が入っているようだった。慌てて返そうとしたが相川さんは笑って受け取ってくれなかった。ユマがトットットッと近寄ってきて相川さんをじっと見つめ、

「アリガトー」

と言った。ユマよ、お前もか。

「どういたしまして、では」

相川さんは颯爽(さっそう)と帰っていった。くそう、お返しを何か考えなくては……。

「ってことでお返しに何をあげたらいいか考えてるんですけど」

翌日はおっちゃんちにお邪魔した。もちろんユマも一緒である。ユマはおばさんから野菜をもらった後畑に駆けていった。

「？　そんなのタマちゃんとユマちゃんの卵で料理でも作ってあげればいいんじゃないかしら？」

おばさんに言われて、あ、と思った。ちなみに今朝は二羽とも無事卵を産んでくれた。嬉しくな

ってタマに抱きつこうとして朝からつつかれてしまったのがつらい。ユマは抱きつかせてくれた。ユマはやっぱり天使だと思う。

「卵料理ですか」

「かにたまとかおいしそうよね～。なんたって卵が大きいものね～」

「そうですね」

そういえば中華料理っぽいのは食べていないかもしれない。養鶏場から鶏肉(とりにく)を買ってきて調理すれば更においしいだろう。ニワトリたちの出張が終わったら飯でも食べにきてもらおうと思った。

「昇平、この間まっちゃんのとこに行ったんだって？」

「ええと？」

「松山だ松山」

「ああ、はい。養鶏場ですね。行きましたよ、蒸し鶏が買いたかったもので」

「そうか。そん時ニワトリ共がどっか行って、ボロボロになって戻ってきたって聞いたんだが……」

そういえばあのボロボロ姿も松山さんに見られていた。しまったなぁと思う。

「ええ、そうなんですよ。何かでかい動物にでも遭遇したんですかね。確か黄色い毛とか、灰色の毛っぽいのがついていたんですけど……」

「ああ……あそこはなぁ……」

おっちゃんは難しい顔をした。

「松山の裏山のそのまた向こうは国有林で、しかも特別保護地区なんだよ」

「特別保護地区、ですか」

「ああ、狩猟制限がされてるっつったらわかるか？　そっちまで行くとまずい」

「となると、松山さんの山の裏山までが行ける範囲ってことですね。わかりました。ニワトリたちに伝えておきます」

「そうしてくれ」

相談ついでにお昼ごはんをいただいてしまった。なんとシシ肉のハンバーグだった。粗くミンチにしたものをハンバーグにして冷凍しておいたらしい。ある程度成形したものを冷凍しておくというのもいいよなと思った。

「シシ肉のミートボールってどうなんですかね？」

「濃い味のタレがあればいいんじゃないかしら」

やはり臭みが問題のようだ。おいしくいただいて、礼を言って戻った。

「あ。おっちゃんちの手土産～」

持っていくのを忘れてしまった。このうかつな性格をどうにかしたい。ユマがコキャッと首を傾げる。またそっと抱きつかせてもらった。ユマさんが天使すぎて嬉しいと思う。つい顔が緩んでしまった。（セクハラだって？　ほっとけ）

……なんつーかみんなに甘やかされすぎているよなぁとしみじみ思う。

現状が当たり前だと思わないようにしなくては。

相川さんの裏山ではイノシシの痕跡は見つかったものの姿は見えずという状態らしい。夕方、ポチとタマを送ってきてくれた時少し話を聞いた。

「それって……状況としてはどうなんですか？」

あまりピンとこない。相川さんも首を傾げながら答えてくれた。

「うーん……おそらく子育ての時に作った巣のようだったんですよ。だから最低でも一組は親子が近くにいるはずなんです。ただ……」

「ただ？」

「リンとテンが見つけて食べてしまっている可能性はあります。かなり派手に壊されていましたし」

「ああ……」

それはそれで納得である。

「相川さんの山って、イノシシとかシカは少なくなっているんですか？」

「……どうなんでしょう。住んでいる山を巡っているわけではないので、そこまではわからないんですよね。リンとテンが回っていますから特に調査らしい調査もしていなくて。裏山も今年はまだ回り始めたばかりなのですが、思ったより静かなんですよ」

それがどういった理由からなのかというのもわからないという。直感みたいなものなんだろうか。例年と違うところがあるかどうか。それを今は調査している最中らしい。

「ニワトリさんたちがうちの山に入るはずはありませんから、リンとテンが餌を求めて裏山を巡ったか、もしくは近隣の山の生態系が変化したかというところですね」

「そういうのも難しいですよね」

調査と一言で言っても簡単にできることではないだろうし。

「調査、という話なら俺も付き合いましょうか？」

「いえいえ、急いではいませんから大丈夫です」

断られてしまった。獲物を見つけ次第狩る予定なので狩猟免許を持っている人以外がいるのは困るようだった。

「それよりもあと数日はニワトリさんたちをお借りしたいのですがよろしいでしょうか。雪や雨の日はお休みにしますが」

相川さんたちから言わせると趣味みたいなものだから無理はしないようだ。うん、無理はしちゃいけないと思う。

「はい、それは大丈夫です」

うちのニワトリたちは雨だろうがなんだろうが外へ駆けだしていくけどな。この寒いのに泥遊びとかホント勘弁してほしい。ふと、相談しようと思っていたことを一つ思い出した。

「あ、そうだ。屋根だけつけた四阿（あずまや）みたいなものを作りたいと思っているんですけど、大工さんとか知りませんか？」

「四阿、ですか？」

「はい。いつも外でポチとタマを洗ってますから。この時期はお湯がすぐ冷めてしまうので、せめて屋根付きの建物があればもう少しやりやすくなると思うんですが……」

寒かったらビニールシートでも張ればいいしな。相川さんは少し考えるような顔をした。

「なんでしたら、僕がやりますよ？」

「えええ？」

「うちの風呂（ふろ）も僕が作ったので」

そういえばそんなこと言ってた気がする。

「でも、そこまで迷惑をかけるのは……」

「そういうことが好きなんですよ。湯本さんに大工さんを尋ねて見積もりを出していただいてもいいでしょうけど、僕でしたら材料費と佐野さんの手料理で引き受けますよ？」

「えええええ……」

俺の手料理って……男の料理なんだが。やはりタマとユマの卵を狙っているのだろうか。

「そうですね……ちょっと考えてみます」

でもよく考えてみなくてもテントでいいんじゃないかとも思った。ただ四阿っぽいのがあった方がいろいろ楽ではあるんだよな。なんとも悩ましい。

相川さんが帰った後、大きなタライにお湯を入れてポチとタマを洗った。家の前には大きめの濡(ぬ)れ雑巾(ぞうきん)を敷いてある。そこでみんな足を拭(ふ)くのだ。けっこう丁寧に拭いてくれるので頭いいよなと思う。単純にうちの中に汚れを持ち込みたくないだけかもしれないけど。

夕飯を終えておっちゃんに電話した。家の前に四阿っぽいのを作りたいから知り合いの大工を紹介してくれと言ったら、

「俺が作りにいってやるよ」

と言われた。田舎の人ってなんなんだろう。

「紹介してくれればいいんだけど」

「大工なんかいらねえだろ？　んなもん柱になる木と鉄板がありゃあ簡単にできらあ！」

「そうかもしれないけど……」

そんな簡単に作ったら台風の時季には壊れるじゃないか。

「あ、いいや。やっぱ折り畳み式のテント買います」

台風の時が問題だった。

「作ってやるっつってんだろー」

「ごめんなさい、お騒がせしました」

「ヘタレか！」

「ヘタレでけっこうです～」

ヘタレってこういう時に使う言葉だったっけ？　まぁいいや。

「まぁいい。四阿についてはいいとして、また顔出しに行くからな」

「前日に連絡してくれれば飯ぐらい用意しますよ」

「おう、ごちになるわ」

そんなことを言って電話を切った。相川さんにも断っておかないとな。

「オフロー」

ユマに言われて慌てて風呂の準備をし、一人と一羽で入った。やはり浸（つ）かると疲れが洗い流されていくようだ。ユマもいつも満足そうに目を閉じるのがかわいいと思う。

ニワトリって下から上に瞼（まぶた）が上がるんだよな。この動きはトカゲなんかもそうらしい。だからなんだってのはないんだが、毎日新しい発見があるのが楽しい。

「あれ？　裏山の獲物の件って……もしかしてリンさんに聞いた方が早いんじゃないか？」

そんなことを思った。

そんなこんなで、相川さんに断るということはすっかり頭から消し飛んでしまった。

翌日もニワトリたちを連れて相川さんちの裏山に向かった。

土曜日なので、陸奥さん、戸山さんだけでなく川中さんと畑野さんも来ていた。

「おはようございます～」

いつも通り挨拶したら、

「おはよう佐野君、なんか作りたいんだって？」

「おはよう～、材料さえあれば手伝うよ～」

陸奥さんと戸山さんがにこにこしながら言う。

「おはようございます。すみません……」

すでになんか作りたいという話が回っていた。いや、確かにあれば便利だとは思うけど。

「四阿でしたっけ？　材料はいくらでもありますし」

相川さんがにこにこしている。あ、と思った。

「……作りたいんですか？」

「はい。気分転換がしたいので、是非作らせていただこうかと」

ちょっと工作がしたいようだ。それにしてはでっかい工作だな。

「屋根は鉄板でいいと思うんですけどね」

「雪が降ったら困るので斜めにした方がいいですよね。屋根の補強にはプラスチック樹脂でいいのがあるのでそれを買って……」

「……予算はそんなに出せませんよ？」

「うちでも何か作ろうと思ってますから必要経費で」

「ちょっとちょっとちょっとちょっと……」

相川さんが暴走している。

「笑ってないで止めてくださいよ～」

「佐野君、諦めろ。なんか作りたがるのは男の本能だ」

「そうだよ～、手伝うからね」

そんなの初めて聞きましたよ。

おっちゃんには断ったという話をしたら、

「そんなこと言わずに！」

と手を握られてしまった。だからどんだけでっかい工作をやりたいのか。

指を二本立てた。

「……二万円しか出しませんから！」

こんなに安かったら引き受けたくないだろう。それも一人二万ではない。材料に何を購入しても、何日かかってもトータルで二万円しか出さないと公言した。さあ、この話はなかったことにと言うんだ。

と思ったのにみんなの反応は予想とは違った。

「え？　そんなに出してくれるんですか？」

「日当じゃなくて全部込みだろ？」

「え、ええ……」

「まぁいいんじゃないかな～」

うっそ。

相川さんにとっては多かったらしいし、陸奥さんはうんうんと頷(うなず)いているし、戸山さんも頷いた。

そして陸奥さんが電話をかけ始めた。

「ゆもっちゃん？　佐野君ちの話聞いたか？　わしらも手伝おうと思ってよ。何？　断られた？

気にせずに明日にでもこいこい！」

ははは！　と陸奥さんが笑う。何この連携力の高さ。

「……いいんですか？」

「佐野さんの手料理が食べられるなら！」

俺は相川さんにいったい何を期待されているのか。

「……親子丼しか作りませんよ……」

「できましたらタマさんとユマさんの卵でお願いしたいです」

全員で頭を下げるのはやめてほしい。

「……産まない日もあるんですよ」

「では明後日(あさって)以降で。材料は探しておきます」

「マジですかあ……」

ありがたいけど、ありがたいけどそれはどうなんだ。

「はっはっ！　佐野君、泥舟に乗ったつもりで待っているといい！」

「泥舟じゃ沈むでしょう！」

「こりゃあ一本取られた！」

取ってない。取ってないよ。みんなのテンションが高すぎる。ニワトリたちがマダー？　と言いたげな顔をしていた。

「佐野さん、材料が集まり次第連絡します。楽しみに待っていてくださいね」

「……ありがとうございます」

楽しんでいるのは相川さんたちだと思う。やることがあるのはいいことだからつっこまないけどな。

そこで昨日考えたことを思い出した。

「あ、そうだ。相川さんちょっと」

「なんでしょう？」

「こちらの山って、獲物の気配がないって言ってましたよね？」

「ええ」

「それって、リンさんに聞いてもわからないんですか？」

別にニワトリたちを貸すのは全然かまわないのだが、獲物が全くいなかった場合が怖い。何も見つからなかったとしても相川さんはニワトリたちに餌をくれるとは言っていたけど、そういう問題ではないのだ。

「相川君、まだー？」

「もう少し待てないのか」

川中さんに言われてはっとした。それを畑野さんが窘める。

「佐野さん、その件についてはまた改めてでいいですか？」

「ええ、大丈夫です」

ユマがマダー？　と言いたげに近づいてきて顔を寄せてきた。

「あ、ごめん。帰ろうか」

ユマが助手席に乗っているからと、できるだけ安全運転を心掛けて帰った。毎回のように見ている景色だろうに、ユマは窓の外をきょろきょろと見ている。速く動く景色を見るのが好きなのかもしれない。やっぱユマってかわいいよな～と飼主バカ全開で思いながら駐車場に軽トラを停めた。

ユマを軽トラから降ろして自由に過ごしてもらう。

そうしているとおっちゃんから電話がかかってきた。おっちゃんもやる気らしく、さっそく家の倉庫などで材料を探しているという。楽しいのはいいことだ。俺は遠い目をすることしかできなかった。

相談すればいいってもんじゃないよなぁ……。

親子丼かぁ親子丼。普通の卵で練習しないといけないな。どうせ食べてもらうならおいしい方がいいし。

冷蔵庫を確認した。冷凍庫に鶏肉は入っている。タマネギは倉庫に。めんつゆは……だしは……といろいろチェックしていく。なんだかんだ言って人が来てくれるのは嬉しいのだ。

「親子丼以外の料理、か……」

漬物はあるしみそ汁も作ればいい。

「あとは、煮物か……」

大根の煮物、おいしいよな。冬は水分をたっぷり含んでいるから煮込めば煮込むほど柔らかくなってとてもおいしい。きんぴらもいいな。松山さんちで食べたきんぴらレンコンがとてもおいしかった。レンコンと言えばレンコン農家さんか。自分で採るのは嫌だけど買わせてもらうことってできないかな？

そんなことを考えながら家事も終え、ユマと昼食を取った後は昼寝をした。ユマも少し疲れていたのか、土間で大きいお餅（もち）みたいになって寄り添ってくれた。ああもうユマさんかわいすぎる。

我ながらなんともいいご身分だよなと思う。あ、この言葉は自分で使う分にはいいけど人には使っちゃいけないからな！（俺は誰に向かって言っているのか）

夕方に相川さんがポチとタマを送ってきてくれた。今日も特に何もなかったらしい。

でもポチとタマはまた豪華な昼食を振舞われたのか、機嫌が悪そうには見えなかった。そして相川さんのにんまりが怖い。

「今日もありがとうございました。で、どこらへんに作りますか？」

声がウキウキしている。やっぱり相談するのもよく考えてしないといけないなと思った。

「えーと、玄関の手前……この辺りですかね」

玄関の目の前は邪魔になるから少しずらして家の横に設置できたらいいなと思う。そこだと家の周りの排水溝に洗った水が流せるので。ちなみに、ポチやタマを外で洗う場合できるだけ石鹸（せっけん）は使わない。環境に優しい石鹸とかも考えてみたことはあるのだが、なんか気分的に嫌だったのだ。

それはともかく、なんか結局作ってもらうことになってしまった。

「本当にいいんですか？　作っていただいてしまっても」

「いやあ……佐野さんの山で狩りをした時、汚れ物を一時的に置く場所があるといいかなーと思ったんですよねー。もちろんその日のうちに持ち帰りますけど」

外で足などを洗ってから上がるという配慮のようだった。確かにそうしてもらえると助かるかな。すのこをいくつも渡せばそのままうちに入ってもらえるだろうし。

「ああ……確かにそういう用途もできますよね」

「だから作らせていただけるとありがたいんです」

ニワトリたちの為だけじゃなくても四阿（あずまや）があると便利かもしれない。

「すみません、お言葉に甘えさせていただきます」

「いえいえ、作るのは好きなので」

相川さんはにこにこ顔で言った。材料が集まり次第連絡してくれるらしい。明日からしばらくはタマとユマの卵を使わないでとっておかなくては。

「話は変わりますけど、裏山の獲物の件に関しては今夜にでもリンに聞いてみます」

「お願いします」

「もし、なんですけど……僕だけでは理解できなかった場合佐野さんも一緒に改めて聞いてもらうことはできますか？」

「ええ、それはかまいません」

獲物がいないとわかっているところを回るほど不毛なことはないと思うし。

相川さんが帰って、そろそろ寝ようかなと思った頃にＬＩＮＥが入った。

「リンが、いないと言うんです。詳しくは聞けませんでした」

やっぱりいないのか。でも理由がわからないってことなんだろうな。

いくらなんでも飼っている大蛇が「イナイ」と言ったところで、それをそのまま陸奥さんたちに伝えるわけにはいかない。やはり根拠というものが必要になってくる。

「佐野さん、明日でなくてもいいですから一緒に聞いていただけますか？」

「いいですよ」


二月になった。

一年のうちの最初の三か月は過ぎるのがとても早いってのを実感する。まぁでも今年は一月もすごく濃かった気はするが。

いきなり止めるということもできないのでその日もポチとタマを連れていった。夕方また相川さんがポチとタマを送ってきてくれて、

「明日で一旦終わりにしようと思います」

と伝えてくれた。

「狩りを、ですか」

「はい。リンが言っていたというのもあるんですが、あまりにも静かなんですよ」

「そうですか。じゃあ明日は……」

「お手数ですが、明日もよろしくお願いします」

明日もニワトリたちを連れていくことにはなった。

「あと、佐野さんよかったら」

と、手を出すように言われて出したら豆の入った透明の袋を渡された。

「？　なんですか？」

「今年は明日が節分らしいので、どうぞ」

「ああ！」

って明日は二月二日じゃないのか？　といぶかしげな顔をしてしまった。相川さんはにこにこしている。

「今年の節分は二月二日なんだそうです。詳しいことは調べてください」

「あ、そうなんですね。ありがとうございます」

もしかしたらこの炒り豆、雑貨屋で買ったのかな。小分けとかじゃなくて普通の大きさの袋でしか売ってなかったのかもしれない。ありがたくいただくことにした。

相川さんが帰った後、ニワトリたちに明日の狩りについて聞いてみた。

「明日で最後だって言ってたけど、相川さんから聞いたか？」

「キイター」

「キイター」

「明日行くのは誰にする？　一応最後だって言ってたし」

「イクー」

「イクー」

「イクー」

最後と聞いたらユマも行く気になったようだった。まぁそれもいいだろう。

「じゃあ明日は全員行くんだな？　俺はついていかないぞ」

「エー」

ユマが不満そうな声を発した。俺がついていけるわけないだろ。

「俺は狩猟免許、っていう生き物を狩っていい許可を持ってないんだよ。だから行ったらだめなんだ。みんなで行っておいで」

「……ワカッター」

ユマはしぶしぶ返事をした。イイ子だよなぁ。


翌朝である。いつも通り相川さんちの裏山まで三羽を送っていった。

「今日はユマも一緒に行かせてください」

「おお、おお、ユマちゃん、じいちゃんと一緒に行こうなぁ」

陸奥さんがニワトリバカじいちゃんになっている。コッ！　とユマが返事をした。タマがトテトテと近づいてきた。

「タマ、どうした？」

珍しくタマが身体（からだ）を摺（す）り寄せてきた。そして俺をグイグイと軽トラの方に押しやろうとする。早く帰れってことなんだろうか。

「わかったわかった、帰るよ」

そしたらタマは助手席の扉の前に移動した。

「えぇえ？　タマも帰るのか？」

ココッ！　とタマが返事をした。

「タマちゃん帰っちゃうのか？　じいちゃんは寂しいぞ」

ココッ！　とタマが陸奥さんに返事をした。

「三羽みんなで行けばいいじゃないか」

と言ったらつつかれてしまった。なんなんだいったい。

「なんかタマは帰るみたいです」

「そっか～。じゃあまたね～」

戸山さんに手を振られて、俺は頭に盛大に?を浮かべながらタマと共に家へ帰った。やっぱなんか俺、ニワトリたちに守られてないか？

家に帰ってから、どうもニワトリたちは俺の護衛のつもりらしいと気づいて、ちょっとショックを受けた。やっぱり俺は頼りないのか……。ニワトリに頼られたい人生だった。（意味不明）

「タマー、なんで一緒に帰ってきたんだ？」

「ダレカ、イッショー」

「そっか」

やっぱり三羽のうちの誰かは俺と一緒にいなければいけないらしい。あれ？　そのわりにうちの山以外ではけっこう自由だよな。ニワトリたちにはニワトリたちなりの考えがあるらしい。

じゃあユマを促さない方がよかったのだろうか。だがそういうことでもなさそうだ。

それよりも。

「タマ、いつもありがとうな。とても助かってるよ」

タマはうちに戻ると、家の周りをすぐに散策しだした。

今日はどうしようかな。今日で最後ってことだったらと、炭焼き小屋に向かった。周りの木の枯れ枝などを取っておくことにした。紐(ひも)で束ねて相川さんが来たら持って帰ってもらうことにしようと思ったのだ。タマは俺の側を離れなかった。

昼はシシ肉を解凍してタマに出した。もちろん少し温めて食べやすい温度にしてからである。冷たいのをそのまま出しておなかが冷えたらたいへんだし。タマはいつもの餌と共においしそうに食べた。

リンさんに詳しく話を聞いてからなのだろうが、相川さんちの裏山にはしばらく行かないのかと改めて思った。それなのにユマに譲るって、タマは相当えらい子なのではないだろうか。(ニワトリバカ全開)ご褒美か、ご褒美……と思ったけど何も浮かばなかった。また今度考えることにする。


午後のまだ早い時間だが、相川さんからＬＩＮＥが入っていた。なんだろう、と思ったら。

「えええええ?」

俺は目を疑った。

イノシシは見つからなかったらしいが、シカを捕まえたという。

「シカかぁ、シカ……」

よかったなと思った。でもどういう経緯で見つけたんだろう。なんとなく紛れ込んだ形なのか、それとも群れのようなものを見つけたのか。ニワトリたちを送ってきてくれる時に教えてくれるだろうと、はやる気持ちをどうにか抑えた。

それにしても、シカと見たらステーキとか思い浮かべる辺り随分俺も慣れてきたなと思う。枯れ枝をまとめて駐車場の側に運んだ。炭も近々作るって言ってたしな。いろいろどうするのか聞いておかないと。

俺が落ち着かないせいなのか、タマもなんとなく落ち着かない様子でぐるぐるしていた。立ち止まってはコキャッと首を傾げたりしている。でもシカを捕まえたみたいだとかは伝えなかった。相川さんが来ればわかることだからだ。

でも俺がなんかそわそわしているのは察しているようなので、俺が落ち着かないとダメなのだなと改めて思った。

そうしているうちにまたＬＩＮＥが入ってきた。シカを取りに秋本さんが来てくれたのでニワトリたちを送ってきてくれるという。今度の宴会は陸奥さんちでやるそうだ。

「また後で詳しい話はします」

「ありがとうございます。お待ちしています」

そう返した。

それからポチとユマが帰ってくるまでに三十分もかかっただろうか。その間もなんとなくそわそわしていたせいか、意味もなくタマに二回ぐらいつつかれた。なんでだ。いや、なんとなくわかるけどすっごく理不尽だよな。

　相川さんの軽トラが入ってきた時はほっとして、つい顔を綻(ほころ)ばせてしまった。

「今回もありがとうございました」

　相川さんが晴れやかな顔で言う。助手席にはユマが収まっていた。ポチは荷台から当たり前のようにバサバサと羽を動かしながら降りてきた。二羽とも少し汚れていて、その爬虫類(はちゅうるい)のような尾も汚れていた。つまりそういうことらしい。

　ううう……やっぱり今回もうちのニワトリたちが活躍したのだろうか。喜ばしいことなんだろうけど、イノシシとかシカを狩るニワトリってなんなんだよ。怪獣大決戦かよ。これでクマまで出てきたらどうすればいいのだろう。

「相川さん、お疲れ様でした。ニワトリたちのお守りをしていただいてすみません」

「いえいえ。ポチさんとユマさんが気づいて先回りしてくださらなかったら捕まえられませんでしたから。お世話になっているのはこちらの方ですよ」

　にこにこしながらさらりと相川さんが答えた。どんどん狩りの仕方が洗練していっているらしい。そんなこと知りたくなかったよ、ママン。（誰）

「それで一応今日でうちの裏山を回るのは終えるんですが、明日うちに来ていただくことって可能ですか？　一緒にリンの話を聞いていただきたいので……。宴会は明後日の夕方から陸奥さんちで行いますので是非一緒に行きましょう」

「はい、明日も伺います。明後日の件もわかりました。いつもありがとうございます」

　相川さんは頭を掻(か)いた。

「いやぁ……自分たちがどれだけニワトリさんたちのサポートありきで動いているのかよくわかります。人間楽な方、楽な方へ流れるんだから困ってしまいますよね～」

「まぁ……猟犬とか連れて狩りをする方もいらっしゃるって聞きますから、別におかしなことではないと思いますけど……」

実際その方が楽だろうし。それにうちのニワトリたちは嫌がってないしな。猟犬ならぬ猟鶏ってところがちょっと引っかかるぐらいで。

闘鶏ってのもあったな。今は日本でも一部では禁止されてるんだったか？ 鶏自身が好んで闘っているならいいけどそうでなければひどい話だとは思う。今度そこらへんも調べてみようと思った。

「……そう、言われてみればそうですね。猟犬と一緒にしたら双方に失礼な気はしますが……」

うちのニワトリじゃ待てと言ったところで止まらないしな。訓練してうんぬんっていうよりかなり気ままだ。

「今回も内臓のほとんどはニワトリさんたちに差し上げる予定ですが、その……」

「ええ、病気の個体だった場合は早めに連絡ください。一頭だけでいたんですか？」

「なんとなく……更に裏の山から入り込んできたかんじではあったんですよね。だからうちの山自体には今のところいないようにも思えます。リンに聞いてからにはなりますが」

「そうですね」

動物の生態うんぬんといってもこちらが把握しているのはごく一部だ。もしかしたら観察しているうちに新しい発見があるかもしれない。

「そうだ。枯れ枝を集めておいたんですけど、持って帰られますか？」

「助かります。薪(まき)は十分集めてあるつもりなんですけど、狩りをしているとおろそかになってしまうので」

相川さんは嬉(うれ)しそうに枯れ枝の束を持って帰っていった。

「また明日お願いします。佐野さん、お昼ごはんを食べにきてください。ポチさん、タマさん、ユマさん、本当にありがとう」

相川さんはうちのニワトリたちにも丁寧に礼を言って帰っていった。

「最終日に何か獲れてよかったな」

「ヨカッター」

「ヨカッター」

「ヨカッター」

全会一致だった。（なんか意味が違う気がする）

暗くならないうちにとニワトリたちをざっと洗う。ユマは後で一緒に風呂(ふろ)に入るからいいけどポチは家の前でだけだから尾は念入りに洗った。けっこうがしがし洗ったつもりなのだが、鱗(うろこ)があるせいなのか痛みうんぬんはないようだ。この尾ってホント、どうなってるんだろうな。鎧(よろい)みたいなものなのかもしれない。

「シカってどっから来たんだ？」

「アッチー」

「コッチー」

「ソッチー」

「お前らなー……」

ニワトリたちがそう言いながら頭をそれぞれ別の方向に向ける。

コントじゃないし、タマが狩ったわけでもないだろう。ノリがいいんだか悪いんだか。つい笑ってしまった。うちのニワトリたちは本当にかわいくて楽しい。

よくつついてくるけど、噛まれたことはない。あ、でももっと小さい頃はあったか。それこそ、まだニワトリとヒヨコの中間ぐらいの時に噛まれて血が出たんだよな。あの時はびっくりした。ニワトリたちも驚いたようで、それ以来噛まれてはいない。尾で故意に攻撃をされることはないが、跳び蹴りは時々タマにされるし、上に乗られて重いし、食べ物は跳び散らかすし、糞はそこかしこでするけど自分の糞は嫌いだからすぐに片付けろって怒るし……あれ？　なんか飼ってるデメリットっぽいのも意外とあるな。

でもかわいいんだよなー。（ニワトリバカ全開）

わかってくれとは言わない。俺がうちのニワトリたちのかわいさをわかっていればいいだけだ。

（だから俺は誰に向かって以下略）

さっそく、何ニヤニヤしてんのよッ！　とばかりにタマにつつかれた。なーんーでーだー。

この作業着はかなりしっかりしているから穴は空かないが、薄いやつだと穴が空きそうで怖い。とはいえ最近はタマも手加減はしてくれているようだ。（以前は穴が空いたこともあった）

冷めた湯を排水溝に流し、ニワトリたちを家の中に入れる。オイルヒーターはつけっぱなしなので暖かさに触れるとニワトリたちの顔も緩むのだ。

さて、せっかく昨日相川さんに節分用の豆をもらったんだから撒かないとな。

外に投げるのはともかく、うちの中に投げると掃除が面倒だろうか。ちら、とニワトリたちを見る。ユマがなーに？　というように首をコキャッと傾げた。かわいい。

じゃなくて、豆まきだ豆まき。

家の中は箒(ほうき)で掃けばいいいか、と思い直し、さっそく豆を撒くことにした。

でもいきなりやってニワトリたちに何事⁉　と思われてもアレなんで伝えてみる。（イレギュラーなことをするとタマにつつかれたりするのだ。地味に痛い）

「今から、外と家の中に向かってこの豆を撒くから気にしないでくれな？」

ニワトリたちはみなわけがわからないというようにコキャッと首を傾げた。まぁ人間の風習なんて知らないよなと苦笑する。

確か節分て、立春の前日にやるんだよな。季節の変わり目は邪気が入りやすいから、その邪気を祓(はら)い清(きよ)め、一年間の無病息災を祈る行事として追儺(ついな)というものがあり、それがいつのまにか豆を撒いて鬼を払い無病息災を願うという行事になって庶民に広まったと聞いている。（諸説あります）

俺もそうだけど、ニワトリたちにはいつまでも元気でいてほしいもんな。

玄関の引き戸を開ける。

「鬼は～外～！」

と言って炒(い)り豆(まめ)を外に投げた。それから、「福は～内～！」と言い、家の中にも投げた。もちろんニワトリたちには当たらないようにだ。

さすがにニワトリたちはきょとんとしたが、近くに落ちている豆を摘(つ)まみ始めた。

「おいおい……」

福を食べていいものなのか?

「オイシー」

「オイシー」

「オイシー」

ニワトリたちはご機嫌だ。

「ま、いっか」

もう一度「鬼は外、福は内」をやり、引き戸を閉めた。外の炒り豆の掃除は明日やろう。で、家の中を掃除しようとしたのだが居間に飛んでった豆も何もかもニワトリたちが上って食べてしまった。

「オイシー」

「モットー」

「サノー」

バリバリと音がするのはなんだかなと思う。ニワトリたちは機嫌よさそうに尾を少し振った。危ないから家の中で尾を振るのは止めてくれー。

ニワトリが居間に上がったりして畳が汚れてしまったので、掃除はすることになった。掃除は掃除でも畳を雑巾(ぞうきん)で拭(ふ)く作業である。

「おかしい……俺は豆を掃除するつもりだったのでは……?」

釈然としないながらも、炒り豆の残りを少し夕飯の餌に混ぜてやった。俺は歳(とし)の数だけ豆を食べて、胃が膨れたような気がした。

ＴＶをつけ、少し時間を空けてからユマと風呂に入った。天気予報の通りなら明日明後日は晴れるようである。今年は雪が少ないと相川さんが言っていた。

「佐野さんて、晴れ男なんですかねー」

「晴れ男ってそういう意味じゃないでしょう～」

晴れ、といったらうちのニワトリたちのような気がする。もしくはリンさんの雪への呪いが今頃効力を発揮したか。って、どんだけ雪嫌いなのかと思うじゃないか。うん、ふざけるのも大概にしよう。

週間天気予報では後半が雨か雪の予報だった。雨か雪ってなると山は確実に雪だろうな。雪かきの道具の点検をしっかりしておかなくてはいけない。

翌日は朝の餌の後に表へ出そうとしたら勢いよく飛び出していき、昨日俺が投げた豆を三羽とも摘まんでいた。誰だ、ニワトリは物忘れがひどいなんて言い出した奴(やつ)は。鳥頭とか言う奴出てこい。

「マメー」

「モットー」

「マメー」

「夜にまた出すから」

と言ったらニワトリたちは引き下がった。夕飯時に忘れないようにしないとな。今日はポチとタマが遊びに行った。相川さんちには行かないらしい。

ポチはどうしようかなと一瞬考えてくれたみたいだったが、タマにつつかれて駆けていってしまった。

うん、まぁ好きに過ごしてくれるのが一番だと思う。

ユマは付いてきてくれるようだ。ありがたいことである。ユマがいる方がリンさんに話を聞きやすいかもしれないな。

出かける前に枯れ枝集めをした。相川さんちに持っていく分である。ユマもちょっとした枝を咥(くわ)えてきたりしてお手伝いしてくれた。

「ありがとう。ユマはイイ子だな～」

何度も羽を撫(な)でた。もしかしたら一人で取った方が効率はよかったかもしれないが、ユマが手伝ってくれたということが重要なのだ。三つぐらい小さい束が作れるほど集まったので、今日はそれでしまいにした。立ち上がった時ちょっと腰が痛かったのが問題だと思う。作業の姿勢も考えた方がいい。

それからユマと一緒に相川さんの山へ向かった。

リンさんは冬の間は基本山を下りないけど、山の中ではそれなりに動いていることもあるらしい。

起きてるから獲物もたまに狩ったりしているみたいだ。

麓(ふもと)の門の鍵(かぎ)は開いていたので（開いていることが見えないようにはなっていた）、鍵を閉めてから家のあるところまで軽トラを走らせる。本当に道にはひとかけらも雪が残っていないようで、すごいなぁと思った。リンさんの執念を感じた。

駐車場に軽トラを停めると、相川さんが家から出てきた。

「こんにちはー」

「こんにちは。来ていただいてしまって、すみません」

「いえいえ。俺も獲物がいないってのは不思議だと思うので」

ユマを促して、相川さんの家にお邪魔する。相変わらずスタイリッシュな土間で、リンさんは横たわっていた。俺とユマの姿を見ると緩慢に上半身を持ち上げる。

「リンさん、こんにちは。こちらでうちのユマが虫などを食べてもいいですか？」

「サノ、コニチハ。イイヨ」

「ありがとうございます」

許可を得たけど、ユマはリンさんの横でもふっとお餅になった。うわ、かわいい。

「佐野さん、お茶を……その前に、写真撮ってもいいですか？」

お盆にお茶と漬物を載せて運んできた相川さんが、お盆をさっとテーブルの上に置くとスマホを取り出した。

「ええ、いいですよ」

「ありがとうございます」

そうして相川さんはパシャパシャとリンさんとユマのツーショットを撮った。顔が綻んでいる。

本物の女性は嫌だけど、リンさんはいいらしい。

「あ、すみません。つい……」

何枚か撮ってから、相川さんははっとしたみたいだった。

「いえ、俺にも送ってもらっていいですか？」

「はい、お送りしますね」

リンさんがユマに後ろから抱き着くようにした。なんとも珍しい姿だけど、これはこれでかわいい。お餅になっているユマは驚きもせず、相変わらずもっふりしている。

「リン、わかっててやってるだろう……」

相川さんが額に手を当てて天を仰いだ。うん、女子たちが尊い。

「あ、あの……相川さん……」

本題を忘れてはいないだろうかと声をかけた。このままでは撮影会になってしまう。うちの女子たちはとてもかわいいと思うけど、今日の目的はそれではないのだ。

「あ、ええ、そうでした……」

相川さんはバツが悪そうな顔をした。

「リン、この間聞いた話なんだが。本当に、裏山にはもう獲物はいないのか？」

「イナイ」

リンさんは即答した。

前回と返答は同じらしい。

「ええと、どうして獲物がいないのかわかりますか？」

そう聞くと、リンさんは裏山の方を睨むようにした。

「……タクサン、キタ」

たくさん？

「何が来たんですか？」

「イッパイ、イロイロ？」

リンさんは首を傾げるような動きをした。それがなんなのかよくわかっていないようである。

「たくさん、いろいろ来て、どうしたんですか？」

「エモノ、モッテッタ」

「えええええ」

何かがたくさんやって来て、裏山の獲物を持っていった？

「どちらへ？」

「オク」

奥？

「こんなかんじで、ちょっと意味がわからないんです。裏山に入ってきたのは人ではないみたいですし、ではどうやって運んでいったのかもわかりません」

「ああ……」

もしかしたら聞き方が悪いのかもしれない。

「リンさん、いっぱいといろいろはどこから来ましたか？」

「オク」

「奥から来て、奥に持っていったんですね？」

リンさんは頷（うなず）いた。奥がどこかと聞けば、リンさんは裏山の方へ腕を伸ばした。

裏山の奥からというと、国有林の方から何かがたくさん来て、相川さんの裏山の獲物を大量に狩った。そしてまた国有林に運んでいってしまったと。誰がなんの目的でそんなことをしたのだろうか。しかも狩っていったのは人ではないらしいし。

「うーん……リンさんはそれを見たんですか？」

「……ミテナイ」

「見てないけどわかるんですか」

「ワカル」

リンさんが頷く。

となると、もしかしたら普通の現象ではないのかもしれないなと思った。相川さんが青ざめた。

「……やはりこの辺りは普通ではないんですね……わかってはいましたが」

もっふりしていたユマが、目を開けた。

「ヨルー、タクサンー」

そしてそんなことを言い始めた。

「ヨル」

リンさんも頷いて言う。

とりあえず二人に言わせるだけ言わせて、話を総合することにした。

ユマとリンさんの話によると、人ではなくて見知らぬ動物がある夜たくさん裏山の向こうから相川さんの土地へやってきた。リンさんは見に行こうとしたが、行った時には裏山の獲物はみな運ばれていった後だった。

リンさんは腹を立て、帰り道でテンさんが寝ている小屋に寄った。テンさんはうっすらと目を開けて捨て置けと言ったという。

テンさんがそう言うということは悪いものではないので、リンさんは特に相川さんに伝えようとはしなかったらしい。

これを聞き出すまでにかなり時間がかかったが、だいたいこんな話だった。もしかしたら解釈の違いはあるかもしれないが、おおむねそんなかんじだったらしい。

「悪いものではないならいいんですかね。謎は深まりますが……」

「まぁ元々不思議が多い土地ですよね」

そう言って相川さんと笑った。もう笑うしかなかった。

獲物は全部狩ったというわけでもなくあちらこちらへ追い回すようなかんじだったらしいので、いずれ戻ってくるだろうと結論づけた。

「……裏山はしばらく止めておきますか。リン、ユマさん、ありがとうございます」

「アリガトー？」

「アリガトー？」

ユマとリンさんが合わせたように首を傾げた。なんだこれ、かわいいな。

相川さんが苦笑した。

「……あざといですねえ。わかっててもかわいいですが」

そう言って立ち上がる。

「佐野さん、ありがとうございます。おかげでだいたいの話はわかりました。お昼、用意しますね」

「いえ、俺は何もしてないので……ありがとうございます」

俺がしたのはユマを連れてきただけだ。

「いえいえ、リンのことを知っているのは佐野さんだけですから。言っていただけて助かりました」

相川さんは楽しそうに言いながら台所へ向かった。さて、今日の料理はなんだろう。相川さんの手料理、おいしいんだよな～。

やがて台所の方からおいしそうな匂いがしてきて、

「お待たせしました」

運ばれてきたのは豪華な料理だった。

「おお……」

漬物はもちろんとして、細切りレンコンとピーマンの和え物、もやしのナムルがまず出てきた。

相川さんはリンさんとユマの分もボウルに入れて持ってきた。

「リン、ユマさん、すみませんが今日は外でお願いします」

「ワカッタ」

「ハーイ」

リンさんとユマが相川さんに付いて表へ出ていく。……確かに、リンさんの食事風景ってなんか怖いかもしれない。

相川さんが戻ってきて、それからシシ肉のみそ漬けを焼いたもの、そして麻婆(マーボー)大根というような創作料理が出てきた。白菜とぶなしめじの中華スープもある。ごはんはがっつりだ。

「とてもおいしそうです。いただきます」

「はい、召し上がれ」

レンコンはシャキシャキしておいしかった。レンコンは茹(ゆ)でないで熱湯に入れ、冷水で冷やしたのだそうだ。なんだかんだいって凝ってるよなぁ。

「豆もやしがあればもっとよかったのですが……」

と相川さんが言っていたが、普通のもやしでもナムルは十分おいしかった。

「いやいや、おいしいですよ！」

麻婆大根は、味付けが麻婆で、豆腐の代わりに短冊切りの大根とこんにゃく、ピーマンの細切りが入っている料理だった。（ひき肉も入っている）なんともヘルシーである。シシ肉のみそ漬けといい、ごはんが進むラインナップだった。

「おいしい……」

「お口に合ってよかったです」

「相川さんの料理が口に合わないなんてことあるわけないじゃないですか！」

思わず力説してしまった。

明日は宴会だってのに食べすぎた。相川さんの料理がおいしすぎるのがいけないんである。（人のせいにスンナ）

ユマもシシ肉を分けてもらったらしく、とても嬉しそうだった。


そして翌日はシカ肉宴会の日である。川中さんが和菓子を買ってきてくれるというので、お金を後で払うからと相川さんと共に便乗させてもらうことにした。平日だというのに仕事はいいのだろうかと疑問だったが、相川さん曰く川中さんは午後休を取ったらしい。年休が大分溜まっているとのことだった。

和菓子屋も行ってもいいんだけどあそこの娘さんの、相川さんと俺を見る目がなんか怖かったんだよな。相川さんは若い娘さんに会いたいとは一切思わない人なので、川中さんが買ってきてくれるならそれで、と逆らわなかったようだ。行きたい人が行ってくれるのが一番だと思う。

「夕方に陸奥さんちに着くように行くから、早めに帰ってくるんだぞ！」

出かける日なのでポチとタマにそう言って送り出した。

「ワカッター」

「ワカッター」

二羽はいい返事をしてツッタカターと出かけていった。落ち着かないということもあって、動かなければいられないようだった。俺もだけど興奮しすぎである。

ユマもなんとなく落ち着かなさそうにトテトテしていたが、俺の側を離れるというのはないらしい。今度うちのニワトリたちを安心させる為にもしっかり話し合わなければいけないなと思った。

宴会となると泊まりになるので荷物のチェックをし、ニワトリたちの明日の朝用の餌をクーラーボックスに入れた。人んちでお世話になると思うと、ニワトリたちをどうするか考えなければいけない。幸い陸奥さんちも土間は広いのでニワトリたちは夜そこで過ごしてもらうことになっている。

「寒いのに土間で大丈夫か？」

と陸奥さんにはかえって心配されてしまった。でもうちのニワトリたちを見ていると雨風が防げればいいみたいなんだよな。おっちゃんちの土間でも普通に過ごしていたし。じゃあ自分の部屋はとんでもなく寒いのに、ニワトリたちのいるところにはオイルヒーターまでつけてやってるのはなんでかって？　愛だ、愛。愛は全てを救うんだ！

夕方になる前にポチとタマがちゃんと戻ってきた。ゴミや汚れなどをざっと取ってから向かうことにした。

陸奥さんちでの宴会は久しぶりだ。あの時はイノシシだったっけ。

そんなことを思いながら軽トラを発進させた。

8．猟師さんの家にお邪魔する

陸奥さんちに向かう道は、途中までは養鶏場に向かう道と一緒である。分岐点を北に向かうと陸奥さんの土地だ。南、というか東の方向へ上がっていけば養鶏場である。

あれから、陸奥さんの息子さん夫婦が養鶏場に顔を出すようになったらしい。昨年のうちに養鶏場に陸奥さんを紹介はしておいたのだが、なかなか行く機会がなかったようだ。

あの養鶏場は広い倉庫のようなところに雄鶏を放し飼いにしているスタイルだった。（たまに雌鶏も交じるらしいが、七、八週間で出荷するのであまり肉質に変化はないようだ）餌は松山のおじさんの手作りで、うちのニワトリたちもおいしそうに食べている。出荷後はまたひよこを買い付けて温度管理をして何日も見守るという。寒い夜は養鶏場の中で一緒に寝て様子を見たりもするらしい。おいしいお肉になるようにと大事に育てるってたいへんなんだなと思った。

さて、今日は陸奥さんちである。

ここを訪れるのも久しぶりだ。

広い、砂利が敷いてある駐車場に軽トラを停めた。すでに軽トラが何台も停まっている。

「佐野さん」

相川さんが先に着いていて、近寄ってきてくれた。

「こんにちは～」

ニワトリたちを降ろしてから、相川さんに彼らを頼んで家の方へ向かった。ニワトリたちを勝手に歩かせるわけにはいかない。

田んぼは当然ながら水が抜かれている。畑の一部にビニールがかけられているのが見えることから、あれは菜っ葉類かもしれないなと思った。

「こんにちは～、佐野です。ニワトリたちはどこにいさせたらいいですかー？」

「ああ、来たか」

くわえ煙草で陸奥さんが出てきた。

「ニワトリか。林の方に行かせててもいいが……日が暮れたら戻ってくるか？」

「おそらくは、大丈夫かと思います」

「じゃあニワトリたちに任せよう」

「ありがとうございます」

戻ってニワトリたちに陸奥さんが言っていたことを伝えた。

ニワトリたちは神妙にココッ！　と返事をした。

「暗くなったら戻ってこいよ。今日はシカの内臓があるんだからな～」

ココッ、ココッ！　と嬉しそうに鳴いている。でもやはり林は気になるらしく駆けていってしまった。ホント、元気だよな。今回はユマも一緒に行ってしまった。

「ニワトリさんたち、本当に頭いいですよねぇ」

相川さんが目を丸くしてそんなことを言った。

「そうですね」

うちのニワトリたちの方が俺なんかよりよっぽどしっかりしている。

改めて陸奥さんちにお邪魔した。

秋本さんたちはとっくに着いていてもう一杯やっていた。今回も結城さんが運転手のようだ。

戸山さんは来ていたが、畑野さんと川中さんはまだ来ていないらしい。

「いや～、今年は本当にいい年だね。こんなに肉を食べてもいいのかなってぐらい食べてるよ～」

戸山さんが嬉しそうに言う。食べ過ぎはよくないけど長生きの秘訣(ひけつ)は肉を食べることなんて聞いたことがある。まぁなんでもバランスよく食べた方がいいのだろうけど。

「よかったじゃないですか」

「でも家族は贅沢(ぜいたく)なもんでさ、もうイノシシは飽きたとか言うんだよ～」

狩猟関係者の家族あるあるっぽい話だ。俺は苦笑した。

肉ってけっこう量を食べられると思っても意外と食べられないものだ。すぐにおなかに溜まってしまうからなんだろう。それなのに狩れば一回キロ単位で肉をもらうわけだから、冬中シシ肉祭りなんて状態になってもおかしくはない。

そして今回はシカだ。

陸奥さんの奥さんや息子さん夫婦まで出てきて挨拶(あいさつ)してくれた。

「今回はポチちゃんとユマちゃんが狩ってくれたんですって？　佐野さんちの子たちは本当に優秀ねえ～」

奥さんは上機嫌だ。

「ありがとうございます」

社交辞令でもうちの子を褒められると嬉しい。思わずにっこりしてしまった。

「今回は他のお宅の方々は呼ばなかったんだけど、それでいいのよね？」

「ああ、今回は内輪だけでいいだろう」

陸奥さんが飲みながら答えた。そうしているうちに畑野さんが着き、最後に川中さんが手土産を持ってやってきた。

ニワトリたち用の肉と内臓、野菜類を受け取ってビニールシートに並べる。もう西の空が真っ赤だった。

「ニワトリたち、呼んできますね」

みなに断って駐車場の方へ移動する。ここからだと林が見やすいのだ。北の林の方にひょっこりとニワトリたちの頭が見えた。

「おーい！　ごはんだぞー！」

大きな声で呼んだら、ニワトリたちがツッタカターと走ってきた。受け止めたら怪我(けが)をする危険性があるので、庭まで誘導するかんじで走って戻った。

「まあああ！」

庭までやってきたニワトリたちを見て、陸奥さんの奥さんが目を見開いて驚いていた。さもありなん。そういえばあれから更に育ったと伝えていなかった気がする。奥さんとニワトリたちが顔を合わせたのは、もしかしたら夏以来かもしれない。十一月にも一度顔は出しているけどその時はニワトリを見ていなかったと思う。陸奥さんの息子さんのお嫁さんも目を見開いていた。息子さんは苦笑していた。息子さんには先日養鶏場で会ったんだよな。

「けっこう育ちまして……縦に……」

「そ、そうね……おっきくなったわね……。ええ、すごいと思うわ……」

奥さんが自分に言い聞かせるように呟く。なんか悪いことをしたなと思った。

ニワトリたちがビニールシートに並べられた肉と野菜を前にコキャッと首を傾げた。食べていいの？　と聞いているようだった。

「ああ、いいぞ。食べても」

コッ！　とニワトリたちが返事をしてガツガツと食べ始める。俺は被害を受ける前に急いで縁側に上がった。

「でっかくなってるって言っただろ～？」

陸奥さんが奥さんに言っている。でも実物を見ないとわからないよな。

そして宴会が始まった。

今回は内輪、ということで陸奥さんのお孫さんも端の方ではあったけど参加はしていた。

女子中学生である。こちらから声をかけるわけにはいかないので、「いるな～」という程度だ。

川中さんが声をかけたそうにしていたが畑野さんがさりげにガードしていた。畑野さんもお疲れさまだ。

最初に出てきたシカ肉の唐揚げや食べやすい大きさに切ったカツレツを取り皿に大量に盛り、漬物もちょこちょこ取ると、彼女は軽く頭を下げてささっと戻っていった。いっぱい食べろよ～と思った。

「あ～、行っちゃった……」

川中さんが残念そうに呟いた。

「おい、川中。うちの孫にちょっかい出したらただじゃおかねえぞ」

陸奥さんが酒を飲みながら凄んだ。さすがに中学生はなぁ。

「何言ってるんですか～。挨拶ですよ挨拶。さすがに未成年は対象外ですって」

川中さんが苦笑しながらひらひら手を振って否定した。うん、未成年に手を出すのはダメだと思う。川中さんがそういう人じゃなくてほっとした。

「手土産に和菓子を持ってきたから食べてねって言おうとしただけなんだけどな～」

「川中さん、相川さん、佐野さんで選んでくださったのですってね？　ありがとう」

陸奥さんの奥さんがにこにこしながら礼を言った。川中さんは持ってきた時相川さんと俺のことも言ってくれたようだった。そこらへんそつがないなと思う。あとは婚活中～って若い女性とみると声をかけようとするところさえなければな。いいかげん諦めて結婚相談所に登録すればいいのにと思うが、そこまで切実でもないのだろうか。

それにしてもかぼちゃの煮つけがうまい。腹に溜まるのはわかっているがやめられない。もちろん唐揚げも一口カツもおいしい。シカは脂身が少ないせいかカツにするとヒレカツのようでとても食べやすい。

大根の煮物が飴色で食欲をそそる。ちょっとごはんが欲しくなった。

レンコンの南蛮漬けやシシ肉の南蛮漬けもあった。シシ肉はいい塩梅でクセが消えていておいしかった。

「南蛮漬けもいいですね」

「豚で作るとちょっと脂っこいんですけど……イノシシはそこまで脂っこくないから食べやすいですね。まぁ個体差はあるかもしれませんが」

相川さんが考えながら食べている。自分で作るつもりなんだろう。俺は食べる専門だから、相川さんがレシピをいろいろ覚えてごちそうしてくれたらいいなと思うだけである。我ながら図々しい。昨日もごちそうになったのにな。

野菜の天ぷらも出てきた。かぼちゃがとてもうまい。納豆の天ぷらもあった。それもおいしくいただいた。

「あ～……何もかもがうまい……」

またぽんぽこりんである。最後に餃子が出てきた。どうやら俺たちの胃を破壊したいらしいということはわかった。

食べるけど。

「あれ？　これ中身シカですか？」

「ええ、大きめのミンチにしたのよ～。食べ応えあるでしょ？」

陸奥さんの奥さんがしてやったりという顔をした。お茶目なおばあちゃんである。

白菜とシカ肉の餃子だった。さっぱりしていてとても食べやすかった。でも自分では作る気にはなれないんだよな。餃子はやっぱりみんなでわいわい食べるのがおいしい。相川さんが「シカだけではないですよね？」と陸奥さんの奥さんに聞いたりしていた。

「ん？」

たまたまスマホを見たら通知があったからちょっと確認してみた。珍しく桂木さんからＬＩＮＥが入っていた。そういえば妹さんの免許ってどうなったんだろう。

食べたい物を皿に確保してから「ちょっと失礼」と席を外した。

ニワトリたちのごはんが足りているかを確認するついでだ。障子をさっと閉めて縁側からニワトリたちの様子を見る。

まだ量はありそうだったがつっかけを履いて近くまで行く。ニワトリたちが気づいて顔を上げた。

「もっと食べるか？」

と聞いたらみなココココッ！　と勢いよく返事をした。これは追加しろってことだよな？

「わかった。頼んでくるから食べながら待ってろ」

縁側まで戻って今度こそＬＩＮＥを確認した。桂木妹は教習所の実技試験に合格したらしい。俺は拳(こぶし)を握りしめた。あとは地元でペーパー試験を受けることになるみたいだ。ぎりぎりまでＮ町で過ごして、試験の前日に一旦(いったん)実家に帰るそうだ。

「こんなに雪が降らないなんて想定外でした！」

怒ったようなスタンプが一緒にあり、つい笑みが浮かんだ。俺もこんなに雪が降らないなんて思ってもみなかったよ。つっても相当寒いけど。息が真っ白だ。早く戻りたい。

「実技試験合格おめでとう。ペーパー試験もがんばってくれ。妹さんによろしく。またそろそろ雪が降りそうだよ」

とだけ返し、居間に戻って奥さんにニワトリたちの餌のことを伝えた。お嫁さんに案内されて台所に向かい、シカ肉と野菜を受け取った。

「ありがとうございます」

「いえいえ。こちらこそいつもありがとうございます」

お嫁さんに礼を言われた。何か礼を言われるようなことをしただろうか。

ニワトリたちに「追加だぞ～」と持っていった。コッ！　と返事をされる。餌を渡した後急いで居間に戻った。さすがにかなり冷えた。皿に取っておいた料理を食べ、最後にごはんとみそ汁をいただいてもりもり食べてしまった。

腹がきつい。やばい。

そろそろズボンが……とか気のせいだと思いたい。

もっと動かないと。ニワトリたちと山巡りするか？　……一日でへばりそうだな。ヘタレだって？　ほっとけ。

あんまり飲まなかったので、ニワトリたちの食べた後もしっかり片付けることができた。

ビニールシートを洗おうとしたら明日でいいと言われた。

「でもけっこう血の臭いはしますよ」

「この辺りはクマは出ねえから大丈夫だ」

そういうものかと陸奥さんに従った。どうせ片付けるのは俺だし。

翌朝、なんか寒くて目が覚めた。

「……嘘だろ……」

明るい、というのではない。なんか白いなと思ったのだ。いつから降り始めたのだろうか。うっすらとだが雪が積もり始めていた。

相川さんは先に起きていたらしい。

「おはようございます……佐野さん、起きていらっしゃいましたか」

「はい、おはようございます……」

どうしよう、と思った。確か軽トラには雪かきの道具も積んであったはずだ。大丈夫なはず、である。

「佐野さん？　ああ、雪ですか」

相川さんが笑んだ。相川さんの山は今頃リンさんがまたせっせと雪を片付けているのだろうか。たいへんそうだなと思った。

「今日は夕方まで降るそうです。山は……いつまで降るかわかりませんけどね」

「ですよね」

そもそも山の方はいつから降り始めたかわからないから厄介だ。それに降り方も違うから今頃どんなことになっているのか気になって仕方がない。

「朝食をいただきましょう」

相川さんに促されてはっとする。なにはともあれ、まずは飯だった。陸奥さんたちはまだ起き出してこないらしく、陸奥さんの奥さん、息子さんとお嫁さんは先に食べたようだった。

「おはようございます」

台所の隣の居間に顔を出すと、お孫さんがごはんを食べていた。

お孫さんは慌てて口を押さえて飲み込んだようだった。

「あ、あのっ……」

「おはよう」

「お、おはようございます！　卵っ、おいしいですっ！　ありがとうございます！」

「うん、ありがとう……」

タマとユマが今朝も無事卵を産んだようだった。産んだら使ってもいいとは言ってあったからそれはかまわないけど、お孫さんも食べているらしい。喜んでもらえたならよかったと思った。

「奥さん、僕たちの分ってありますか？」

相川さんが台所に声をかけている。うちに来てくれれば作るのになぁ。どういうわけか、うちのニワトリたちの卵に対してはみんな大人げなくなる。俺は苦笑した。

「少しならあるわよ～」

「ありがとうございます！」

タマとユマの卵は、一応いつ四阿（あずまや）を作りにきてくれてもいいように一定の数は冷蔵庫に保管してあるのだ。人数分とちょっとということで三日分はストックしてある。もちろんここでそんなことは言わないけど。

飲んだ翌日は梅茶漬けと漬物、そしてハムエッグが少しついてきた。お孫さんは普通にごはんを食べてそのおかずの一部にハムエッグがついてきたようである。

「もう卵ないの……？」

残念そうにお孫さんが言う。良ければ俺のを、と思ったけど奥さんとお嫁さんに首を振られてしまった。なんか、息子さんと相川さんの目も怖い気がする。つかなんで息子さんまだここにいるわけ？

「ないわよ。また機会があったらね」

そういえばうちのニワトリたちはどこへ……。

ニワトリたちは雪が降っているにもかかわらず、朝ごはんをいただいたら外に出たらしい。林の方へ駆けていったそうだから雪を避けて向かったのだろう。そんなに降っていなければ木の下で雨宿りできるもんな。ってことはいつ帰ればいいのか……。

朝ごはんをいただいてから昨日のビニールシートを片付けることにした。

広げてあったからそのまま雪で洗えばいいと言われた。一応うちからもビニールシートは用意してきているんだが、「ニワトリ用だから！」と用意していただいていたのでそちらを使うことにした。ニワトリたちがみなさんに愛されていて嬉しい限りだ。

「何時ぐらいに帰るかな～……」

「ニワトリさんたち出かけてるんですよね」

片付けは相川さんが手伝ってくれたのですぐに終わった。ありがたいことである。

「戻り次第でいいんじゃないですか？　あんまり雪がひどくなるようなら陸奥さんに重機を借りればいいですし」

「ああ……そういえば重機があるんですよね」

相川さんに言われて思い出した。少しだけ気が楽になった。もちろん陸奥さんを頼るつもりはないが、もしも必要があればという選択肢がないよりはいい。まだ今日のうちは雪が柔らかいから、ニワトリたちが掃いてくれればどうにか家には辿り着けると思う。

どちらにせよニワトリ待ちだ。

家屋に戻ると、陸奥さんたちが起きていた。畑野さんと川中さんがいないなと思っていたが、早い時間に「寒い寒い」と言いながら帰ったらしい。今日も平日だ。一日ずれていたら朝もしっかり寝ていたんだろう。

「ああ、もうさすがにねえか……」

タマとユマの卵は先にみんなで食べてしまった。

陸奥さんと戸山さんが肩を落としていたが、奥さんとお嫁さんがにんまりしていたのが印象的だった。さすがに息子さんはもう退散していた。

なんというか……いたたまれないのでニワトリたちが早く帰ってきてくれないかな。

しんしんと雪が降っている。外はとても静かなのだけど、家の中は騒がしい。これはこれで楽しくて好きだなと思った。

昼飯をいただいた後ぐらいにニワトリたちは戻ってきた。クァーッ！　と庭でポチが鳴いたので気づいたのだ。

「お？　戻ってきたか？」

陸奥さんがフットワーク軽く玄関から出ていく。雪降ってるんですけど。

「戦利品はなしか～。また頼むぞ～」

そんな出かけたら毎回戦利品狩ってくるとか勘弁してほしい。

「おかえり、そろそろ帰るか。今日も雪かきだな」

ニワトリたちの雪を払ってやりながら苦笑した。それにしても陸奥さんがいる時はぶるぶるしなかったのに、何でいなくなった途端俺の側(そば)ではぶるぶるするワケ？　おかげで俺が雪まみれになってしまった。

気を取り直して考える。うちの山はどれだけ積もっているんだろう。チェーンは持ってきてあるのですでに軽トラの車輪に巻いておいた。村の道に雪だまりのようなところがなければ山の麓(ふもと)までは帰れるはずだ。

ポチとユマがココッ！　と鳴いて羽をバサバサさせた。雪かき好きなんだよな。かわいいやつらめ～。でも雪飛ばすなー。

「すみません、ニワトリたちも戻ってきたのでそろそろ帰ります」

家の中に声をかけた。荷物はすでに軽トラに積んである。今回もニワトリたち用に少しシカ肉を分けてもらった。俺はどうもシカ肉はうまく調理ができないから自分で食べる分はもらっていない。

「おー、気をつけて帰れよー」

下ごしらえがシシ肉よりも手間なんだよな。（個人の感想です）

「はーい」

「僕も帰りますね～」

相川さんは出るが、戸山さんはまだいるらしい。

ちなみに陸奥さんちの周りの雪かきはニワトリを待っている間にみんなでした。奥さんとお嫁さんに恐縮されてしまったが、「いつもお世話になっていますから」で押し切った。ウエストがきつくなるのはいただけない。運動も兼ねてである。汗をかなりかいたので予備で持ってきた下着に着替えた。

ただ、落ち着いてお茶を飲んだら戻ってしまった気がした。雪かきで消費するのは水分だけなのか？（そんなことはないと思う）

いつも通り相川さんと山沿いの道を軽トラで走る。まだ雪はそれほどでもないので普通に走れた。

「雪かき、手伝いますよ？」

相川さんの申し出はありがたかったが、ここで頼ってしまうとダメな子になってしまう。

「本当に困ったら声をかけてくださいね！」

と約束させられてしまった。俺ってどんだけ頼りなく見られているんだろう。

そんなことを考えながら山に向かって軽トラを走らせていたら、ニワトリが前方の道の端を歩いているのを見かけた。それもたった一羽で。

「あれ？」

思わず軽トラを停める。

ユマがどうしたの？　と言うように首をコキャッと傾げた。

「ユマ、あのニワトリってブッチャーじゃないか？」

誰がどう見てもオンドリである。オンドリが雪の降っている中、道の端をぽてぽてと歩いているのだ。

黒っぽい尾羽がゆらゆらと揺れている。そういえば掛川(かけがわ)さんが、ブッチャーはよく家の敷地内から出て村のどこかをほっつき歩いていることもあるなんて言っていたような気がする。

「あ、梅……」

道の横には家があり、塀の向こうに紅梅が見えた。まだまだ気温は冬なんだけど、確実に春は近づいてきているみたいだ。

その家の横をオンドリが歩いている。

ああ、絵になるなと思った。

ユマは首を頷(うなず)くように前に動かした。

「あれ、ブッチャーで合ってる？」

ココッとユマが鳴く。そうみたいだった。

幸い対向車も後ろから来る車も見当たらない。俺は窓を開けてブッチャーに声をかけた。

「おーい、ブッチャー。こっちは掛川さんちからは遠いぞー。もっと寒くなるし雪もまだ止(や)まないから帰れよー」

ブッチャーが足を止める。ブッチャーという単語が聞こえたからか、軽トラの荷台からポチとタマが飛び降りたみたいだ。車が少し揺れたからわかった。

「おおい……」

道路に飛び出すなよとひやひやする。

ポチとタマはとっとと軽トラの前に出て、振り向いたブッチャーに、ココッ、コココッと声をかけていた。

ブッチャーが足をタシタシとして、今にも走り出しそうな、というかポチに飛び掛かりそうな動きをしているのが気になった。こんなところで喧嘩とか止めてほしい。

「ポチ、タマ、これからもっと雪が降るから、ブッチャーには早く掛川さんちへ帰るように言ってくれ」

雪が大粒になってきている。道の両側には家があって、ところどころで白梅や紅梅が見えた。ピンクなのも梅なのかな。

雪と、梅とニワトリ。一幅の絵のようで、思わず写真が撮りたくなった。

ブッチャーを送ってってもいいんだが、そのまま引き止められそうで怖い。俺は早く山に戻って雪かきがしたいから、送っていくという選択肢はなかった。

ポチとタマがまたコココッ、クァッとブッチャーに声をかけた。ブッチャーは諦めたように首を前に動かすと、再びとさかを上げて来た道を戻り始めた。

「気を付けて帰れよー」

と声をかけ、ポチとタマには早く荷台に乗るように言った。

バックミラーでブッチャーが戻る姿を確認しながら、ブッチャーがまだ生きていたことにほっとした。

今健在ってことは、ただの家畜じゃないってことだし。

ポチとタマが荷台に飛び乗ったことを確認して、山へ戻った。

麓まではそれほど積もっているかんじはなかったので気になったところだけ雪を道から除けておいた。

「雪かきを頼んでいいか？」

ニワトリたちに聞くと、ココッ！　と返事があった。人の気配はなさそうだったけど、まだ柵(さく)を越えてないからだろう。ニワトリたちの方が俺なんかよりよっぽどしっかりしている。ブッチャーもまっすぐ掛川さんちに帰っただろうか。電話して聞くのも違うと思ったので、帰ったってことにしておこうと思った。

麓まで移動し、柵を越えて鍵(かぎ)をかけ、尾に竹帚(たけぼうき)の頭をくくりつける。それで何度か振ってもらって調整した。

降りてもらい、

「よろしくな～」

と頼んだ。木々があるのでそれほど道に雪が落ちているかんじはなかったが、ニワトリたちはすごい勢いで山を駆け上っていった。ありがたいけど、ありがたいけど……。

「なんであんなに元気なんだ……」

ちょっとたそがれてしまった。俺もニワトリたちが掃いた雪を道から落としたりしながらうちに戻った。掃いては軽トラに乗って進み、というノロノロ仕様だ。それでも家までそれほど時間はかからなかったから慣れてきたのだろう。麓から四十分ぐらいで家に着いた。汗だくである。洗濯をするのはいいが乾くのかちょっと心配だ。

「ポチ、タマ、ユマ、ありがとうな～」

ニワトリたちの尾がぶんぶん振られている。近くに寄ったらとてもひどい目に遭いそうだった。

「おーい、そろそろ落ち着け～」

ユマが一番最初に落ち着いてトットットッと近寄ってきてくれた。

「ユマ、ありがとうな～。外していいか?」

「イイヨー」

「ありがとう」

ユマの尾から竹箒の頭を外す。これも随分役に立っている。頭だけとはいえお疲れさまだ。

「ユキカキー、オワリー?」

ユマがコキャッと首を傾げた。

「ああ、後はまた様子を見て明日かな」

「ワカッター」

家の屋根を確認する。思ったより積もっていないから暗くなる前に一度雪下ろしをすればいいだろう。ポチとタマはそれからもしばらくぶんぶんと尾を振り回していたが、ユマがおとなしくしているのに気づくと近寄ってきてくれた。労(ねぎら)って竹箒の頭を外させてもらう。そうしてやっと家の中に入れた。

……寒い。

雪の降り方は麓と変わらないようだったので、「遊ぶなら遊んできていいぞ」と声をかけた。ポチとタマはためらいもせずツッタカターと遊びに出かけてしまった。体力あるなと苦笑した。ユマは家の周りでのんびりするようだ。

「ユマ、片付けとかしてるからな」

声だけかけてさっそくオイルヒーターをつけて片付けをした。洗濯物は乾かないだろうけど洗濯しないわけにもいかない。寝室の隣の部屋に干して、寝る時になったら居間に運ぶことにした。

作業着がなかなか乾かないんだよな。もう何着か買った方がいいかもしれない。それぐらいの投資は必要だろう。

雪が降っている間の方が寒くないので今のうちに倉庫からニワトリたちの餌を運んだりもした。倉庫から脚立とマットを持ってきて雪下ろしをする。マットはかび臭いが万が一落ちた時用に敷いた。今度晴れた日に干そうと思った。

結局また汗だくである。

こんなに動いたんだから少しは痩せないものだろうか。

ポチとタマが帰ってくるまでいろいろ作業をした。足と腰が痛くなった。

労働の後の飯はうまい。

今夜はみそ漬けにしてあったシシ肉を焼いてシシ肉丼にした。たまらん。漬物もいただいてきたので食べた。うまい。

ニワトリたちの夕飯は松山さんのところで買ってきた餌にシカ肉を足したものだ。みんな喜んで食べている。よかったよかった。

雪は夜になっても止まなかった。ニュースをつけて雨雲レーダーみたいなのを見たらうちの辺りは真っ白だった。村もまだ降っているのかもしれない。一応予報では明日の朝までには止むらしい。あくまで予報だから参考程度にしかならないけど。

降り方が変わらなければそれほど心配もないだろうと、ユマと風呂に入ってから寝た。

ユマはやっぱり他の家だと風呂に入れないのが不満のようだ。洗ってから入るとはいえ羽が抜けないわけじゃないし、やっぱり足下に砂のようなものは溜まる。ほんの少しだからうちでは気にはならないけど、他の人のうちで風呂に入れろとは絶対に言えない。そう考えるとよく相川さんは入れさせてくれたなーと思ったのだが、あそこの風呂は下にすのこを敷いている。また砂だか土が～と気になるような状態ではなかった。

翌朝、更に世界は白かった。

昨夜(ゆうべ)は雨戸を閉めていた。雨戸を開けると、銀世界が広がっていた。

わあ、キレイだなー……。

遠い目をしたくなる。また雪かき決定だった。

幸い雪は止んでいたのでニワトリたちに頼んで麓までの道の雪かきをしてもらった。往復すれば雪も大体なくなるだろう。途中折れて道を塞(ふさ)いでいるような木などはなかったようだ。もちろん俺も軽トラで付いていった。

俺はまた屋根の雪下ろしを慎重にした。身体(からだ)がけっこう痛い。多分筋肉痛だろう。

そんな風に過ごして昼になった。

桂木さんからＬＩＮＥが入ってきた。

「実家に帰ろうと思ったのに雪ー！」

絶望したような絵のスタンプもついていた。どこで見つけるんだろうこういうの。

「急がなくていいんじゃないかな。帰る時は気をつけて帰りなよ～」

そう返事をした。そういえば実家から戻ったらまた山の上に戻るんだろうか。それとも春になるまではＮ町で過ごすのだろうか。これから更に雪が降るって聞いているから、山の上に戻るというのはないだろう。

「妹が免許を無事取れたら会いに行きます」

なにしに？　と返しそうになった。いかんいかん。挨拶に、だろう。気にすることないのになと思った。

「無理はしなくていいよ。あんまり急がない方がいいんじゃないかな」

春はまだ遠いんだし。

「あーもう……早く山に戻りたいですー」

雪深いのに奇特だなと思う。知り合いがいるところの方が安心するってやつなのか。ドラゴンさんに会いたいのかもしれない。

「焦りは禁物だよ」

そう返したら既読だけついた。余計なことを書いたかもしれない。ま、いっかと思ってニワトリたちに昼食をあげた後は自由時間にした。

かなり雪が積もったので、今度こそかまくらを作ることにする。

ふ……何を隠そう今日は俺の誕生日なのだ。今日で二十六歳か。昨年は散々な誕生日だったなと空を見上げた。

本来なら婚約していた彼女はとっくに帰国して、俺と誕生日を過ごすはずだった。でもその前に留学を延長するという連絡が来て。

あ、思い出しただけでつらくなってきた。

でも今はニワトリたちがいてくれて、雪が積もってて……。

うん、誕生日記念だ、今日中に形にするぞと息巻いた。

まずはスコップで雪を積み上げて、と。

雪だるまを置いていた辺りにスコップでどんどこ雪を積み上げていく。(とっくに雪だるまは溶けてなくなっている)

ユマが少し離れたところから俺を見ていた。手を振ると頷くような動きをする。かわいい。

雪ってけっこう重いんだよな。しかも作業してるとどんどん暑くなる。

あれ？　なんか思ったより身体が痛いんだがなんでだ？

そう思いながらも腰より高く積み上げた。後は固めて真ん中を掘る作業である。手袋をしていても手がかじかんでたいへんだったが、どうにか夕方までには作り終えた。俺が身体を丸めてかろうじて入れるぐらいである。

「できたぞー！」

達成感がすごい。ユマがなーに？　というように近づいてきた。

「かまくらができたー！」

「カマー、クラー？」

ユマがコキャッと首を傾げる。

「ああ、雪で作った家みたいなものだよ」

「イエー？」

ユマが首を傾げながら中に入ろうとして、狭くてまごまごしていた。かわいい。

「ンー？」

とか言いながらむりむり入り、

「セマーイ」

とすぐに出てきた。うん、狭いよな。でも思ったより雪がなかったからこれぐらいの大きさでしか作れなかった。もし次があったらもっと大きいのを作りたい。

夕方、ポチとタマが戻ってきてかまくらの周りをうろうろしていた。なんだろうと思ったのだろう。

「かまくらだよ。雪でできた家だ」

「カマー?」

「クラー?」

ポチはかまくらの上に飛び乗ったりした。いきなり壊れたりしないかとひやひやしたが、雪をしっかり固めておいたせいか崩れはしなかった。よかったよかった。タマはしばらくかまくらを睨んでいたが、尾で叩いたりはしなかった。ちょっとほっとする。

でもなんだか不満そうだ。タマが頭を巡らして俺を見る。

「ユキー?」

「うん、そうだけどこれは壊すなよー」

「エー」

雪の塊があるのが嫌みたいだ。きっとリンさんだったらすぐにあの尾で叩き壊すんだろうなと思う。

「今日は俺の誕生日だからさ。言うこと聞いてくれよ」

「タン」

「ジョー」

「ビ？」

三羽がコキャッと首を傾げた。

「俺が生まれた日だよ。つってもわかんないよなー」

あははと笑う。

「タッ！」

「ンー？」

「ジョビー？」

「へんなところで切るなー！」

ニワトリたちはどうやら〝誕生日〟というフレーズが気に入ったらしい。それからもかまくらの周りをうろうろしながら、練習していた。かわいいけど意味不明である。

その日はもう雪は降らなかった。


翌朝は晴天だった。相川さんからＬＩＮＥが入った。近々天気を見ながら炭を作るらしい。また枯れ枝を拾わないとと思った。

炭にする木はコナラやクヌギを使うそうだ。スマホで確認する。けっこううちの山にも生えている木だった。

「炭作りは佐野さんも参加されるんですよね？」

「はい、お願いします」

火の状態を見ながら約一週間ぐらいかけて作るそうだ。以前おっちゃんと短期集中で作ったことがあったが、ああいうやり方でもできないことはないけど、それほどいいものはできないという話だった。二人しかいなかったんだからしょうがない。後は材によります、と相川さんは言っていた。ホント、そこらへんは全くわからない。

炭を作るなら何人かで交替して作ることになるので、一週間ずっと詰めている必要はないらしい。それならば付き合えるだろうと思われた。うちも炭ほしいしな。

すでに炭用の木材は伐採してあるそうだ。いつ作業をしていたのか本当に謎である。伐採してからすでに二週間ぐらい経(た)っているのでそろそろ炭焼きを始めたいと言っていた。

「そういえば、雪大丈夫でしたか？」

今更な質問をすると、

「リンがとてもがんばっていました」

と返ってきた。

うん、とってもとってもがんばったんだろうな。尾で雪を勢いよく払っていたリンさんの姿が思い出された。あれはすごかった。

「佐野さんちは大丈夫だったんですよね？」

「はい。うちはニワトリたちががんばってくれました」

また連絡をくれるということでＬＩＮＥのやり取りは終わったが、夜になって今度は電話がかかってきた。

「もしもし、相川さん?」

「お伝えし忘れていました。陸奥さんの北側にある森というか雑木林ですか、あそこをニワトリさんたちに巡回してほしいような話がありましたよ」

「あー、そういえばそんなこと言ってましたね……」

宴会時にちらっと陸奥さんが言っていたのを思い出した。

「タンッ!」

「ジョーッ!」

「ビッ!」

「うるせー! すみません、相川さん……」

相川さんと電話している後ろでニワトリたちがうるさい。こんなことなら言わなきゃよかったと後悔しきりである。

「ニワトリさんたち、何か言ってますね?」

ええ言ってますよ。今日になってもまだ〝誕生日〟連呼しててとにかくうるさい。どんだけそのフレーズが気に入ったんだよー。

「いえ、大したことじゃないですよー」

あははと笑って誤魔化した。

「ター」

「ジョー」

「ビ?」

言い方変えればいいってもんじゃないだろ。何がそんなに楽しいのか。

「よくしゃべって、かわいいですね？」

「そ、そうですかね……」

　また明日連絡をくれるということだったのでそこで話は終わった。電話越しだったからか相川さんにはよく聞こえなかったらしく、何を言っているのか追求されないで済んだのはほっとした。昨日が誕生日だったなんて言ったら、なんか用意しちゃいそうだもんな。いや、さすがにそこまではしないか。

　ニワトリたちはまた出張だろうか。明日連絡が来て詳しい話を聞いてから、ニワトリたちに尋ねてみようと思った。


　その日の朝も晴天だった。

　庭は特に雪かきもしていないので真っ白である。でも洗濯物を干したいので物干し竿（ものほしざお）のあるところまでと、物干し竿の周りの雪はどけた。昨日のうちにやっておけばよかったと後悔した。さすがに一日ほっておくと固くなってしまった。

　手抜きをするとすぐこれだから優先順位は考えないといけないんだよな。

　今日もポチとタマが遊びに出かけた。タマは雪が嫌いみたいなのだがリンさんほどではないらしい。おかげで昨日も雪まみれになって平然と戻ってきた。もう少し身体の雪を払ってきてほしかった。ポチは雪が好きかもしれない。時々雪に向かってダーイブ！　とかやっているのを見てしまった。あれ、大丈夫なんだろうかと少し心配した。やっぱり男は幼いというか歳相応というか、うちの女子たちが大人びてるだけだよな、うん。でもユマは無邪気で幼いかんじだ。タマが大人びてるだけなのか。

洗濯物を干していたら周りでユマがうろうろしていた。雪をどけたところとそうでないところがあってそれが楽しいみたいだった。いいかげんにどけたので境目で雪が盛り上がっている。それをぴょんぴょんと跳んで遊んでいた。

「ヘンー?」

とかコキャッと首を傾げながら跳んでいるのがいちいちかわいかった。

しかし見た目は俺の胸辺りまであるでっかいニワトリである。しかもトカゲっぽい鱗がある尾付きで口を開けたらギザギザの歯が並んでいる仕様だ。冷静に見ると怖いのかもしれないが、うちの子たちはみんなかわいい。

洗濯物を無事干して、山の上に向かって手を合わせた。今日も見守っていただきありがとうございます。

昼前に相川さんからＬＩＮＥが入った。やっぱりうちのニワトリたちに陸奥さんの土地の見回りをしてほしいそうだ。昼食付きで日当も払うと書いてある。以前蛇を捕まえた時の日当はどれぐらいだったかな。ちなみに陸奥さんたちにうちの裏山を回ってもらったのは陸奥さんたちから申し出があったからなので、こちらは特に日当などは払っていない。

いつもお世話になっているから日当はいらないと言いたいところだけど、そういうものは受け取らないといけないらしい。

「礼ももらわずに引き受けてたら食い物にされちまうぞ。そうじゃなくたって世の中図々しい奴は多いんだ。もらえるものはもらって、ただでなんかさせようっつー輩は避けるんだぞ」

おっちゃんや陸奥さんの弁である。そう言われると蛇退治にニワトリたちを貸し出した時を思い出した。そういえば村の年寄りが何やら言っていたっけ。俺が何かやる分にはいいけど、ニワトリにさせて当然という言い方は嫌だった。（あの後、おっちゃんが村の年寄りはああいう言い方をしているだけだと困ったように教えてくれた。おっちゃんも苦労性である）俺は周りにも恵まれてるよなとしみじみ思った。

「ニワトリたちに確認してから返事します。いつ頃からがいいですか？　期間はどれぐらいでしょう？」

直接陸奥さんとやりとりしてもいいのだが、相川さんがそこらへんの調整はしてくれるというので甘えている。新参者にはわからない機微のようなものがあるのだろうし。

ニワトリたちにはまだはっきりしていなかったので話してはいない。ニワトリたちがその気になったとして、中止になってしまったら可哀想だからだ。全員一緒にいる時の方がいいだろうと、ユマにも特に話さなかった。

暗くなる前にポチとタマがまた雪まみれで帰ってきた。もう少し雪を避けるということはできないのだろうか。お湯は余分に作ってあるからいいけどさ。

二羽をよく洗い、タオルドライしてから家に入れた。

今日はもう〝誕生日〟の連呼はしなくなっていた。いいかげん飽きたのだろう。俺はほっと胸を撫で下ろした。

相川さんから陸奥さんちへのニワトリ出張について詳細の返事が来ていた。

早ければ早いほどいい。最短で明後日(あさって)から一週間ほどという話だ。場合によっては延びるが、そこは臨機応変に頼みたいとのことだった。

「ポチ、タマ、ユマ、陸奥さんちの林の見回りを頼まれてるんだがやってくれるか？　明後日からなんだけど」

「イクー」

「イクー」

「イクー」

三羽共即答だった。

「何日も続けて行くんだが、いいか？」

「イクー」

「イクー」

「……オトマリー？」

ユマが不安そうに首をコキャッと傾げた。すっごくかわいい。じゃなくて、

「日帰りだ。泊まりは……そんなにしないと思う」

せいぜいまた宴会がある時ぐらいだろう。

「イクー」

「じゃあ返事しとくなー」

ただの見回りだからな？　積極的に何か狩らなくていいからな？　と思ったけどニワトリたちは

狩りをする気満々のようだった。なんでそんなにうちのニワトリたちは血の気が多いんだよ。狩猟民族かよ。

「明後日からで問題ありません。日帰りにする予定です」

相川さんにさっそく返事をした。いくら敷地が広いからって他の家も近くにあるのだ。ニワトリたちの鳴き声で近所に迷惑をかけるわけにはいかない。けっこうニワトリの鳴き声って響くしな。

「わかりました。伝えておきます」

すぐに返事が来た。それから寝るまでの間に陸奥さんとも確認は取れたということで、明後日の朝陸奥さん宅にお邪魔することになった。

ニワトリ出張またまた！　である。感覚的にはもしかしたら再々登場ぐらいかもしれない。

9．ニワトリ部隊、またまた！

そんなに日は経っていないが、和菓子は女性陣に好評だったということで和菓子屋に寄ってから陸奥さんちに向かうことにした。なので今日は朝早くではなく、店が開く時間に合わせて山を下りた。ニワトリたちには和菓子屋の駐車場の側にいるように言った。

今日は相川さんとは別行動である。相川さんも向かうことは向かうが適当に行くそうだ。若い娘さんはやっぱり苦手のようである。

「こんにちは～」

「はーい、いらっしゃいませ～」

今日も出てきたのは娘さんだった。

今日はお萩があった。食べづらいけど俺は好きなんだよな。でも手土産だからおまんじゅうとかにしておこう。

「はい？」

「今包みますのでお待ちください。……あのぅ」

大福を十個とあん団子を十本にさせてもらった。

包みながら声をかけられた。

「その……今日はお友達は一緒では……」

「ああ……」

苦笑した。相川さんのことだろう。

「今日は用事があるみたいです」

「そうですか」

あからさまにがっかりすることはないんじゃないかなと思うけど、ろくに娯楽もない山間の村だ。イケメンぐらい見たがっても罰は当たらないだろうと思う。

代金を払って和菓子を受け取り、店の表へ出たら白い作務衣姿のおじさんがすごい表情でニワトリたちを見ていた。確かこの店の店長さん？　である。

あ、やヴぁいと思った。

「すみません、うちのニワトリたちが何か？」

「あ、ああ……お客さんのニワトリでしたか……いやあ、あんまりでかいもんがいるんで何が起きたのかと……」

「驚かせてしまってすみません。なんか突然変異みたいで……今連れて帰ります。ポチー、タマー、ユマー、行くぞー！」

呼んだらトテトテと戻ってきてくれた。走って戻ってこなくてよかった。おじさんが三歩ぐらい下がってしまっている。近くに来ると余計にでかいからな。

「ＵＭＡかと思いましたよ……」

「あはは……でかいですけど、いい子たちですよ」

未確認生物に間違われてしまったようだ。確かに村外の人からしたら得体が知れないよな。もう村外の人ではないみたいだけど。そう考えるとこの村の人たちのおかしなものに対する耐性がすごすぎる気もする。ま、共存できればいいよな。

「一応獣医さんには診てもらっているので」

「ああ、そうなんですか」

おじさんはほっとしたようだった。

「いつもおいしい和菓子をありがとうございます。また寄らせていただきますのでお願いします」

「はい、ありがとうございました！」

おじさんに頭を下げられながら軽トラを発進させた。和菓子屋のおじさんのような反応をされたことがほとんどなかったから忘れていたけど、気をつけなければいけないなと改めて思った。

村の西の外れから東の外れまで移動する。直線距離にしたらそれほどではないが、近いとは言い難い。

陸奥さんの敷地は相変わらず広いなと思った。北東方面に広がる林はそれなりの面積があるようだ。林の北側には川があるらしく、その川は北の山から水が流れてきているそうだ。林の東側も山である。その辺りの山は養鶏場がある松山さんの裏山の並びで、国有林なのだと聞いている。つまりうちのニワトリたちが回るのは山とのキワまでだ。

「こんにちは～」

相川さんの軽トラは先に着いていた。陸奥さんも出てきていたので挨拶(あいさつ)をしてさっそくニワトリたちを降ろした。陸奥さんがニワトリたちを見て相好を崩した。

「佐野君、ありがとうな。調子はどうだ？」

「ニワトリたちは絶好調ですよ。手土産を持ってきたんですけど……」

「おいおい、そんな気を遣うこたあねえよ」

そう言いながらも陸奥さんは嬉(うれ)しそうだ。手招きされて家に向かう。相川さんがニワトリたちに挨拶してくれた。

「おーい、佐野君が手土産持ってきてくれたぞー！」

家の中に陸奥さんが声をかける。パタパタと足音がしてお嫁さんが出てきてくれた。

「佐野さん、いつもありがとうございます」

「この間と同じで和菓子なんですけど」

「まぁ、嬉しいです。気を遣ってくださってありがとうございます」

お嫁さんはにっこり笑んで包みを受け取ると持っていった。

「縁側に茶ぁ持ってきてくれ！　三人分だ！」

「はーい」

返事を聞いてからまた表に出た。

相川さんがポチの羽を撫でていた。なんか珍しい光景だなと思った。

「待たせて悪かったな。ポチ、タマちゃん、ユマちゃん、さっそくあっちの林の見回りを頼みたいんだ。そんなに広くはねえが山からなんか下りてくることがある。イノシシとかシカはできれば倒して呼んでくれ。山には絶対に登らないでくれ。いいかな？」

陸奥さんが具体的な指示を出す。

ココッ！　とニワトリたちが返事をした。

「見回りは日が落ちる前に止めてくれ。無理して狩る必要はねえ。ただ帰りにイノシシとかシカを見たかどうか聞くからそれに答えてくれりゃあいい。絵を出すから、見つけていたら鳴いてくれ。わかったかな？」

サーイエスサー！　と返事をするようにニワトリたちが再びココッ！　と鳴いた。

「じゃあとりあえず今日から一週間ぐらい頼むわ。日が少しでも陰ったら帰ってくるように。よろしくな」

クァーッ！　とポチが代表して返事をし、ツッタカター！　とニワトリ部隊が出発したのだった。つか、あんなとんでもないスピードで駆けてって大丈夫なんだろうか。まだ雪残ってるのに。どっかでステーンとか転びそうで怖い。

踵（きびす）を返して陸奥さんちの縁側に腰掛けた。座布団が出されていたから冷たくはなかった。寒いは寒いんだけど日が出ているからそれほどでもない。風もないしな。

お茶と、お茶請けに大福が出されていた。できればあん団子が食べたかったが、自分で帰りに買っていけばいいだろう。

「寒くねえか？」

陸奥さんに言われて、「それほどでもないです」と答えた。山の上の寒さに比べればなんということもない。そうは言ったが陸奥さんが寒そうにしていることに気づいた。ここは気を遣うべきだろう。

「でもちょっと寒いかな」

「だよな～」

というわけで縁側から上がった。

「あらあら、結局中ですか？」

「いや、ほら、佐野君が寒いっつーからよ」

奥さんに言われて陸奥さんがそう答える。

「あらあら」

わかってて言っているのだから微笑（ほほえ）ましいと思う。相川さんもにこにこしている。俺は頭を掻（か）いておいた。

「そういやニワトリたちを行かせちまったけど昼飯はどうくれてやりゃあいいんだ？」

しまったというように陸奥さんが困った顔をしている。秋ぐらいまでなら虫だの葉っぱだの勝手に食べているのだが、冬はさすがに外でごはんというわけにもいかないだろう。山だと土中の虫なんか見つけて食べているみたいだけどな。

「おなかがすけば戻ってきますよ。その時にあげていただければ十分です」

今年の冬は豊猟なので十キログラム単位でシシ肉があるらしい。近所におすそ分けをしてもなくなる量ではないそうだ。まぁいくら家族が多くたって毎食シシ肉を食べているわけではなさそうだし。しかも養鶏場に伝手（つて）もできたものだからおいしい鶏肉（とりにく）の確保もできて万々歳だという。それはよかったなぁと思った。

「相川君、そういや佐野君ちの四阿（あずまや）作りも急がねえとだろ？」

陸奥さんが思い出したように言った。げっ、と思った。覚えてたのか。忘れててもよかったのに。

「そうですね。ニワトリさんたちにはお世話になっていますから、早ければ早いほどいいと思います。それに、先日湯本さんと電話で話したのですが……」

「何をだ？」

陸奥さんが聞く。なんかおっちゃんと話すことがあったのかな。炭焼きの件かもしれないと思ったのだが、相川さんがにんまりした。それが何か企（たくら）んでいる表情だと気づいて、嫌な予感がした。

「佐野さん、六日が誕生日だったんですね？」

げげっと思った。もしかして、あの日電話越しでニワトリたちが連呼していたのが聞こえたのだろうか。もしかしてその件でおっちゃんに電話したのか？　相川さんの洞察力ってどうなってるんだよー。

山を買う時は遠い親戚（しんせき）が仲介してくれたが、山倉さんとの書類のやりとりなんかを主にやってくれたのはおっちゃんである。俺の誕生日を知っててもおかしくはない。もしくはうちの親が心配しておっちゃんにいろいろ話したのかもしれないけど。

「六日？　もう過ぎてんじゃねえか。こりゃ急いでプレゼントを用意しねえとな」

陸奥さんが頭を掻きながらとんでもないことを言い出した。

「い、いえ……そんな、もうプレゼントをもらうような歳じゃないんで……」

「そんなこたあねえだろう。ちょうどいい。ちょっと趣旨が外れちまうかもしれねえが、とっとと四阿を作っちまおう。プレゼント代わりだ！」

陸奥さんはそう言ってワハハと笑った。

「えええええ」

「湯本さんには炭焼きと四阿の件で電話したんですよ。湯本さんも参加されるんですよね？」

俺は相川さんを睨んだ。余計なことを言いやがってという気持ちである。相川さんは苦笑した。

「佐野さん、四阿作りはそんなに時間かかりませんよ」

「そうなんですか？」

冬、風などを遮る為にほしいと言ったので丈夫な柱を何本か立ててその上にトタン屋根を載せる形にするそうだ。地面から確認して柱を立ててくれるそうで、本格的である。台風などもあるからその対策でもあるのだろう。あらかた材料は集まっているらしく、地面の確認作業も含め二日もあればできると言われた。だからどんだけでっかい工作が好きなのか。よくわからない会話もあったのでそこらへんは口を挟まず大福を食べた。

四阿は材料が揃い次第すぐに始めるということで、四阿を作る日はニワトリたちも休むことになった。

ここいらのおじさんたちはいったいどんだけでっかい工作がしたいんだよ、と遠い目をしたくなった。

昼過ぎにニワトリたちが戻ってきた。陸奥さんの奥さんがシシ肉を食べやすい大きさに切り分けたのと野菜を出してくれた。ニワトリたちはご機嫌で午後の見回りに向かった。こちらもお昼ごはんをごちそうになってしまった。昼食付きというのは俺のごはんも込みだったらしい。一週間丸々俺が付き添う必要はないが、ずっといてくれてもかまわないと言われた。さすがに家事がおろそかになるから明日は送ったら家に戻る予定ではいる。

「あ、そういえば……」

和菓子屋でのやりとりを思い出した。

「今日和菓子屋に行った時お友達は？　って聞かれてしまいました」

「そうでしたか」

相川さんが苦笑する。陸奥さんがワハハと笑った。

「相川君はハンサムだもんなぁ」

「あらやだ、今はイケメンって言うのよ～」

と奥さんが訂正していた。確かに最近あんまりハンサムって聞かない気がする。

「今日は別行動だって言ったらすごくがっかりされてしまって」

「まぁ、佐野さんだって……」

奥さん、そこはがんばらなくてもいいところです。

俺は決してイケメンではないし、不細工と言われたことはないけどフツーなので。

「ははは！　そりゃあ災難だったなぁ！」

災難ではないかもしれないけどちょっとな、とは思う。気にしてないけど。

「それと、和菓子屋のおじさん？　にニワトリたちをＵＭＡと間違われてしまいまして」

「ゆーま？　ＵＦＯか？」

「それは未確認飛行物体ですよ。確かにあの尾は素晴らしいですよね！」

相川さんが訂正しつつキラキラした目で言う。大蛇を飼っているぐらいだ。爬虫類（はちゅうるい）っぽい部分が好きなのかもしれないと思った。

「そりゃあ……大丈夫なのか？」

「獣医さんに診てもらってると言ったら安心したみたいです」

「今後は新しい店にはニワトリさんたちは連れていかない方がいいかもしれませんね」

「ですねー」

ちょっと反省した。

「佐野さん」

「はい？」

「そういえば、桂木さんたちっていつぐらいにこちらに戻ってくるか聞いていますか？」

「え？」

相川さんが桂木姉妹を気にするなんて珍しいこともあったもんだ。

「えーと、残すところ最終試験のみらしいんでそれは地元で受けるって言っていたから……早ければ来週には一旦（いったん）顔を出すんじゃないですかね？」

「そうですか」

「どうかしたんですか？」

思わず聞いてしまった。

「いえ、ちょっとした思いつきなので気にしないでください」

にっこりして相川さんが言う。その目が笑っていないように見えてちょっと怖いなーと。またなんか企んでる？　とか失礼なことを考えてしまったのだった。


翌日はニワトリたちを送ってから家に戻った。例によって、ユマは俺と一緒である。相川さんはまた陸奥さんちに行く用事があるらしいので、帰りはついでにニワトリたちを送ってきてくれるらしい。悪いですよと言ったのだが、お気になさらず～と言われてしまえば引き下がるしかなかった。

冬になってから相川さんが生き生きしているように思える。狩猟が楽しいというのもあるだろうが、心の重荷が減ったからだと思う。

前に戸山さんが、

「相川君はなんていうか……佐野君と知り合ってからだろうと思うけど陰みたいなものがなくなったね。よほど佐野君と気が合うんじゃないかな」

と言っていた。

「そうだと嬉しいですね～」

なんて答えた覚えがあった。本来の相川さんに戻ってきているのではないかと思う。ゆっくりだが一歩一歩進んで、こんなふうに暮らしていければいい。

本来の自分に戻りつつある相川さんは最近笑顔も眩しい。うん、これは勘違いするストーカーも現れそうだと納得した。俺は男だから関係ないけどな。

10．我慢できないおじさんたちとニワトリたち

ニワトリを貸し出して三日目に、

「材料が揃ったから明日は佐野君ちな」

と陸奥さんに言われた。

「あ、ハイ」

だからどんだけこの辺りのおじさんたちはでっかい工作がしたいのか。

夕方相川さんがポチとタマを送ってきてくれた時に、明日の四阿作りについて詳しい話を聞いた。陸奥さんやおっちゃんの家の倉庫に眠っていた材料を持ってくるだけなので、こちらで用意するものは全くないらしい。

「……ありがとうございます。よろしくお願いします」

さすがに観念した。相川さんはにこにこしながらご機嫌で帰っていった。くそう。

「あー、ポチ、タマ……明日は陸奥さんちじゃなくてうちな……」

「エー」

「ナンデー？」

「イイヨー」

ユマも答えてくれるとかかわいい。ポチとタマは不満らしい。

「明日うちで作ってもらうものがあるんだよ。お前らは自由に遊んでていいから」

「ワカッター」

「ワカッター」

「サノー」

自由にしてていいと言った途端の手のひら返しはどうかと思うんだ。まぁ、わかりやすいからいっか。

ユマは明日も俺と一緒にいてくれるらしい。当たり前だとは思わないようにしよう。

「ユマ、ありがとうなー」

「アリガトー？」

ユマがコキャッと首を傾げる。なんで俺が「ありがとう」と言うのかわからないみたいだ。うん、ユマはそれでいいよ。

翌朝は晴天だった。おっちゃんたちがにまにましながらやってきた。だからどうしてアンタたちはそうでっかい工作が好きなんだよ。頼んでおいてなんだがちょっと呆れてしまった。

「よぉ、佐野君、来たぞ！」

陸奥さんがハイテンションだ。

「お邪魔するね～」

戸山さんも来た。

「トタン板、これぐらいでいいですよね？」

もちろん相川さんもである。

「せっかくだから手伝いに来たよー」

「人手は多い方がいいだろう」

川中さんと畑野さんまで来てくれた。土曜日だからなんだろうけど、畑野さんは家族サービスとかいいのかなとちょっと心配になった。

「よろしくお願いします」

ありがたいことには違いない。でっかい工作大好きーズに頭を下げた。

「おう、昇平。四阿もいいが風呂はリフォームしなくていいのか？」

おっちゃんは四阿作りだけでなく風呂の改築までしたいみたいだ。勘弁してほしい。

「大丈夫ですから！」

「そんなこと言ってる間にユマがもっと大きくなっちまったらどうするんだ？」

おっちゃんが言い募る。確かにその可能性は否定できないけど、さすがに最近はもう背が伸びてないっぽいんだよ。もう成長は止まった……と思いたい。

「これ以上育ったら、そもそもうちの中に入れられなくなっちゃいますよ……」

コココッ!?　とすぐ隣でユマが鳴く。もしかしたらショックを受けたのかもしれなかった。

でも実際うちの土間も大分窮屈になってるんじゃないかなと思う。

ポチとタマはもう遊びに行った後だ。おっちゃんたちは材料を各々の軽トラから降ろしてきて、うちの前に並べた。

「よーし、じゃあ始めるぞー！」

なんか設計図みたいなのまで出してきた。だからそういうのいつ描いたんだってばよ。

ホント、おっきいお友達の本気を見たかんじだった。

さて、大きい工作大好きーズ（総勢六名）が表で作業している間に俺は昼食の準備だ。

タマとユマの卵はいくつか取っておいてあるから材料はある。鶏肉（とりにく）も買ってきてある。玉ねぎも十分ある。

と来たら親子丼だ。

みそ汁の具はワカメと小松菜だ。漬物は雑貨屋から買ってきてある。ごはんもいっぱい炊いてある。

がんもどきも煮てある。これは干し椎茸（しいたけ）の戻し汁と醤油（しょうゆ）や砂糖を合わせた煮汁にニンジン、戻した椎茸の細切りを加えて煮たものだ。その他に冷凍しておいたシシ肉のみそ漬けを焼く。なんか野菜が足りないなと思うが男の飯はタンパク質が基本だ。(俺個人の考えです)

ユマにはおっきいお友達たちには近づかないように言い、俺は台所で作業に勤しんだ。……人数が多いから少しずつにはなるがそれはしょうがない。卵や鶏肉はそれなりにあるのだが煮物だのシシ肉のみそ漬けだのはそんなに量がないのだ。シシ肉、また調達できないもんかな。って、それこそ時の運だろう。

すっかりニワトリたちを頼っている自分がなんか嫌になった。

本来野生動物はそんなに獲れるものじゃないはずだ。どうもニワトリたちがポコポコ捕まえてくるから勘違いしていた。もっと気を引き締めないとなと思った。

家の外からガンガンドンドンバンバンとすごい音がしてくる。いったい何をやってるんだろう。そういえばあの人たち柱っぽいのまで持ってきてたよな。二万円までしか出さないって言ったはいいけど、材料費とか大丈夫なんだろうか。家の倉庫を漁っただけみたいなこと言ってたけど、全部が全部そうじゃないだろうし。

大人数の料理なんてしたことがないから、ああでもないこうでもないと苦労しながら準備をした。時間を見るともう昼になっている。ここいらで声をかけた方がいいだろう。親子丼を作る手順を考えながら表に声をかけた。

「ごはんですよ～！」

「おーう！」

「はーい！」

全員の返事が重なって聞こえてきた。

しかしどういうわけか、真っ先に駆けてきたのはユマだった。ユマのごはんも用意しておいてよかったと冷汗をかいた。

「ユマ、今日はまだ調理してるから外で食べてもらっていいか？　シカ肉もつけるから」

ココッ！　とユマが返事をした。表に台を置き、その上に餌を入れたボウルを置く。ユマが行儀よく待っている前で一切れ二切れと大きめに切ったシカ肉を餌の上に載せてやった。後から載っけてやった方がわかりやすいから喜ぶんだよな。

「おー、ユマちゃんよく食べるなぁ」

陸奥さんが嬉しそうに声をかけてきた。そちらを見れば足場がしっかりできていて、太い柱が四本立っている。すぐにでもトタン屋根が載りそうだった。

だからその太い柱はどうやって調達してきたのか聞いていいでしょうか。

「その角材……どうしたんですか？」

「ああ、廃材だからただだぞ」

「……よかったです」

それならいいけど普通に買ったらそれなりの値段がしそうだ。

「それよりごはんですよ。準備します」

「ああ、楽しみだなぁ」

にこにこしながらみんな家に入った。家の戸は少しだけ開けておく。ユマが外で食べてるし。

「ごはんよそいますね」

食器だけはけっこうあるから、どんぶりに相川さんがごはんをよそってくれた。とても助かる。

(食器は元庄屋さんたちが置いていってくれたものが主だ)

お茶はお盆にまとめて載せてある。こたつと座卓の上に漬物も置いてある。みんな適当に配って摘まんでいた。

タマとユマの卵は一つ一つが大きいから一人一個ずつでも十分である。鶏肉は雑貨屋で買ってきたが、松山さんのところから仕入れたものだというから最高のものだろう。よく作っているものだけど人に食べさせるとなると緊張する。一度で全員分は作れないから四回に分けて作った。四回目は自分のだ。

作った物を相川さんが運んでくれて、どうにかなった。

「おお～！　うまそうだな！」

おっちゃんが親子丼を見て声を上げた。

「お待たせしました。ではいただきましょう」

内心冷汗をかきながらみなを促し食べ始めた。足りなかったら困るなと思いながら。

「親子丼うめぇ～～～～！」

おっちゃんがしみじみ言ってくれた。よかったよかった。

「はー……やっぱりいいですよね。タマさんとユマさんの卵、最高です……」

目の前で相川さんが感動したように言う。いや、そんな大げさに喜ぶようなものでは……とは思うが俺もいつも幸せを感じているからそれでいいのだ。

「やっと、やっと佐野君ちの卵が……」

「うるさい、さっさと食え」

川中さんはうるうるしている。畑野さんもそんなことを言いながら口元が緩んでいた。

「ええ、うちの子たちの卵は最高です。この鶏肉もおいしいですよね～」

みんなでにこにこしながら食べ終えた。相川さんはごはんもおかわりして食べてくれた。よかったよかった。

「よーし、これで午後もがんばれるね！」

一番元気になったのは戸山さんだったようだ。

タマとユマの卵パワーのおかげかそれからみな夕方まで作業を続け、一日である程度形にしてしまったのだった。さすがに完成とまではいかなかったが（下の部分を一部コンクリで固めた為(ため)）、一応使えないことはないらしい。

「メンテナンスは僕がしますので、なにかあったら言ってくださいね」

「お、相川君ずるいぞ！」

「隣山の特権ですよ～」

「ええ～」

大人たちの暴走が止まりません。誰か止めてください。

夕方にはポチとタマが帰ってきて、ああでもないこうでもないと言い合っている大人たちをきょとんとした目で見つめていた。それからできたばかりの四阿(あずまや)を離れたところからこわごわと眺め、なかなか家に戻ってきてはくれなかった。

まぁ確かに、帰ってきたらなんかでっかいのが家の横に建ってるんだもんな。驚くわな。

ユマに頼んでポチとタマに説明してもらったが、それでも暗くなるまで家に入ってこなかった。せめて作り始めるところを見せてから遊びに行かせるのだったと反省した。

四阿のてっぺんにはライトがつけられ、それは簡単なスイッチで点けられるようにしてくれた。足下はコンクリートで固められていて、少し高さがあり、角度をつけてくれている。水を流しやすくする為だろう。家の周りの側溝に流れるように角度をつけてくれたのでとても作業がやりやすそうだった。とはいえしっかり固まるまでには一昼夜置いた方がいい。どうせニワトリたちも今日は四阿を遠巻きにしているから大丈夫だろう。

そう思ったのだが。

「あっ！　ユマさん⁉」

相川さんの声がしたと思ったら、

ギャッ、ギャギャギョエ〜〜ッ⁉

今まで聞いたことのない声が上がった。ユマがなんだろうとコンクリに足を突っ込んでしまったらしい。

ええええええ。

そのままダダダダダッと走って逃げていってしまった。

すでにみんな帰った後だったが相川さんとおっちゃんだけが残っていた。（おっちゃんはちょうど軽トラに乗るところだった）おっちゃんは気を取り直したように手を振って軽トラに乗った。

俺は相川さんと顔を見合わせた。そして四阿の足下を見る。うん、見事に足跡が残っている。

「……もうそれなりに固まったと思っていたんですが……」

「体重分かな……」

猫だの犬だのの足跡が残るなんていうのは聞いたことがあるけど、うちはニワトリの足跡になったようだった。なんつーか、コンクリートのお約束みたいなものがあるんだろうか。

ニワトリの足、っつーか鋭い鉤爪(かぎづめ)も含めて、てんてんてんと。

これはこれでいいな。なかなか味がある。

「ええと、そろそろ帰りますね。明日も一応来ますがお昼などはおかまいなく」

「卵はまだあるので、簡単なものでしたら」

「それはありがたいですね」

相川さんはにっこりと笑んだ。みんな大好きタマとユマの卵だ。一個一個がでかい上に味も濃厚だからな。羽毛恐竜の卵もこれぐらいうまかったのかなとか想像してしまう。それなら狙われるのも道理だ。実際は、味うんぬんというより栄養価だろうが。

相川さんが帰ってしばらくもしないうちに暗くなった。帰り道は大丈夫だろうかと少し心配になった。

ほどなくして、ユマがしょんぼりした様子で帰ってきた。

「ユマ、おかえり」

まだポチとタマは少し遠巻きだ。

「ゴメーン……」

ユマがポテポテやってきて謝った。そうか、悪いことをしたって自覚はあるんだな。全然悪くなんかない。言っておかなかった俺がいけないのだ。

「大丈夫だよ、ユマ。ユマはイイ子だな」

羽を優しく撫でて、タライを出した。これからは外灯だけじゃなくて四阿の明かりもあるから洗うのは楽になる。でも四阿の明かりもパッとつけたらギャギャギャギャギャ——ッ!? と鳴かれてまた逃げられてしまった。みんなが慣れるのをしばらく待つしかないようである。

ユマの足にはコンクリが付いてしまったから、四阿から離れたところで丁寧に洗って落とした。付きっぱなしはよくないしな。

「アリガトー」

ユマが首をコキャッと傾げて礼を言う。

「どういたしまして」

今日もユマはかわいい。もちろんポチとタマもざっと洗った。

「明日には慣れてくれるといいんだがなぁ」

せっかく照明器具もつけてもらったのにと、俺はため息をついた。

翌日は相川さんとおっちゃんが来た。陸奥さんと戸山さんは張り切りすぎたせいかお休みで、川中さんと畑野さんは家の手入れをするらしい。うん、畑野さんはしっかり家族サービスをしてあげてほしい。

しかし陸奥さんたちのそれってー……筋肉痛、なのか？　それとも腰、とか？

「ええと、それって……」

「ぎっくり腰ではないですよ」

相川さんは俺の懸念を正しく理解してくれたようだった。

「……ならよかったです」

「年甲斐もなく張り切りすぎるとなー」

還暦を過ぎたはずなのにおっちゃんはまだまだ元気そうだ。還暦を過ぎたら本来は年寄りだろうと俺は思うんだが、最近の六十代はかなり元気だ。おっちゃんもおばさんが髪を染めたりと気を遣っているからかなり若く見える。そうは言っても身体は衰えてくるから油断は禁物だ。

「……おっちゃんが言うなよ」

「俺は今第二の人生を送ってんだよ！」

物は言いようだと思った。

今日は四阿周辺の整備もしてくれるらしい。ありがたいことだと思った。

さて、今日のごはんのおかずは卵とほうれん草の炒めと、炒り豆腐である。タマとユマの卵をふんだんに使ったので相川さんとおっちゃんはにこにこだった。

「すみません、こんなもので……」

「こんなものなんて言ったら罰が当たるぞ！」

「そうですよ！」

まぁ確かにそれは否定できない。俺は二人に食いつかれて苦笑した。

今日のみそ汁の具はわかめとじゃがいもだった。

「なんだか知らねえけど、じゃがいものみそ汁っつーのはほっとするんだよな」

「わかります」

おっちゃんと相川さんがわかり合っている。漬物は相川さんが持ってきてくれた。

「今日は浅漬けですけどね～」

「ありがとうございます」

浅漬けは浅漬けで好きなのだ。ユマには昨日と同じくシカ肉をおまけにつけた。ユマはご機嫌である。

「それにしても昨日の鳴き声はすごかったなあ」

おっちゃんが笑う。確かにあんな声出るんだってびっくりした。

クァアーッ！　と鳴き声がした。なんかユマが怒っている気がする……。

「あー……ユマ、ごめんな……」

おっちゃんはバツが悪そうな顔をした。ユマも遠慮がなくなってきたな。まぁいいことだとは思うけど、危害は加えないようにしてほしい。暴力反対、である。

四阿からより水がうまく流れるように調節してくれたので洗いやすくなりそうだ。一応壁に使えるようなベニヤ板などを加工したものも作ってくれたので、風避けもできそうだった。トタン板（プラスチック製の物等）も置いていってくれるらしい。うん、屋根があるだけでかなり違う。

「本当にありがとうございます。助かりました」

「でっけえタルいるかー？」

「いえ、大丈夫です」

うちのタライもそれなりに大きいがそれよりもでかいタルをもらっても置く場所がない。あ、でも倉庫なら入るか。って、そのタルで何をさせる気なんだよ。

二日で完成するとか、一人だったら何日かかるんだろうと思うほどだ。一応これで四阿は完成である。お金はおっちゃんに預けた。

「よーし、これで今度みんなで飲もうぜー！」

「いいですね～」

パーッと使うことにしたらしい。誕生日祝いなんて言っていたから受け取ってくれないんじゃないかとひやひやしたが、すんなり受け取ってもらえてほっとした。

そんなわけで、後日おっちゃんちに集まることになった。ニワトリたちの、陸奥さんちへの出張が終わってからの予定である。

帰る頃になって相川さんが、

「佐野さん、これどうぞ」

と何やら渡してきた。

「？　なんですか？」

相川さんはにっこりした。あ、またなんかある顔だと思った。

「チョコレートです」

「……は？」

なんでチョコレート？　と首を傾げた。

「え？　なんで……」

と言ってから、今日がバレンタインということに気づいた。でもバレンタインって、チョコレートを誰が贈るとかはともかくとして気持ちがあるから贈るものなんじゃないのか？　といぶかしげな顔をしてしまった。

「バレンタインですよ。佐野さんにはいつもお世話になっていますから。甘い物、嫌いじゃないですよね？」

「ええまぁ……じゃあいただきます。ありがとうございます」

「受け取っていただけてよかったです。ホワイトデーのお返しはいりませんので」

「は、はあ……」

相川さんは機嫌よさそうに帰っていった。

「……これ、多分手作りだよな……」

ビニール袋の中に入っていた箱の中身はチョコレートケーキだった。相川さんのことだから発作的に作りたくなったのかもしれない。

……チョコレートケーキを作るイケメン……パティシエかよ。（ただの俺のイメージです）

当然ながら相川さんにＬＩＮＥは入れた。でも今度会った時、改めてお礼を言わないといけないなと思った。

味？　たいへんおいしゅうございました。

四阿を調整してもらった翌日は陸奥さんちへまたニワトリたちを連れていった。

「いやあ、すまねえな」

らしい。

陸奥さんの息子さんが養鶏場に行くというので同行した。先日の雪は思ったより積もらなかったらしい。

陸奥さんは普通に起きて縁側で腰掛けていたけど、無理はしないでほしいと思った。

「それならよかった」

「いえいえ、湯本さんと相川さんが最終調整までしてくれましたから」

「昨日に比べりゃあましだ。昨日は手伝えなくて悪かったな」

「体調は如何(いかが)ですか？」

「やあ、陸奥君、佐野君こんにちは」

事前に連絡をしてあったらしく松山さんは家で待っていた。今日は絞めたばかりの鶏を受け取ることになっていたらしい。確かに鶏肉は新鮮な方がおいしいもんな。

先日雑貨屋で鶏肉を買いましたよという話をしたら喜んでもらえた。

「佐野君、ニワトリたちの餌は足りてるかい？」

「はい、おかげさまで。また必要になりましたら連絡します」

「うちの餌だけじゃなくてイノシシとかシカも食べるんだもんなぁ。食費、たいへんだろう」

「冬の間だけですよ～」

春から秋にかけては朝飯ぐらいしか用意しなくていいからそれほどでもなかったりする。ただ身体も大きくなっているから継続的に餌の購入はした方がよさそうだ。

「春になったら餌の購入はなくなるのかな？」

「いえ、食べる量は増えているので購入量が減るだけかと」

「そうか。それならいいんだ」

引き続き餌を売ってもらうことになった。おばさんに手土産を渡して陸奥さんの息子さんと陸奥さんちに戻った。今日は昼飯を食べていくように言われているのでまったりお邪魔している。碁は打てないけど将棋は親と打っていた時期があるので陸奥さんと適当に打ったりして過ごした。たまにはこんなのんびりした日もいいだろう。

お昼ごはんはシシ肉のみそ漬け炒め、ほうれん草のおひたしに、切り干し大根、きんぴらごぼう、鶏の唐揚げが出てきた。もちろん漬物はどんと出されている。

「こんなものでごめんなさいね～」

陸奥さんの奥さんがすまなさそうに言う。いえいえ、十分豪華ですから。

もちろんどれもこれもおいしかった。シシ肉のみそ漬けはみそだけではなくて他のものも入っているらしく味わいが全然違った。俺がただみそで漬けただけのものとは比べ物にならない。いや、俺が適当に作ったものと比べちゃだめだろ。

ごはんが進んでどうしようもなかった。またおなかがぽんぽこりんである。

そうしてまったり過ごしていたのだが、昼ごはんをいただいて少しした頃、ユマだけが戻ってきた。なんかあったのか？　とユマを窺（うかが）う。ユマは俺の姿を見つけるとトトトッと近寄ってきてココッ！　と鳴いた。どうやら来てと言っているみたいだった。

「陸奥さん、ユマが呼んでいるみたいです」

「お？　じゃあわしも向かうか」

陸奥さんが嬉（うれ）しそうに立ち上がった。いつ呼ばれてもいいように作業着姿でいるのだから困ったものだ。

「ユマ、もっと人数がいた方がいいか？」

聞き方が悪かったのかユマがコキャッと首を傾げた。どう聞いたらいいかなと思ったら、

「佐野君、とりあえず行くぞ」

陸奥さんがそう言ってユマに案内を頼んだ。手にはいつどこから取り出したのか斧が握られていた。まぁ、猟銃よりはいいかもしれない。怖いけど。ユマについて走る。ユマは陸奥さんの速度を考慮してあまりスピードは出していない。だが小走りぐらいにはなっているから急ぎではあるのだろうと思われた。

雪がまだ残っていたのでかなり走りづらかった。途中休み休みではあったが林の中を約二十分ほど走っただろうか。川の側でポチとタマが二頭のシカを倒して待っていた。

開いた口が塞がらなかった。

「えええええ……」

「おー、二頭も倒してくれたのか。すげえなぁ。ありがとうよ！」

陸奥さんが携帯を取り出した。

「おい、一良！　天秤棒持って二人連れてこい！　シカが二頭だ、明後日は宴会だぞ！」

ここでは携帯が繋がるようだ。一良というのは陸奥さんの息子さんの名前である。一良さんはポチに迎えに行ってもらうことにして、ちょうど良さそうな枝を見つけて切り落とし、シカの足を紐でくくって陸奥さんとまずは一頭運ぶことにした。なかなかに腰にくる重さである。

「もっと人数がいりゃあ川に入れちまうんだが、今は運んだ方がいいだろ」

陸奥さんに言われてがんばらないとなと思った。まだ山道でないだけましだった。とはいえ林の中なのでところどころ足下がよろしくない。山中だったら余計だろう。ユマが付き添ってくれたからどうにかがんばれたのだと思う。途中で一良さんとすれ違った。

「あと一頭いますのでよろしくお願いします」

「ありがとう。父さん、秋本さんには連絡しておいたよ」

「ああ、助かる」

冬なのに汗だくになってシカを運んだ。今回はかなりの重さだった。陸奥さんも汗だくである。外の水道で手を洗った。作業着についたごみなどはユマがつついて取ってくれた。ありがたいことだと思った。

「お疲れ様ね〜。佐野君がいてくれて助かったわ〜」

奥さんがにこにこしながらお茶を淹れてくれた。

「いや〜、今回のシカはでかいな。さすがに重かったぞ」

「いい歳なんですから無理しないでくださいな」

しみじみそう思う。猟師やってる年寄りって元気だよな。身体には気を付けてほしいと思った。

しばらくぼーっとしていたら一良さんたちがシカを持って戻ってきた。そうして、少ししてから秋本さんが着いた。

「こんにちは〜。いや〜、佐野君とこのニワトリはやっぱすごいねぇ」

ホント、シカが二頭とかどうなってんだと思う。

冷静になってよく見たら、もう一頭はそれほど大きくなかった。子どもに毛が生えたぐらいなのか、それともそういう個体だったのかどうかは不明だ。興奮していたせいか大きい個体を先に、と陸奥さんが思ってしまったらしい。大きいつづらかよ、と呆(あき)れた。

よく見ていなかった俺も悪いです、ハイ。

一応持ってきてから雪を被(かぶ)せておいたから多少は冷えていると思うのだがどうだろう。秋本さんと結城さんは雪で汚れなどを落としてから軽トラに積んだ。

「早くて明後日だけど大丈夫かい？」

「ああ、明後日で頼む」

「もう一日置いた方がいいとは思うけどなー。二頭だからいつも通りで」

「よろしく頼むわ」

秋本さんと陸奥さんがそんなふうにやりとりをする。話がついたようで秋本さんたちは帰っていった。ニワトリたちは満足そうにそこらへんを悠然と歩いている。

あ、そうだ。と思い出してニワトリたちに集まるように言った。

「尾、洗わせろ」

ココッ！　とニワトリたちが返事してくれたのでそこらへんの雪で尾をざっとキレイにした。さすがにシカの毛がついた尾のまま軽トラに乗せたくない。陸奥さんも嬉しそうにタマの尾をキレイにしてくれた。

「いや～、さすがだよな～。シカとは助かったな！」

息子さんの一良さんたちが苦笑している。

「本当にすごいですね。天敵がいないからシカは増える一方なんです。シカが増えれば野菜も木の芽も食べられてしまいますし、かといってそう簡単に捕まえることもできなくて……」

「シカは猟期が決まってるからな」

陸奥さんが忌々しそうに言う。イノシシは害獣扱いだからこの辺は罠ならばもう少し長い期間獲ってもいいらしいが、シカは猟期以外で獲ってはいけないのだ。農家や林業に携わる家からするとどっちも害獣なんだけどな。やっぱり見た目の問題なんだろうか。（俺個人の感想です）

シカを獲ったので明日は休みで、明後日の夕方にこちらに来ればいいそうだ。ニワトリたちにそう伝えたらコッ！　と返事をした。食べられればいいらしい。

「今度は何を作ろうかしらねぇ……病気とかしてなければいいんだけど」

陸奥さんの奥さんもウキウキだ。未だ病気の個体は見ていないが、病気だったら廃棄になってしまうから祈るような気持ちである。少し話してから今日のところは帰ることにした。

帰宅したらもう日が陰ってきたので、ニワトリたちには今日はもう終わりだと告げた。

「エー」

「エー」

ポチとタマが不満そうな声を出した。お前らをキレイにする人の気持ちも少しは考えてほしい。ユマは異論はないようだった。ユマはいい子だよな～。

「今日は狩りしただろ？　洗うぞー」

ニワトリたちをざっと洗ってから家に入れた。スマホを確認したら相川さんからＬＩＮＥが入っていた。あー、連絡するの忘れてた。

まだ夕飯を作る時間ではないだろうと電話をかけた。

「もしもし、佐野さん。今度はシカを二頭ですって？」

相川さんの声が嬉しそうだ。

「ええ。全くどうやって狩ったんだか……」

「ニワトリさんたちの瞬発力はすごいですからね〜」

そういえば一緒に狩りに行ってるから動きは知っているんだった。

「明後日陸奥さんちに来るように言われましたけど、もしかしたら桂木さんたちも合流するかもしれません」

相川さんに言われて何事かと思った。寝耳に水である。

「あれ？　妹さんて免許取れたんでしたっけ？」

「うまくいけば、というところらしいですよ。合格すれば佐野さんにも連絡がいくんじゃないでしょうか」

いつのまに桂木姉妹と連絡を取っていたのか。連絡先は知っているわけだから桂木さんから連絡がいけば返事ぐらいはするか。そこまで考えて、そういえば先日ＬＩＮＥに余計なことを書いてしまったことを思い出した。もしかしたら桂木さんは怒っているのかもしれない。困ったなと思う。

「そうですか」

「桂木さんにはちょっと用事があって連絡したんです。その時に言っていたことなので、こちらに戻ってきているのかもしれませんね」

「無事合格していたらいいですよね」

電話越しに笑い合った。

電話を切って夕飯の支度をする。

またシカか、と思った。

ニワトリたちの餌が増えるのはいいが調理しづらいんだよな。あ、でも、と思い出した。

シカ肉カレーうまかったな。

「そっか、カレーにすればいいんだ……」

それなら少しは俺の分ももらってこられるだろう。一週間カレーでもいいし。

気分が上がってきた。

スマホが鳴った。桂木さんからのＬＩＮＥだった。ちょっとどきどきしながら見てみたら、

「リエがバカすぎて困ってます！」

と入っていた。

え？　なんだろうと思いながら返信する。

「どうしたんだ？」

「受からないんです！　シカ肉祭り行きたいです‼」

シカ肉祭りて。

「……一夜漬けで、どうにかがんばらせてくれ」

どうも学科の最終試験でてこずっているようだ。とりあえず、桂木妹が受かりますようにと山頂の方に向かって手を合わせておく。困った時の神頼みとはよくいったものだ。もちろん本人の努力が不可欠なんだけどな。

あれもこれも全部うまくいけばいいなと思った。

11. 彼女たちが戻ってきた？

翌日はまったり過ごした。

シカたちは病気にはなっていなかったらしい。よかったよかった。内臓もキレイなもので、しっかり冷凍してあるという。ニワトリたちがとても喜ぶだろう。

墓の確認に行こうとしたら道が雪で凍っていた。こっちもちゃんと掃いておけばよかったと頭を抱えた。山頂には冬の間は来られないかもしれませんと手は合わせていたけど、墓参りに行けなくなるのは想定外だった。雨が降るなり晴天が続くなりしてまた溶ければいいのだが。

冬はいずれ終わるものとわかってはいるが、ショックだった。

軽トラにチェーンを巻けば上がれないことはない。だが舗装されているとはいえ細い山道である。しかも凍結している。ここで無理して軽トラごと転落とか勘弁してもらいたい。

「すみません、春になったら参ります」

この山に住んでいた人々に、ごめんなさいと手を合わせた。

そよ風が吹いて、枯れ葉が飛んできてちょうどよく頭に載った。ただの偶然だろうけど慰めてくれたのかもしれなかった。

枯れ枝を集めたり家事をしたりして過ごした。ポチとタマはいつも通り遊びに行った。ユマは俺が表に出る時には付き従い、家の中にいる時は好きに家の周りを散策していたようだった。

その日の夜、桂木さんからＬＩＮＥが入った。

どうにか最終の筆記テストをクリアして、桂木妹は免許証をゲットしたそうだった。よかったよかった。

「これで明日の宴会にも参加できます！」

と書いてあった。今日合格したってことはまだ実家の方にいるはずだ。明日はきっと桂木さんの運転でやってくるのだろう。本当にお疲れさまだと思った。

「ぐあっ……！」

翌朝は早く起きていたのだろうタマに乗られて目覚めた。最近はあんまり寒いので、部屋ではなく居間に布団を敷いて寝ているのだ。おかげさまでタマにはとてもナチュラルにのしっと乗られてしまった。

「タマ～、今日は夕方からだぞ～」

一応文句を言ってはみたが、だから何？　というような目つきをされた。目は口ほどに物を言うとはいうが、もう少しデレてほしいなと思う今日この頃である。

今朝もいい天気だった。今夜は陸奥さん宅で泊まることが決まっている。忘れ物がないように何度も確認をして、家事をしたりして出かける時間までのんびりしていた。ちなみにニワトリたちは遊びに行くでもなく、家の周りをうろうろしていた。そんなにシカ肉が食べたいのかな？　と首を傾げた。

昼過ぎに相川さんからＬＩＮＥが入った。陸奥さんちへの手土産は和菓子にしようという話になり、桂木姉妹も興味があるというので和菓子屋でみな合流することにした。なんだかんだ言って会うのは久しぶりである。元気で過ごしていたことはわかっているが、少しそわそわしてしまった。もしかしたらニワトリたちが落ち着かなかったのは俺のこのそわそわにつられていたのかもしれない。

泊まりの為(ため)の荷物とニワトリたちを積み、山を下りた。

目指すは村の西側にある和菓子屋である。

和菓子屋の駐車場にはすでに桂木姉妹の軽トラが着いていた。

「佐野さん、お久しぶりです～！」

桂木さんが百年ぶりみたいな声を出して抱きついてきた。よっぽど妹さんの試験がかんばしくなかったのだろう。とっさのことで避(よ)けられなかった。

「おにーさんお久しぶり～。免許取れたよ！」

「おめでとう」

ニワトリたちを降ろしたところで相川さんの軽トラが着いた。

「遅くなってすみません。桂木さん、おめでとうございます」

「相川さん、ありがとうございます」

相川さんと桂木さんが離れた位置でお互いぺこぺこしている。なんか面白かった。桂木妹はニワトリの側(そば)に寄り、

「こんにちは～。触ってもいーい？」

と首を傾げて聞いた。ポチが一緒になって首をコキャッと傾げた。

「かわいいね～」

ニワトリたちが桂木妹に寄り、彼女にわしゃわしゃと撫(な)でられていた。気持ちよさそうでよかったよかった。

「入りましょうか?」

「そうですね~。えーと、リエもちょっとおいで~」

「はーい」

「? なんですか?」

何故(なぜ)か桂木姉妹に両側から腕を取られて挟まれた。

「さ、入りましょ~」

どういうことなのかと相川さんを振り返ったが、相川さんはにこにこしている。いったいなんなんだろう。さっぱりわけがわからなかった。

二人に腕を取られた状態で和菓子屋の中に連行される。腕に柔らかい感触があるが無視だ無視。

「こんにちは~」

声をかけたら奥からいつもの娘さんが出てきた。

「いらっしゃいま……せー?」

うん、こんな状態だけど一応客なんだ。

「佐野さん、ここのオススメってなーに?」

「おにーさん、おいしいのどれー?」

両側からピーチクパーチク言われて何がなんだかわからない。

「ええ……えっと……」

「あ、あああああのっ！　当店自慢なのはまんじゅうと大福ですっ！　し、試食用に切ってきますねっ！」

店の娘さんも狼狽（うろた）えたように奥に引っ込んでしまった。

「……なんなんだよ？」

「佐野さんモテモテ計画？」

「おにーさんラブラブ計画？」

おかしいな、二人が言っていることが日本語になってない気がする。また後ろを見ると、相川さんがにこにこしていた。だからいったいなんなんだ？　俺は首を傾げた。なにが起こっているのかさっぱりわからなかった。

和菓子屋の娘さんは四つに切った大福とまんじゅうを持って出てきた。

「ど、どうぞ～……」

「ありがとー」

さっそく桂木妹がつまようじのさされた大福を取った。

「はい、おにーさん。あ～ん」

「自分で食べなって」

さすがにこういう悪ノリには苦笑して断った。

「つまんないの～」

桂木妹がふくれてみせて自分の口に入れる。

「おいしい～。おにーさん、買って買って～」

「うん、買うよ。相川さん、どうします?」

振り向いて聞いた。

「女性が好むものがいいですよね」

「そうですね。じゃあ桂木さん、決めてくれ」

「丸投げされちゃった」

てへっと桂木さんが舌を出した。あんまりかわいい顔するなよな。(実際に桂木姉妹はかわいいです)

「えっと、今日何人ぐらいいるんでしたっけ〜?」

桂木さんが俺の腕を掴(つか)んだままショーケースを見る。

「多分川中さんも買っていくだろうから、そんなに量は多くなくてもいいんじゃないかな」

「そっかー」

とりあえず団子を中心に十本ずつ買った。

「おにーさん、私にも別であん団子買って〜」

「いいよ。あん団子だけでいいのか?」

「免許ゲット祝いはまた別でちょーだい」

「OK」

安上がりにしようとしたのがバレたらしい。

「あ、ずる〜い。だったら佐野さん私にもみたらし買ってくださいよ〜」

「いいよ」

別に大した金額じゃないし。

「あ、相川さんも別で何かいりますか？」

「おかまいなく」

わいわいとうるさくしながら和菓子屋を出た。

店を出る前に見た娘さんの顔がげんなりしていたのが印象的だった。いちゃいちゃしてるように見えたのかな。こちらとしてもわけがわからないんだけど。

「ふぅ……これでいいですかね？」

桂木さんが呟いた。二人は店を出ても俺の両腕にくっついたままだ。そろそろ放してもらいたい。

「ありがとうございます。これでもうおかしなことは言い出さないでしょう」

「それはそれで別の妄想とかしそうですけどねー。佐野さんも相川さんも隙がありすぎですよ～」

「それは失礼しました」

桂木さんの言葉に相川さんがにっこりする。俺は本当になんのことなのかさっぱりわからなかった。

「なんだったんですか……」

「え？」

まだ俺の腕にくっついていた桂木妹が顔を上げた。

「みんなおにーさんのこと大好き！　って話でしょー？　おにーさん、大好き！」

「はいはい、ありがとう。そろそろ離れてくれ」

「あー、本気にしてなーい！　私、本気なのに！」

「ありがとありがと」

こんなギャルが俺に本気とかありえないから大丈夫だ。その時、まだ相川さんに直接チョコレートケーキのお礼を言っていなかったことを思い出した。

「あ、相川さん。この間はありがとうございました。おいしかったです」

敢(あ)えてチョコレートとは言わない。

「いえいえ。喜んでもらえたならよかったです」

「え？　また相川さんの豪華手料理ですか～？」

「いいな～」

桂木姉妹に恨めしそうな目をされた。相川さんがにっこりする。

「ちょうどバレンタインの日に会ったのでチョコを渡しただけですよ」

なんてことを言うんだ。

「ええー？」

「意味深ー？」

「……何言ってんのかわかんないから……」

いいかげん腕を放してもらおうとしたところでパパーッ！　とクラクションが鳴らされた。

「ちょっとちょっと～、佐野君見せつけないでくれるかな～？」

そう言って軽トラの窓から顔を出したのは川中さんだった。そのまま軽トラを和菓子屋の駐車場に停(と)める。確か今日って平日だよな。また半休を取ったんだろうか。

「相川君を差し置いて佐野君とかないんじゃないの～？」

それはもっともだと思うが俺に言うのはどうかと思う。おかげで桂木姉妹の機嫌が悪くなってしまった。自分から敵を作ってどうするんだろう。

「佐野さんは素敵な人ですよ～？」

「おにーさんはかっこいいよ！」

二人に噛みつかれて、川中さんは苦笑した。

「あ、そ、そう？　ごめんね……」

「川中さんもあれがなければいい人なんですけどね。行きましょうか」

そう言って逃げるように和菓子屋に入っていった。

相川さんがフォローする。

「女性からは好かれないですよ、あれじゃ。男性からはどうだか知りませんけど」

桂木さんがツンツンしている。確かに見てる部分が違うからな。

「私、あのおじさんやだなー」

若い娘に嫌われてしまった川中さん、哀れ。しかしそれで話が逸れたのはよかった。俺的には川中さんグッジョブ、である。

「ポチー、タマー、ユマー、お待たせ。行くぞ～」

近くの草地で遊んでいたニワトリたちを呼び戻して軽トラに乗せる。そうしてやっと陸奥さんちに向かった。

ホント、いったいなんだったんだろう。宴会の前からすでに疲れてしまった。

陸奥さんちに着くと、もう秋本さんたちはシカを運んできてくれたようだった。桂木姉妹が緊張しているのがわかる。外に陸奥さんがいたのでニワトリたちはどうしたものかとお伺いを立てた。

「おー、佐野君。まだ日はあるもんなぁ……暗くなったら戻ってきてもらえばいーんじゃないか？」

陸奥さんにそう言われたのでニワトリたちは好きにさせることにした。

「暗くなったら戻ってこいよ」

と言ったらココッ！　と返事があった。そうしてすぐにニワトリたちは林の方へツッタカターと走っていった。ホント、元気だよな～。

「お世話になります」

桂木姉妹が陸奥さんに挨拶（あいさつ）をして、家の中に入った。すぐに台所の手伝いに向かうのだろう。そういえば陸奥さんちには桂木さんはまだ来たことがなかったはずだ。少しだけ心配になった。

戸山さん、川中さんの軽トラが着いた。

「もー、みんな聞いてくださいよ～。佐野君がモテモテだったんですよ～」

川中さんはしっかり川中さんだった。いいかげん拳骨（げんこつ）を落としたくなる。

「何言ってんだ。佐野君はみんなのアイドルだろう」

はい？　陸奥さんも何を言っているんだろう。それも真顔で。

「そうですよね～」

相川さんがにこにこして同意する。人をいじるのはできればやめてほしい。戸山さんもにこにこしている。川中さんがえー？　というような顔をした。

「俺をいじるのはやめてくださいよ～」

本当に勘弁してほしかった。

「佐野さんは僕たちのアイドルなんですからしょうがないですよ」

イケメンがキラキラした笑顔で言ったことなんか信じるもんか。俺は相川さんにジト目を向けた。

とりあえずいじられるのはそこで終わったみたいだった。ニワトリたちのごはんの用意ということでビニールシートを庭に敷いておく。あとは準備してもらえたら並べればいいだけだ。いつもありがたいと思う。

庭が見える居間にみな集まり、漬物と刺身とビールが出てきたら乾杯して飲み始めた。そろそろ日が落ちる頃である。

「佐野さん、用意できたわよ〜」

「ありがとうございます」

陸奥さんの奥さんに声をかけられてニワトリたちのごはんを受け取りにいった。ビニールシートに並べるのは桂木姉妹が手伝ってくれた。

「ありがとう、助かる」

「みんなこんなに食べるんですね」

桂木さんが並べられた量を見て目を白黒させた。

「ああ……こういう時はよく食べるんだよ」

さすがに毎回こんなに食べられたら破産してしまう。俺は苦笑した。

あとうちのニワトリたちは出されたら出されただけ食べるから、普段調整する必要はある。その点松山さんのオリジナル餌は優秀だと思う。栄養バランスも最高らしく、ニワトリたちも喜んでよく食べているしな。

「そろそろ戻ってくるかな……」

桂木姉妹に戻ってもらってから駐車場の方へ向かうと、ニワトリたちが林からちょうど出てきたところだった。

「おーい！　ポチー、タマー、ユマー、ごはんだぞー！」

クァーーーーッ！　と返事をして駆けてくるのはやめてほしかった。とりあえずこのへん、というところまではニワトリたちが見える場所にいて、急いで庭の方へ誘導した。最近はさすがにその勢いでタックルされると危ない。

随分と育ったものだ。

ニワトリたちはビニールシートの前まで来ると俺を窺った。

少し離れて「いいよ」と言ったらがつがつと食べ始める。待っててくれるんだからえらいと思う。

俺はニワトリたちがおいしそうに食べるのを確認してから居間に戻った。

すでに数々の料理が並んでいた。相川さんは端っこに座っている。反対側の端っこに桂木姉妹とお孫さん、そして近所の子どもたちがいた。

「佐野君、先に始めてるぞ！」

わははと笑いながら陸奥さんが言う。すでに顔が赤くなってきているのでけっこうビールを空けたのかもしれない。

「はーい、俺もいただきます～」

相川さんの隣に腰掛けて並んでいる料理をまずは確認した。刺身などは相川さんが取り分けておいてくれたようだった。なんなんですかこのスパダリ感は。

「刺身、ありがとうございます」

「なくなりそうだったので」

相川さんがにっこりした。確かに刺身の皿はもうほとんど中身が残っていない。シカ肉は一口カツになって出てきた。皿にどどんと載っており、近所の子どもたちが我先にと食べている。カツっておいしいよな。シシ肉もあった。トマト煮にされて出てきた。けっこううまい。松山さんのところの鶏肉(とりにく)を使った唐揚げもあり、そちらも子どもたちがどんどん取っている。里芋の煮っころがしや、きんぴらごぼう、肉じゃが、大根の茎のサラダ、大根の葉と油揚げの煮びたしや、大根の煮物があった。どれもこれもうますぎて泣ける。

「おいしい……」

しみじみと呟いてしまった。

「畑野さん、遅いよー!」

平日ということもあってか、畑野さんは今来たらしかった。川中さんが赤ら顔で文句を言う。

「明日も出勤だろう。そんなに飲んでいいのか?」

畑野さんがぶっきらぼうに川中さんに声をかける。

「いーの! 今日はやさぐれてるから!」

「またわけのわからんことを……」

そう言いながらも畑野さんは川中さんの隣に腰掛けるのだから、面白いなと思う。

「佐野さん、最後はシカ肉のカレーが出てくるそうですよ」

相川さんにこそっと言われてはっとした。

「それは胃を空けておかないといけませんね」

カレーは正義だ！　意味がわからないと思うが正義ったら正義なのだ！（本当に意味がわからない）

身体をピンと縦にしてみた。ああでもカツが……唐揚げが……煮物が……。こういう時は食べ溜めができる身体になりたいと切実に思う。

「佐野君、楽しんでるか～？」

陸奥さんは超ご機嫌だ。

「はーい」

「やっぱ佐野君とこのニワトリたちは最高だよな！」

もう何度も同じ言葉を聞いている気がするが、秋本さんと戸山さんもうんうんと頷いているからいいのかもしれない。

「あそこの林、シカなんていたんですね」

川中さんが話を振った。

「いや？　林自体にはいなかっただろうな。おそらく山から下りてきたんだろ？」

陸奥さんが首を傾げる。

「あそこの山は確か国有林だったはずですよね？　斜め南に向かって三座が特別保護地区だったのでは？」

畑野さんが珍しく話している。

「ああ、だが下りてきたのは別だ。山に近い部分はけっこう木の芽が食われてたりするからな。こうやって食べてやるのが一番いい」

そう言いながらも陸奥さんはそれほど食べている様子もない。子どもたちがすごい勢いで食べているからいいのだろう。

「ちょっとニワトリたち見てきますね～」

声をかけて庭に下りた。さすがに今回は二頭分ということもあって量がそれなりにあるらしい。満足そうに食べていた。

「どうだ？　足りそうか？」

コッ！　とタマが返事をした。コッだけじゃわかんないけど、見た感じ足りそうだった。

「足りなくなったら鳴いてくれよ」

そう声をかけてまた宴席に戻った。

「聞いてよ聞いてよ～！　佐野君の両腕を美女たちがね～！」

川中さんが顔を真っ赤にして訴えている。酒の勢いなのだろうけど、なんでそれを今蒸し返すかな。頭を抱えたくなった。

「佐野君はモテるんだから当たり前だろ」

陸奥さんも嘘(うそ)を言わないでほしい。

「佐野君はいつも美女と一緒じゃない～」

戸山さんが普通に言う。その美女っていうのはニワトリたちかな。うん、タマとユマは美女だ、うんうん。もっともだと頷いた。

「そうですね。タマとユマにモテモテですよ～」

「そういうことじゃないよ～！」

川中さんが怒っている。かなり難ありではあるけど面白いおじさんだと俺は勝手に思っている。興味津々でこちらを窺っていた子どもたちが、なーんだという顔をして食べ物に戻った。よかったよかった。

〆に出てきたシカ肉カレーに子どもたちが悲鳴を上げた。

「せっかくのカレーなのに～！」

うんうん、食べられないのはつらいよな。相川さんに感謝である。奥さんがごはんをよそってくれようとするのだが、カレーの割合を増やしたいのでごはんは各自でよそわせてもらうことにした。

「明日はもっとおいしくなるわよ～」

明日も食べられるように自重しなくてはと思った。

かろうじて動けるぐらいに抑えて、ニワトリたちが食べ終わったことを確認する。肉や内臓は全て食べ尽くされていたが野菜は多少残っていた。けっこうな量だったもんな。片付けは相川さんも手伝ってくれた。桂木姉妹は今夜は陸奥さんちに泊まっていくらしい。

「山の上に戻るの？」

桂木さんに聞いたら首を振った。

「三月までは山中さんちにお世話になる予定なんですけど、問題はリエなんですよね～」

「妹さんも一緒だと気兼ねしちゃうか」

「そうなんですよ～。でも山に戻ってもし雪が降ったら出てこられなくなっちゃいますし、そしたらみなさんに迷惑をかけることになるかもしれないでしょう？　だからどうしようかなって」

冬の間は山中さんのお宅で暮らすように言われているらしいが、今年は妹がいるので考えてしまうようだ。あんまり迷惑かけたくないもんな。だからといって山にはまだ戻れない。とはいえまたN町のウィークリーマンションで暮らすのは違う気がする、と。

「佐野さ〜ん」

「だめだ」

「まだ何も言ってないじゃないですか！」

「嫁入り前の娘なんだから自分を大切に」

「佐野さんだったらいいのに！」

「短絡的に決めるんじゃない！」

ちなみに一応小声だがこの会話は外でである。ニワトリたちが俺たちの周りをくるくるしながら立ち止まっては、コキャッと首を傾げたりする不思議空間である。

桂木妹は陸奥さんのお孫さんと風呂に入っている。相川さんが困ったような顔をしていた。ホント、すみません。

「じゃあ相川さー」

「うちは彼女がいるからダメですよ」

「あー、そうでしたよね。彼女さん連れてこなかったんです？」

「人見知りが激しいので。でも嫉妬深いので帰ったらたいへんです」

笑顔だが目が笑ってなくて怖い。

「……ヤ、ヤンデレ？」

桂木さんがぼそっと呟いた。なんだそれは。相川さんが顎に手を当てる。

「そうですね。ヤンデレに近いかもしれません。でもそんな彼女が大好きなので……」

「ごめんなさい。出来心だったんです。許してください」

桂木さんが九十度きっかりに頭を下げた。冗談だということはわかる。

「わかっていただけたならいいんです。でも、確かに困りましたね」

「明日みなさんに相談してみたらいいんじゃないかな。何かいい案が浮かぶかもしれないし」

そう言って家の中に戻ることにした。ニワトリたちの口を拭いてやり、土間においてもらった。お世話になります。

翌朝は比較的すっきりと目覚めた。あんまり飲んでないし。ただ少し胃が重い気がする。でもカレーは食べたいんだよな。今朝は世界は白くなかった。よかったよかった。

相川さんはいつも通り先に起きているらしい。布団を畳んで着替え、顔を洗って玄関横の居間に顔を出した。

「おはようございます」

「佐野さん、おはようございます」

「あ、佐野さん。おはようございます」

「おにーさん、おはよー。いただいてるよー」

相川さん、桂木さん、桂木妹がこちらを向いて応えてくれた。

「お、おひゃよう……」

「ちゃんと飲み込んでからでいいよ」

お孫さんは口の中がいっぱいだったようだ。ちなみに陸奥さんはまだ起きてきていない。

「佐野さん、おはよう。卵いただいちゃったけどいいかしら」

「大丈夫ですよ」

「佐野さんの分はこれね～」

ハム多めの卵少しという皿が渡された。これで最後なのだろう。思わず笑ってしまった。

「もー、佐野さん笑わないでくださいよ。タマちゃんとユマちゃんの卵は争奪戦なんだから！」

「早く起きないと食べられないから～、私も必死で起きたよー！」

「私も……」

「あはははは！」

桂木姉妹とお孫さんが真面目な顔をして言うのがおかしい。陸奥さんの奥さんとお嫁さんは余裕の笑みだ。調理する人たちだからしっかり自分の分は確保したのだろう。

「でもさ、産まない時もあるから……」

「その時は諦(あきら)めますよ～」

「残念だけどね～」

「産まない時……」

お孫さんが、ががーんと言いたそうな顔をした。生き物だからね。

「そうしたら翌日も泊まってってもらうからいいわよ～」

陸奥さんの奥さんがコロコロ笑って言う。冗談ぽい言い方だったが、半ば本気だと思った。

「そんなに泊まれませんから」

「おもてなしするわよ？」

料理に負けそうになる。おばさんたちの料理は絶品なので。

家も広いしな……と思ってから、桂木さんを窺った。桂木さんが顔の前でバッテンを作った。さすがにだめか。

とはいえ候補の一つとしてあってもいいのではないだろうか。どうせただで泊めてもらうなんてことはしないだろうし。

卵は無事みんなのおなかに納まり、陸奥さんが起き出してきた時にはすでになかった。

「あー……また食べ損ねたなぁ」

残念そうな呟きに奥さんが「いつまでも寝ているからですよ」と返していた。

ちなみに、ニワトリたちは卵を産んだ後朝食をいただいて、林の方へ遊びに向かったようだった。

今日は何も狩ってくるなよと思った。

全員起きてくるとけっこうな人数である。いつも通り秋本さんは昨夜のうちに結城さんと帰っている。結城さんもあまり泊まりたくはないみたいだからいいのだろう。平日なので川中さんと畑野さんはまた朝早くに出ていったらしい。宴会には出たいけどってやつみたいだ。

食べ終わった組は庭に面した居間へ移動した。お昼ごはんをいただいたら帰る予定だけど、俺はニワトリ待ちである。もしかしたら夕方になるかもしれない。何も言ってないからそうなっても文句は言えない。陸奥さんには言ってあるのでのんびり過ごすことにした。

「今日は山中さんちに泊まるのか？」

「その予定です。免許は取れたんだけど、まだこっちにいた方がいいみたいで……」

「そっか」

桂木妹のストーカー元カレはまだしつこいらしい。

「こっちには来ないんですけどー、なんか実家の周りをうろうろしてるみたいー」

桂木妹がうんざりしたように言う。ここで話していいことなんだろうかと俺の方が心配になってしまう。一応ここの面々は桂木妹が厄介な男につけ回されてるということは知っているのだけど、奥さんたちは知らないだろうし。

使っていたスマホは親に預け、今は新しいスマホを使っているという。

「山中のおばさんはいつまでいてもいいいって言ってくれたんだけどー、悪いかなーって」

この子なりにちゃんと考えてはいるんだよな。ぶっちゃけうちで桂木姉妹を受け入れてもいいんだが、やっぱり世間体というものがある。

「おっちゃんちにも声かけてみるか?」

「聞くだけ聞いてみます。山中のおばさんちだけだと申し訳ないですし」

いつまでいてもいいと言われてもひと月近く共に暮らすのはたいへんなはずだ。たまに泊まりに行ける場所があるとないとでは違うだろう。

そんな話をしているうちに陸奥さんたちが朝食を終えて戻ってきた。今日はここでみんな過ごすようだった。

「ん?　なんだしけたツラして」

陸奥さんにさっそく聞かれてしまった。まだ桂木妹がこちらにいた方がいいということを話すと、陸奥さんは少し難しそうな顔をした。

「ちょっと待ってろ」

陸奥さんが立ち上がった。もしかしたら奥さんに聞きに行ったのかもしれない。桂木さんがアワアワしていた。

陸奥さんが連れてきたのは意外にもお嫁さんとお孫さんだった。みんなで目を丸くした。

「ずっとじゃねえんだけどな、桂木さん姉妹が冬の間うちで何日か泊まってってもいいか？」

「……お義母（かあ）さんじゃなくて私が決めていいんですか？」

お嫁さんが戸惑ったように言う。だよなぁとは思ったけどよそのうちの話なので口は挟まなかった。

「わしはもう農家は辞めてる。今は息子がこの家の主（あるじ）だ。そんで、うちのことは節（せつ）ちゃんが仕切ってんだ。節ちゃんが決めてくれ」

「はあ……うちとしては女手が増えるのは嬉（うれ）しいですけど……。確か実弥子ちゃんて、在宅ワークしてるんだっけ？　パソコンとか教えてもらうことってできる？」

「ええと～……簡単なことなら教えられるとは思うんですけど……求めるものによります」

「じゃあ今度泊まりに来てくれないかしら」

「あ、はい。妹は……」

「その時は一緒に泊まりに来て。妹さんのことは娘がね」

「お、おかーさん……」

お孫さんがお嫁さんの服の端を恥ずかしそうに掴（つか）んだ。ちょっと和んだ。

「えー？　もしかしてニガテかな～？」

桂木妹は別の意味に取ったようだった。悲しそうな顔で首を傾げる。うん、かわいいけどあざとい。

「え⁉　ち、違います！　あのっ、リエちゃんのこと……かわいいなって……メイクとか」

「えー、ホント⁉　うれしーい！　メイクとか教えてあげるよー。でもまだ肌がキレーだから、肌にあんまり負担かからない化粧品とかも教えてあげるー！」

「本当ですか⁉」

お孫さんの顔がパアッと輝いた。二人で両手を繋いできゃいきゃいしていた。若さって眩しい。え？　俺も若いんじゃないかって？　十代の若さにはとてもとても。

「節ちゃん、泊まりに来てもらう日は相談してくれな？」

「はい、お義父さん。ありがとうございます」

とんとん拍子に話が進んでよかったなと思う。やはり話してみるものだ。

わいわいみんなで過ごして、お昼に予定通りシカ肉の入ったカレーをいただいた。

二日目のカレーは絶品でした。

うん、シカ肉は少し俺の分も切り分けてもらおう。

シカ肉が少しほしいと言ったらキロ単位でどーんといただけることになった。いや、確かにうちのニワトリたちも食べますけどね？　相変わらずジビエの分配単位がおかしいと思った。

そろそろ帰るかな～と思い、庭から駐車場の方へ向かったらニワトリたちが戻ってくるところだった。

……なんでまたなんか咥えてるんだろうなぁ。

俺は急いで庭に戻り、居間に声をかけた。

「すみません、なんかニワトリが持って帰ってきたんですけど……」

「ん？　なんだろうな？」

陸奥さんがつっかけを履いて出てきた。相変わらずフットワークが軽い。

「なんでしょうね」

相川さんも出てきた。

一緒に駐車場の方に向かう。

「あー……」

陸奥さんが声を上げた。

ニワトリたちは尻尾を振りながら悠然と戻ってきた。その嘴に鳥を咥えて。

「ありゃあアイガモだな。アイガモ農法で逃げたやつじゃねえか？」

「アイガモ農法、ですか？」

首を傾げる。聞いたことはあったがなんだったっけか。

「逃げたりするんですね」

相川さんが聞いた。

「水田の網掛けが下手だったりすると逃げるな。あとはその後の飼育方法によるだろ。毎年何羽か逃げて問題にはなってるんだよな～」

「そうなんですか」

そういえば農薬をできるだけ使わないで稲を育てる方法がそれだったような気がする。水田の虫とか雑草を食べてくれるんだったっけ。

ニワトリたちが俺たちの前に来て止まった。

「ポチ、タマちゃん、ユマちゃん。そのアイガモを渡してもらっていいか？　バラして佐野君に持たせるからよ」

ニワトリたちはこと切れているアイガモを地面に置いた。

「ありがとうな。ちょっと確認してくるから待っててくれ」

陸奥さんはそう言って家に戻る。相川さんが母屋からビニール袋をもらってきた。アイガモを入れて小さな小屋の方へ運んでいく。その小屋で解体するようだ。

「アイガモはそれほど食べる部分が獲れないんですけどね～」

相川さんが苦笑しながら言っていた。アイガモ農法もそれなりに課題があるようだった。アヒルよりも小さいので肉を獲る為に家畜化するのはあまり向いていないらしい。

「アイガモの肉はくれるってさ。よかったな」

ニワトリたちはココッ！　と鳴き、その辺りをうろうろし始めた。獲物を獲ったから早く帰りたそうだった。

「解体してもらうまで待とうな～」

羽を毟るだけでもそれなりに時間がかかるだろうし。

「あ、そうだ。ポチさん、タマさん、ユマさん。僕が解体するので、少しだけアイガモの肉を分けていただいてもいいですか？　リンへのお土産にほしいので」

相川さんが小屋から出てきてニワトリたちに聞いた。ニワトリたちはコッ！　と返事をした。それは了承したのか？　イマイチわからないなと思った。

「ありがとうございます。じゃあ解体してきますね～」

相川さんは了承と受け取ったようだった。解体するのもたいへんそうだしな。

「あのぅ、本当は俺が処理しなきゃいけないのに……すみません」

解体の方法とかネットでも見て学ぶべきだと思う。相川さんはきょとんとした。

「え？　全然かまいませんよ。それでアイガモの肉がいただけるなら安いものじゃないですか。アイガモ農法をされているところはみんな冬の初めには解体業者に下ろしちゃうんですよ。だから手伝って肉をもらうってことができないんです。気にしないでください」

「ありがとうございます」

そういうことなら、と頭を下げたがやっぱり甘やかされてるよなと思う。

「ポチ～、タマ～、ユマ～、アイガモはあんまり食べられるところないんだってさ～」

それでも夕飯の足しぐらいにはなるだろう。三羽も獲ってきたんだし。

桂木姉妹はそろそろ山中さんちへ移動するそうだ。

「どうかしたんですか～？」

「ニワトリたちがアイガモを捕まえてきてさ」

「えー？　アイガモってどんなのです？」

「見た目は……マガモっぽいかな」

「ニワトリちゃんたちすごーい！」

桂木妹がニワトリたちの間で飛び跳ねていた。テンションが高くて俺はついていけないが、ニワトリたちも一緒になって飛び跳ねていた。大丈夫なんだろうか。

大丈夫か。飛び蹴りとかするぐらいだし。

戸山さんはそろそろ帰るらしい。桂木さんの軽トラが出ていった後に帰っていった。

太陽が西の空に落ちていく。

「お待たせしました」

「ありがとうございます。本当に助かります。今度お礼をさせてください」

「気にしなくていいですよ～。うちの分もいただきましたから」

　相川さんが解体してくれたアイガモの肉を受け取ってクーラーボックスに納め、見送りに出てきてくれた陸奥さんに手を振って、ニワトリたちと共に山に戻った。時間的にぎりぎりだったのか、山の中がけっこう暗くてひやひやした。こんなに暗い中を帰ったのは久しぶりだった。

　家にどうにか着くと、西の空はもうほんの少し赤くなっているだけだった。

　四阿を作ってもらってよかった。四阿のライトを点け、周りにベニヤ板を立て掛ける。急いでお湯の準備をした。

　洗っている間に外は真っ暗になった。家の中に入れてからバスタオルで拭いた。ニワトリたちの為に大判のバスタオルを何枚も買ってある。一応外でブルブルして水気は切ってくれるのだが、身体が大きいからそれだけでは十分でないのだ。風邪とか引いたらたいへんだから、大事にしなければと思う。帰ってすぐにオイルヒーターをつけたので、家の中はほんのり暖かくなっていた。よかったよかった。

　冬は風とかもそれなりに吹くし、しかも雪が降ると洗うのもたいへんだ。四阿さまさまである。

アイガモはそれなりの量があった。胸とモモ肉、内臓が入っていた。内臓は別の袋に分けてあり、氷があててあった。すぐに食べさせるのは寄生虫が怖いので急いで冷凍庫に突っ込んだ。でも家庭用の冷凍庫だから、あげる時は火を入れた方がいいだろう。

今日もらってきた肉は火を入れてからニワトリたちに出した。なにかあったら困るしな。切った時硬い感じがしたから、一年を越えて生きていた個体だったのかもしれない。食肉にするアイガモは一年以上経つと硬くなってしまうそうだ。ま、俺は食べてないから知らないけど。

ニワトリたちは鋭い歯で肉を噛みちぎっておいしそうに食べていた。なんか鳥が鳥を食べるって不思議なかんじだけど、鳥類というくくりなだけでおかしなことではないんだろう。

満足そうに食事を終えたニワトリたちの口を拭いてやる。

「おいしかったか?」

「ウマカッター」

「ウマカッター」

「ウマカッター」

自分で狩った獲物を食べられるって幸せなことだよな。よかったよかった。

アイガモは何日か分あるので、シカ肉とかも交ぜたりして数日は楽しめるだろうと思う。

ようやくスマホを確認すると、相川さんからＬＩＮＥが入っていた。

「アイガモが硬いです。昨年逃げたアイガモ希望」

……これは苦情なんだろうか。笑ってしまった。つかアイガモ逃がしちゃだめだろ。

「アイガモ農法やってる農家さんて、どこなんですか？　陸奥さんのところはやってなかったと思いますけど」

「あまり田んぼの面積が広くないお宅が多い印象ですね。毎年ヒナを買うようですし、そのアイガモも秋には処分しないといけませんから」

陸奥さんちはそれなりに田んぼも畑も広いもんな。

「そうなんですか」

「農薬を使わないエコな農法といっても、デメリットはありますから」

いろいろ課題はあるようだ。農薬を使わなきゃいいわけじゃないしな。やっぱりメリットがあるから使うんだし。どちらにもメリットとデメリットがあって、それに折り合いをつけて使うみたいだ。

翌日もタマとユマが卵を産んでくれた。いつもありがたいと思う。

今日は家にいるが、明日は陸奥さんちにまたニワトリたちを連れていくようだ。

その後は炭焼きか。

「数日は山中さんちにお世話になります」

桂木さんからＬＩＮＥが入った。今日は山を見に戻るそうだ。

「付き合おうか？」

「今回は大丈夫ですー。でも、どうしようもなかったら声をかけてもいいですか？」

どうしようもないってなんだろう。俺にできるのはせいぜい雪かきぐらいだけど。

「雪かき程度でいいなら」

と返した。つってももう雪がガチガチに凍っているだろうからスコップでがんがん割らないと無理だろうか。見た目白くて簡単に掘れそうだなと思ってもけっこうすぐ固まるからな。あんなちらちらはらはらと降って、そんなに影響があるとは思えない雪だけど、積もると厄介だ。

「よろしくお願いします」

桂木さんからはそう返ってきた。とりあえず呼び出されずに済むことを祈ろう。

うちの山はだいぶ雪がなくなってきたように思う。でもまた降るんだろうな。ある程度雨も雪も降らないと夏は水不足になってしまう。本当にこの天気ってやつは厄介だなと思う。

今日は珍しくポチとユマがツッタカターと遊びに行った。なのでタマと一緒である。掃除をしたり洗濯をしたりと、家事をしてから炭焼き小屋の側まで行って枯れ枝などを拾った。あとは邪魔そうな枝などを適当に切っていく。そういえばどれを切ってどれを切ってはいけないのかまた相川さんに聞き忘れた。

俺、相川さんに全部おんぶにだっこじゃないか？

今更ながらに気づいて愕然とした。やヴぁい、こんなに依存していてはそのうち嫌がられてしまうかもしれない。

というわけで、

「おっちゃ〜ん！　木の剪定のしかたを教えてくれ〜！」

おっちゃんに電話してみた。いや、うん、誰かに頼ることは間違いないんだけどな。

「あ？　盆栽か？」

「いや、山の木」

「そんなもん山暮らししてる奴に聞け！　冬はばっさばっさ切っていいはずだぞ。休眠期だしな！」

おっちゃんはアバウトだった。桂木さん……は確か村の人たちに任せてると言ってたし……他に山持ちって言ったら……。

「松山さ〜ん、山の木の剪定とかどうやってますか？」

「ん？　そんなものは冬の間に刈り込む勢いで切るんだよ。そうしないと養鶏場に影響が出るからね」

「そうですね……」

あんまり参考にはならなかった。

「……やっぱり相川さんに聞いた方がいいのか……？」

頼りすぎだろと思い、適当に邪魔な枝を切りながらぐるぐるしていた。

昼食の後で山の木の剪定の仕方などをネットで検索したけど、調べ方が悪いのかやっぱりよくわからなかった。

密集しているところは太陽の光が届かなくなるから、密集しないように切るんだよな？　桜の枝は折ったらいけないんだよな？　いろいろ難しい。

うがーっと叫んでもうまくいきそうもなかったので、昼寝することにした。寝て起きたらいいことが起こるかもしれない。人はそれを現実逃避という。ほっとけ。

「タマ〜、俺は昼寝するから遊んできていいからな〜」

コタツに入って寝転がると、土間から届く位置にあったのか手をつつかれた。

「タマ、痛い……」

家の中にいるんだからいいじゃないか。

「おやすみ～」

「オヤスミー」

タマは寝ないんだろうけど言ってもらえるのが嬉しいなと思いながら意識を手放した。

そういえば畑は大丈夫かな。ビニールをかけてあるから大丈夫だろうけど、明日は見に行かないと……そんなことを思いながら目を覚ました。

「……あ～、疲れた……」

なんで寝たはずなのに疲れてるんだ、俺？　腕をぐぐーっと伸ばした。ちょっと家の中が暗い。辺りを見回すと、タマが土間に座って丸くなっていた。鳥が休んでる姿ってかわいいと思う。なんかフォルムがまるっこくてさ。それはうちのでっかいニワトリたちも同様だ。

「タマ、おはよー」

背中を向けているからその背中に声をかけたらタマはびくっとした。もしかしたら一緒に寝てたのかな。でも寝姿見られるの、タマは嫌がるんだよな。

「タマはずっと起きてたのか？　俺、すっかり寝ちゃったよ」

「……オキテター」

「そっか。退屈だったよな、ありがとうな」

俺はタマが寝ていたのを気づかなかったフリをした。ここでからかうと前回みたいになりそうだったからだ。え？　前回どうなったかって？　すんげえひどい目にあって、タマがポチとユマに怒られてたいへんなことになってたよ。ニワトリにだって嫌なことはあるものだ。

冷蔵庫の野菜室から小松菜の葉を出して洗う。水は相変わらず冷たい。

「タマ、冷たいけど食うか？」

一応手で揉んで温かくはしたつもりだけどどうだろうか。

「タベルー」

バリバリとありえない音を立てて、タマは小松菜を食べた。ニワトリにそのギザギザの歯とか聞いたことないっす。うちのニワトリたちマジぱない。

時計を見るともう四時近かった。

「そろそろ帰ってくるかな……」

上着を着て家の外へ出た。

太陽が西の山にかかっている。周りに山が多いからここは暗くなるのが早い。タマも当たり前のように外へ出て、適当に地面をつっついていた。

そのうちに羽が乱れたポチとユマが帰ってきた。

「おかえり」

「タダイマー」

「オカエリー」

「タダイマー」

でっかいニワトリが爬虫類系の立派な尾をフリフリしながら走ってくる。さすがにぶつかられたら被害が大きいのでそっと家の中へ入った。ヘタレと言われても俺は自分の命の方が大事だ。

お湯をつくり、タライを出し、すのこを出し、とニワトリたちを洗う準備をする。ニワトリたちは帰ってきてすぐ家の中へ入ったりはしない。体力が余ってしょうがないぜとばかりにそこらへんをしばらく走っている。ユマがタマと交代したらしく、タマがツッタカターと走っていた。うん、運動はした方がいい。夜眠れなくなったらたいへんだし。夏の間なら外へ放り出すんだが、冬はそういうわけにはいかない。そんなことしようとしたらきっと俺の方が叩き出されそうだ。

四阿にタライの準備ができたところでニワトリたちを呼び、ざっと洗った。手早くやることも慣れてしまった。作業効率がいいとは言い難いけど、もたもたしてはいないと思う。

そうしてやっとニワトリたちを家の中に入れた。その頃にはもう太陽は隠れてしまっていた。

夕飯の支度をしながら、今日も平和だったなと思った。

明日からまたニワトリたちは陸奥さんちに出張だ。余計なものを狩ったりしなければいいんだけど、なんて思ってしまったのはないしょである。

アイガモの内臓を湯がいて出した。ニワトリたちはとてもおいしそうに食べる。

ニワトリってなんだろうと定期的に考えてしまうのだが、みんなかわいいからいっかと流すのはいつものことだ。

ニワトリたちの様子を見ながら、早く春にならないかなと思ったのだった。

書き下ろし「養鶏場の裏山の冒険～ニワトリたちがボロボロになって戻ってきた理由～」

養鶏場のある松山宅に、佐野とニワトリたちが初めて泊まった次の日のことである。

ニワトリたちは朝からツッタカターと元気よく、養鶏場の裏にある山へと向かっていた。

先日は養鶏場の山の裏側からイノシシを追いやってきて狩り（正確には更に北の方角）、昨夜（ゆうべ）はその肉を存分に堪能したニワトリたちであったが、その更に裏の山にシカがたくさんいることを知っていた。

養鶏場の建物自体には近寄らないように言われているので、ニワトリたちはきちんとそれを守っている。ニワトリたちが何らかの病を持っているかはともかくとして、養鶏場という建物はとにかく清潔にしないといけないらしい。だからそこらへんで走り回っているポチ、タマ、ユマは近づいてはいけないと聞いた。

人間の事情というのはよくわからないが、ニワトリたちも山の中を散策している方が楽しかった。

養鶏場のある山の裏にある山は、養鶏場の山側は木が生えているがその反対側へ向かうと麓（ふもと）の方はほとんど木が生えていない。山が連なっていると人の手が入りづらいせいか、知らず知らずのうちにシカによる食害が広がってしまう。このような光景をニワトリたちは隣山で見たことがあった。

隣とは、佐野の山の東側にある桂木実弥子が所有している山である。隣山の北東の土地は平地のせいかシカによる食害がひどい。実際にシカの姿を見かけたこともある。シカは若い木の芽や樹皮を好んで食べるので、木々が枯れてしまうのだ。

木々の状態を見てシカがいることがわかっているニワトリたちは、養鶏場の裏の山を見て回る。山の中なのでところどころ雪が残っている場所もある。沢を見つけ水を飲んだりした。

常緑樹の葉をつついたり、木のうろの中にいる虫を食べたりしてから、ニワトリたちはまた狩りがしたいと思った。

普通のニワトリはイノシシやシカを狩ったりしないものだが、佐野の家のニワトリたちは違う。佐野があまりにも頼りないせいかどんどん成長し、今では佐野の胸の辺りまでポチのとさかがつく程に成長した。

だからこそポチは不思議だった。

佐野にも逞しくなってほしいと獲物を沢山狩るのだが、佐野の背は全く伸びないしあまり横にでかくなる気配もない。

これだけ獲物を狩ってきているのだからもっと成長してもいいはずだとポチは思う。それにはタマも同意した。

そして、イノシシやシカだけでなく違う獲物を獲って食わせてみたらどうだろうと考えた。ユマはよくわからないけど従うと言うので、養鶏場の裏山の、更に裏手にある山へと向かうことにした。そこまで行けばもっといい獲物がいるかもしれないと三羽は思ったのだ。

果たして、見たこともない大きな黄色い生き物を見かけた。

それはのんびりとしており、ニワトリたちを見てもなんだろうと思っているようだった。

一瞬タマは躊躇したが、その前にポチがそれ目がけて駆けていってしまったのでその後を追った。

ポチはその黄色い大きな生き物に尾を勢いよく叩きつけた。

ギャアウウッ⁉

黄色い生き物が驚き、次の瞬間激高する。ポチを捕まえようとするのでタマとユマも参戦した。尾で叩いたことで痛みは感じているようだが、それで足の骨が折れた形跡もない。タマはまずいと思った。

ニワトリたちが思っていたよりも、この生き物は強靭(きょうじん)であると。

「きゃーっ！　トラ君‼」

人の甲高い声が聞こえ、タマははっとした。

名前を付けられているということは、この生き物は人に飼われているようだった。

クァーッ‼　と叫びポチとユマに撤退を促す。

灰色の大きな生き物まで現れ、タマたちに向かって駆けてきた。その姿には見覚えがあった。

あれはオオカミという生き物ではないかと、タマは思った。以前佐野がＴＶをつけた時映っていた生き物に似ていた。あの時佐野は、

「ニホンオオカミは絶滅してるって言われてるんだよなー」

と言っていたが、まだいるではないかとタマは少し腹を立てた。

それよりも人が飼っている生き物を襲ってしまったことは、タマにとってショックだった。

タマは佐野の言っていることを聞いていないようで、その実しっかり聞いている。

佐野は誰かが飼っている生き物を攻撃したりすると、タマたちと引き離されてしまうかもしれないと言っていた。佐野はタマたちと離れたくないし、ずっと一緒に暮らしていきたいから頼むぞと何度も言っていたのだ。

それに、佐野は言わなかったがタマたちが何かをすると佐野が困ったことになる場面もあったようだった。頼りなく弱そうに見えても、佐野はタマたちの飼主であり、保護者である。タマたちのしたことは佐野の責任になってしまうらしい。自分たちがしたことで佐野が叱られたりするのは、タマにとって本意ではなかった。

ニワトリたちは灰色の大きな生き物をかわし、急いで山を越えて養鶏場の山に戻った。

ポチは尾をぶんぶん振っている。あそこで邪魔が入らなければ、とか思っていそうだった。

タマは怒った。

確かにタマも確認を取らず黄色い生き物に突進したのはまずかった。だがポチは猪突猛進が過ぎる。

タマとユマはとても腹を立ててポチをつつき始めた。ポチはたまらずあっちこっちへと逃げ回る。ポチは自覚がなかったが、どうやらタマとユマの逆鱗に触れることをしてしまったらしいと悟り、反撃はしなかった。

だがつつかれるのも痛いは痛い。タマとユマは本気で怒っていたから、そのつつきには容赦がなかった。ポチはそのまま山の中を逃げ回り続け、夕方前にみなで養鶏場に戻った。

戻ってきたニワトリたちを見て、佐野は困ったような顔をした。

「……いったいどうしたんだ？」

佐野に心配をかけるのは嫌だとユマは思ったが、三羽ともボロボロだった。黄色い生き物と戦ったということもあるが、主に山の中を駆け回ったせいかもしれない。

「ちょっと怪我してないかどうか見せてくれな？」

佐野と相川に羽を触られたりしたが、ニワトリたちはおとなしく二人に確認をさせた。

もう帰る時間だからと、養鶏場から軽トラに乗り、山に戻ってニワトリたちはほっとした。

そして佐野に聞かれるがままに答えたが、佐野はあまり理解できないというような困った顔をした。

ただ、ニワトリたちが襲ってはいけない生き物を襲ったということはわかったらしい。

「その生き物には今度遭っても狩ろうとするんじゃないぞ。心配だからな」

そう言って佐野はニワトリたちの羽を撫でた。今日はタマも反省し、佐野に羽を撫でさせたのだった。

書き下ろし「冬のある夜の話～相川氏の裏山の獲物が少ない理由～」

その夜、テンは目を覚ました。

相川が所有する裏山の更に北側にある山の、東の方角からたくさんの何かが近づいてくるのを感じた。

それは遠い記憶にあるものを彷彿（ほうふつ）とさせた。

テンは相川に買ってもらう以前、ここから東の方角にある山におわす神のもとにいた。リンもそうであったが、リンにはもうその記憶はないらしい。だがテンはうっすらとだが相川のもとに来る以前の記憶があった。

たくさんの何かは、かつて共にいた神のおわす方角から流れてきているようだった。

まだ遠く離れてはいたが、テンはそういったことに対し特に敏感であった。

おそらくはナル山に住む竜の末裔（まつえい）や、サワ山のニワトリたちもその気配には気づいているだろう。気づいていて排除するかどうか決めあぐねているらしい。

何故（なぜ）ならば、たくさんの何かはかつての仲間であり、同胞に近い。

テンにはうまく説明する言葉が見つからなかったが、それらは神の眷属（けんぞく）に近しい物であった。

仮に向かってきているたくさんの何かを神の眷属としよう。眷属たちはとても楽しそうにテンたちが住む山の裏山に足を踏み入れたようだった。

まだ子どものように無邪気で、豊富にいる獲物たちを追い回し、捕まえては持ち帰るものもあった。おそらくそれは神への貢物なのだろう。

ああ、あんなに追い回してはとテンは思ったが、テンとリンだけでは狩りつくせない物なので放っておくことにした。

眷属たちは遊ぶだけ遊ぶと、朝を迎える前に北の山へ撤退し、そのまま東の方角へと去っていった。

テンはゆっくりと目を閉じた。

またしばらく眠っただろうか。

リンの訪れを察知して、テンは緩慢に目を開いた。

リンはとても険しい雰囲気を出していた。神と過ごした記憶がないのだからしかたないとテンは思う。そのテンですらほとんど忘れかけていたのだから。

リンにあれは何かと問われた。

テンはとても眠かった。冬は寒くてとても眠い。身体を動かすのも億劫だ。やってきたのが相川の土地を害するものであったなら何を押しても倒しに向かうつもりであったが、あれらは違ったのだ。

害するものではなく、遊びに来ただけだとテンは答えた。

その結果獲物が一時的に裏山からいなくなっただけである。

またしばらくすれば獲物は戻ってくるに違いない。

ならばいいとリンは緩慢に身体を動かして相川のいる家へ帰っていった。

テンは、冬の間相川が狩猟仲間たちと裏山で狩りをすることなどすっかり忘れていた。ただ、覚えていたとしても楽しそうにやってきた神の眷属たちを追い回したりはしなかっただろう。

そうでなくてもこの辺りは獲物が豊富なのだ。えり好みをしなければテンもリンも食うには困らない。

だからテンにとって、眷属たちが裏山で遊んでいったのは些細なことだった。

だが、そうは思わないものもいたらしい。

テンが再び眠りにつくと、夢の中に翼を持つ虎のような生き物が現れた。それは見た目こそ恐ろしい化け物のようであったが、神に近い位置にいる化生だとテンはすぐに見抜いた。

「西の大蛇よ、神のもとに集うものたちが失礼をした」

「……カマワヌ」

そんなことよりもテンは眠りたかった。夢の中で相手をするのも億劫であった。

「いずれ、改めて挨拶をさせていただきたい」

「……イラヌ」

「そなたの主と、山を守る為だ。私はこちらの村と隣村の境にある山の上に住んでいる」

「ソウカ」

随分と近くに、神やら化生やらが存在しているらしい。こちらの村と隣村の境の山と言えば、相川が国有林などと言っていた土地ではないだろうか。この辺りは国有林もそれなりにあり、それらは人ではないものたちが管理しているようだとテンも知った。

テンは夢の中で目を閉じる。

今年の冬は騒がしくて困る。

やっとゆっくり眠れそうだとため息をつき、テンは今度こそ春までぐっすりと眠ったのだった。

書き下ろし「タマは相川氏と大蛇がお嫌」

タマは相川と、相川と共に暮らしている大蛇が嫌いである。

正確には、相川は苦手な存在であり、大蛇に感じるのは畏怖である。

あの夜、佐野の土地との境に現れたリンを見て、タマは恐れた。

タマはイノシシを倒すことができるニワトリである。その強靭な尾と鋭い鉤爪を駆使して、ポチやユマと連携し倒してしまうのだ。

だが、リンを見た時に思った。

勝てない、と。

マムシやヤマカガシ程度であれば巻きつかれる前に捕食することが可能だが、リンやテンについてはどう考えても勝ち目が見えないのだ。ひとたび巻きつかれたら最後逃げられないだろうし、もし佐野が危害を加えられたらと思うとぞっとする。

だから本当は、佐野にも相川から離れてほしかった。

ポチもまた正確に大蛇の強さを見抜いている。だが相川と佐野と、大蛇とニワトリたちの関係は違う物だと思っているようだった。

ポチは大蛇が佐野に近づきそうになればその前に立ち塞がる。大蛇に勝てるか勝てないかなど問題ではないのだ。ポチにとって佐野も、タマもユマも守るものである。ポチは佐野を己の飼主であるときちんと理解している。その上で何があっても守ると決めているのだ。

だから相川への対応も普通だった。

ユマはリンと仲良くなることを選んだ。リンと波長が合ったということもあるだろうが、リンと仲良くなることで間接的に佐野を守っている。

相川は大蛇たちが大好きだから、その大蛇と仲のいいユマを嫌うことはない。そんなユマとリンが共にいて通じ合っていることを佐野も好ましく思っているようだった。

タマから言わせれば佐野はのん気だ。

もし相川と仲違い(なかたが)いをしようものなら、大蛇に丸飲みにされてしまうだろう危険を理解していない。

佐野は甘ちゃんである。

タマは大蛇を従えている相川が苦手だ。相川が大蛇をコントロールしているからである。

どうしても佐野に付いて相川の家へ向かわなければならない時は、タマは相川を避けることにした。近くにいると態度に出てしまいそうだったからである。それで相川の心証が悪くなり、佐野が嫌われてしまったら困るからだった。

だというのに、相川はにこやかな表情でタマに近づいてきた。

タマはその場に固まった。

相川はそっとタマに話しかけてきた。

「タマさん、僕のことが苦手なのはかまいませんが、佐野さんと仲良くするのは許してくださいね」

どうやら相川は佐野と仲良くしたいらしい。なんで佐野と？　とタマは思ったが、それを聞いたりはしなかった。人には人の事情があるのだろう。

「……ワカッター」

タマはしぶしぶだが、返事をした。

「タマさんて、ヘビが苦手なわけじゃないですよね？　マムシも捕まえますし……なんでうちのリンとテンのことを嫌がるんですか？」

そんなこともわからないのかとタマは愕然(がくぜん)とした。どうやら相川もまたのん気であるらしい。

「エサー、チガウー」

しかたなく、タマは答えた。

「食べられない、からでしょうか？」

タマは頷(うなず)くように頭を動かした。正確には、タマの方が捕食されそうだからである。だがそんなことは悔しいから言わない。

「餌にならないといったら、桂木さんのところのタツキさんも違いますよね？」

「サノー、タベルー、チガウー」

「ああ、そういうことですか」

相川はやっと合点がいったようだった。

「確かにタツキさんは佐野さんを食べようと思っても食べられないでしょうね。うちのリンとテンにならそれができてしまいそうだと……」

「ダマルー」

「すみません」

相川は苦笑した。

そんなにはっきりと言わなくてもいいことだとタマは思ったので、不機嫌になった。

「大丈夫ですよ。きちんとリンとテンには話しますので。それに、佐野さんは僕の恩人ですから」

「オンージンー？」

タマはコキャッと首を傾げた。その言葉は初めて聞いた。

「佐野さんは僕を助けてくれたんです。だから、僕は佐野さんを決して裏切りませんよ」

「……ワカッター」

佐野が相川に何かいいことをしたらしいとタマは理解した。

「相川さん？」

佐野は軽トラのところで何やら作業をしていたが、ユマと共に戻ってきた。

「今タマさんとお話していたんです」

「話って、えええ？」

佐野の顔には、タマといったい何を話すんだ？　という疑問が出ていた。佐野は相変わらずわかりやすい。

「タマと何を？」

「有意義な話ですよ。ね、タマさん」

相川の笑顔が胡散臭く感じられて、タマは少しいらいらした。だが相川をつつくわけにはいかないので、タマは佐野をつつくことにした。

「いてっ！　なんでいちいちつつくんだよー」

タマは佐野の為にいろいろがんばっているのだ。少しぐらいつつくのを許容すべきだと思う。佐野の反応がいちいちいいので、そのうちにつつくのが楽しくなってきた。

「もう～、やめてくれよー」

逃げていく佐野をタマは追いかけた。

「タマー？」

しかしさすがにそれはユマが許してくれなかったので、タマはしぶしぶ佐野をつつくのを止めたのだった。

書き下ろし「ひよこたちの衝撃」

山の麓の村の春祭りでカラーひよこを三羽買ってから約半月が過ぎた。

いいかげん色が落ちてきて、普通の少し首が長いひよこに見えるようになってきた。

しかし、毎日目に見えて大きくなっているような気がする。

「絶対昨日よりでかくなってるよな……」

居間から土間に足を下ろすと、ユマがトトトッと近づいてきて嬉しそうにすりすりしてくれる。そのユマを両手で掬い、頬ずりをした。

ああもううちのひよこはなんてかわいいのだ。

ポチが玄関まで駆けていき、ピイピイと鳴いてはこちらを見る。玄関の引き戸を開けろと言っているらしい。ポチはどんだけ表へ出たいのだろうか。

「今日の天気は……晴れだからいいか。餌食べてからなー」

タマはタマで土間を探検するようにうろうろしている。いきなりトトトッと走り出したかと思うと、土間の端に敷いてある新聞紙に向かった。

どうやらもよおしたらしい。

新聞紙が敷いてあるところは一応トイレだが、ニワトリにトイレを教えるのは難しいようなことは聞いていた。

だから毎日ここがトイレだと、糞をするのはここだと下手なイラストを描いて説明していたがあまり期待はしていなかった。それでも今まで新聞紙の近くで用を足していたから、そこでトイレをしようと努力してくれていたことを知った。

俺、朝から感激である。

「うちのひよこたちは優秀だなぁ」

ユマを下ろし、タマに手を差し出したらつつかれた。ひどい。

タマはあまり触られるのが好きではないようである。

でも触りたいんだよなぁ。ふわふわなのは今の時期だけだし。

トイレを覚えてくれたことも嬉しいが、やはりひよこたちの成長の度合いがとても気になる。

「ポチー、ちょっと来てくれー」

ピイ！　ピイピイ！　と鳴いてポチは身体を震わせた。どうやら拒否しているようだ。

「ええー、いいじゃんか。ちょっとだけだよ〜」

ポチは咄嗟に右側に逃げるクセがあるので、動きを予測して捕まえた。

ピイピイピヨピヨ！　とポチが抗議する。うんうんかわいいなー。

「ちょっと身長測らせてくれよー」

首が少し伸びているのは変わらないが、なんかわずかでも縦に成長している気がするのだ。

「暴れるなよー、危ないぞー」

胸に抱えるようにしてそっと抱きしめると、ポチは観念したらしく身じろぐのを止めた。ピイッ、ピピイッ！　と鳴いて抗議はしている。自己主張が強いのも嫌いじゃないぞー。

「うーん、これじゃ身長とか測れないなー。重さは……全然わからん。かわいいってことしかわからん」

結局諦めて土間に下ろすと、ポチはぷりぷりしながらまた玄関のところまで駆けていった。だからどんだけ……。（以下略）

「まだ出ないぞー」

そう言いながらひよこたちの餌を用意した。

まだ比較的細かい餌である。野菜を切ったものをあげてもいいらしいので、小さめに切った青菜も皿に足して食べさせてはいる。

「ほら、ごはんー」

水の入った皿と餌の入った皿を出してやれば、ポチも戻ってきて食べ始めた。毎回食欲はけっこうあると思う。

ひよこたちが食べている間に俺も朝飯を作って食べ、ひよこたちの皿を片付けてから引き戸を開けた。

「遠くには行くなよ」

それを待ってましたとばかりにポチが駆けていく。

「おーい、そんなに走ると危ないぞー」

と声をかける。ポチは勢いがありすぎてよくポテッと転んだりする。でもすぐに立ち上がって走っていくから大丈夫なのだろうとは思う。最初の頃はこんなにひよこのバランスが悪いなんて知らなくてこける度に慌てていたが、ユマ以外は平然と起き上がって走っていくからさすがに慣れた。

もちろん油断はしないけれど。

まだあんなに小さいのだから何が起こってもおかしくないとは思っている。

毎回のように言っている気がするが、慣れてきた頃が一番危ないのだ。これは自分自身に言い聞かせている言葉である。

タマもまた表へ出ていく。ポチほど勢いよくではないが、尾をフリフリしながらぽてぽてと歩いていくさまがけっこうかわいい。あの尾はかわいく見えないんだけどな。

「ユマも出ていいんだぞー」

ユマは俺の足にすりすりしていてたいへんかわいらしい。全身で俺を好きと言っているみたいでついにまにましてしまう。

「一緒に出るか」

ユマを両手で掬い上げて表へ出、そっと地面に下ろした。

四月もまもなく中旬だ。草が大分生えてきているのがわかる。

「……草むしりしないとだよなぁ……」

コンクリの部分は玄関から出たところに少しと、寝る部屋として使っている座敷の縁側周りだけなので、道路までの地面は土だ。おかげでところどころ草が生え始めてどこから手をつけたらいいのかわからなくなっている。

「電動草刈り機も買ったから、やるか……」

一番の問題はすぐ側（そば）にいるユマである。

「ユマ、俺これから草刈りするから離れてくれるか？」

しゃがんで言うと、ユマはなーに？　と言うように首をコキャッと傾げた。かわいい。

じゃなくてだな。

俺は草刈りをせねばならぬのだ。

「ユマ、ポチとタマのところへ行っててくれないかな？」

ピイ？　と今度は反対側に首をコキャッと傾げる。ああもうなんてかわいいんだこのひよこは。

「これから草刈りをするから、危ないから離れてほしいんだよ～」

どうしたもんだろう。

ちょっと困ってしまった。だからといって草刈りをしないという選択肢もないので、とりあえず電動草刈り機を出すことにした。もしかしたら見た目で怖がって逃げてくれるかもしれないし。

そう思ったんだが。

かえって電動草刈り機はニワトリたちの興味を引いたらしく、ポチとタマまでぽてぽてと近寄ってきてしまった。

「危ないから離れてくれ～」

これはもう家に三羽を閉じ込めるべきか？　と考えながらバッテリー残量を確認する。先日充電したばかりだから当然ながら使えるはずだ。

「お前ら、離れろー」

草刈り機を持ち上げて、刃の部分が絶対にひよこたちに触れない位置まで上げながら試しに電源を入れてみた。

ブルルルルルッッ！　と激しい音が響いて、俺の方がびっくりした。

え？　電動草刈り機ってこんなうるさい音がするもん？

途端にひよこたちが逃げ出した。ポチは勢いよく飛び出したせいか一メートルぐらい離れたところでこけ、タマは畑の方へ。ユマはポチと同じ方向に駆けたらしく、ポチに躓いて転んだ。

「うわわわわ……」

慌てて電源を止め、ユマを掬い上げる。ポチはすっくと立ち上がるとそのまま駆けていってしまった。うん、相変わらず元気だな。

「ユマ、大丈夫か？」

ぷるぷる震えて、ピイピイと小さな声で鳴いているユマを落ち着くまでなでなでした。怖がらせてごめん。

でも震えが収まったからと地面に下ろしたら、ユマは電源を切った電動草刈り機を何度もつついた。うるさい音がそれからしたのだとわかったのだろう。

「ええええ」

なんつーか、ユマの行動がかわいすぎる。

「こらこら、つつかないぞ～」

また両手で掬い上げてなでなでした。

タマは畑の方からこちらを窺っていた。ポチはもっと離れたところで振り向いたみたいだ。

さすがに遠くに行きすぎだ。

「こらー、ポチ。行きすぎだぞ、戻ってこーい」

そう言って、ユマを下ろしてから追いかける。そんな俺の後をユマがぽてぽてと追いかけてくる。

結局その日は草刈りがまともにできなかった。一応畑の周りの草は抜いたけど。

「明日は草刈り機を使わせてくれなー」

ひよこたちはとてもかわいくて、毎日飽きない。

いっぱい動いたせいか、ポチは途中で行き倒れ、タマも畑の側でうとうとし、ユマは俺にすりすりした。

「癒されるなぁ……」

今日も三羽を抱えて俺は家に戻るのだった。


おしまい。

あとがき

こんにちは、浅葱(あさぎ)です。
いつも「山暮らし～」を読んでいただきありがとうございます。本当に感謝しています。
今頃になってじわじわ実感してきたのですが……なんと六巻ですよ、六巻！　ひゃっほーい！（落ち着け）
最初書籍化のお話をいただいた時、二巻まで出せたら幸せかなーなんて思っていたら六巻。読者さんたちのおかげです。そろそろ足をどちらに向けて寝ればいいのかわからなくなってきましたよ！（錯乱中）
気を取り直して、今回の内容も冬です。どうしても狩猟といえば冬、なので冬パートが多くなります。寒いけど山を駆け回って狩りをするニワトリたちをどうぞお楽しみください。佐野(さの)君じゃないですけど、「ニワトリってなんだっけ？」と思いながら作者も書いております。（何
さて、今回の六巻では担当の編集さんがWさんからSさんに替わりました。
Wさんは「佐野君はヒロインですよね？」と公式で佐野君をヒロインにしてくれた方です。おかしいな。ヒロインはユマのはずでは……と作者は思っているんですが（すでに人ですらない）、読者さんも「そうですよね！」とおっしゃっているのでそういうことにしておきます。（もう逆らわない）

Sさんには昨年一度お会いしていますが、その時は挨拶をしただけでした。どんな方なのかなぁ、本作とどう向き合っていただけるのかなと少し不安な状態で打ち合わせに臨みました。

今回の六巻はイベントが盛りだくさんです。冬のイベントと言えば節分やバレンタインですね。「バレンタインと言えば、相川さんは佐野君にチョコレートとか作りそうですよね～」とSさんから言われ、「あ、そのノリでいいんだ」と安心しました。そんなわけで相川さんが佐野君にチョコレートを、というくだりが生まれました。

いいですか？　こちらは編集さんの提案ですからね？　いや、ご提案されなくても相川さんは佐野君に普通にチョコレート渡しますけど。（どっちなんだ）

新しい編集のSさんとも仲良くやっていけそうです。どうぞよろしくお願いします。

改めまして六巻の内容は、冬、イベント、狩猟、四阿作りと盛りだくさんです。そして、Webの本編では語られていない裏話などを含め、書き下ろしを四編書かせていただきました。やっとファンタジーっぽくなってきたなーと思っています。

え？　ニワトリがすでにファンタジーですって？　やだなぁ、でっかくてかわいいニワトリですよ？（目を逸らしながら）

今回かなり改稿をしました。大本は変わりませんが、Webとはやることの順番が変わっていたりします。Webではあいまいな部分もしっかり語られていたりするので、Webから読んでくださっている方も楽しめると思います。当然ですがニワトリ成分マシマシですし、トータルで五十ページ以上は書き下ろしました。

なんと、今回もちらっと「よその家のニワトリ」ことブッチャーも出ています。

とっても楽しく書かせていただきましたが、今回は時間との戦いでした。

ちょっと改稿内容が多すぎました。でも本になるんだからー！　と書き下ろしを提出して、一発ＯＫいただけたのは嬉しかったです。

おかげでまたこうしてでっかいニワトリをみなさんにお届けできたことがとても嬉しいです。

今回も、生き生きとした冬のニワトリたちを描いてくださったイラストレーターのしのさん、タマユマの卵が食べたいです！　と言ってくださっている編集のＳさん（さすがに無理かな）、校正、装丁、印刷等この本に関わってくださった全ての方にお礼を言わせてください。

「六巻いつ出るのー？」と楽しみにしてくれている家族にも感謝しています。

そしてコミカライズの方も楽しく連載を読んでいます。濱田みふみさん、本当にありがとうございます！

話が戻りまして、今回あとがきは四ページと言われました。あとがき四ページとか何を書けばあああ！　と頭を抱えています。（あとがき超苦手マン）

でもせっかくページをいただいたんだから！　と佐野君とニワトリたちの変わらない一日を語ってみましょう。

冬の間、とても寒いので佐野君は寝床を寝室から居間に移動しました。

おかげで佐野君の寝起きが遅いとタマが容赦なく佐野君の上にノシッと乗っかります。さすがに胸は止めて足の上にシフトしています。これはこれでタマの優しさ（？）ですね。

タマとユマが卵を産んでいればありがたく回収します。佐野君はニワトリたちの朝ごはんを用意してから自分の朝ごはんを作ります。

ニワトリたちが朝ごはんを食べ終えてから玄関の戸を開けてニワトリたちを出します。だいたいいつも出かけていくのはポチとタマですが、ポチとユマの日もあります。一羽は必ず家の周りに残り、畑で虫をつついたりしています。

佐野君は冬の間は主に家の周辺の見回りと枝打ちをしていたりします。家の中の片付けもします。

昼はタマかユマとごはんを食べ、夕方に戻ってきたニワトリたちを洗い、夕飯の支度をします。

夏の間、ニワトリたちは外の餌の方が豊富なので晩ごはんはあまり食べませんでしたが、冬になるともりもり食べます。養鶏場で餌を買えてよかったと佐野君は思っています。

夕飯の後、佐野君はユマとお風呂に入ります。そろそろ窮屈になってきました。

ＴＶを見たりして電気を消して就寝です。

こんな単調な生活なのですが、佐野君にとってとても大事な日々です。

読者さんにもそんな彼らの日常を楽しんでいただけると幸いです。


最後に一つだけお知らせをさせてください。

実は、ツギクルブックスさんから『準備万端異世界トリップ　～森にいたイタチと一緒に旅しよう！～』という本が二〇二四年七月十日に発売予定です。

あれ？　同時？　と思われた読者さんは間違っていません。そう、同時発売なのです。ということで我がままを言いまして、宣伝させていただけることになりました。こちらはイタチ（イイズナ）成分マシマシの異世界ファンタジーです。どうぞお手にとってみてくださいませ。

そしてこれからもどうぞ『前略、山暮らしを始めました。』をよろしくお願いします。

浅葱

カドカワBOOKS

前略、山暮らしを始めました。 6

2024年 7 月10日　初版発行

著者／浅葱
発行者／山下直久
発行／株式会社KADOKAWA

〒102-8177
東京都千代田区富士見2-13-3
電話／0570-002-301（ナビダイヤル）

編集／カドカワBOOKS編集部
印刷所／大日本印刷
製本所／大日本印刷

Printed in Japan
ISBN 978-4-04-075534-2 C0093

新文芸宣言

かつて「知」と「美」は特権階級の所有物でした。

15世紀、グーテンベルクが発明した活版印刷技術は、特権階級から「知」と「美」を解放し、ルネサンスや宗教改革を導きました。市民革命や産業革命も、大衆に「知」と「美」が広まらなければ起こりえませんでした。人間は、本を読むことにより、自由と平等を獲得していったのです。

21世紀、インターネット技術により、第二の「知」と「美」の解放が起こりました。一部の選ばれた才能を持つ者だけが文章や絵、映像を発表できる時代は終わり、誰もがネット上で自己表現を出来る時代がやってきました。

UGC（ユーザージェネレイテッドコンテンツ）の波は、今世界を席巻しています。UGCから生まれた小説は、一般大衆からの批評を取り込みながら内容を充実させて行きます。受け手と送り手の情報の交換によって、UGCは量的な評価を獲得し、爆発的にその数を増やしているのです。

こうしたUGCから生まれた小説群を、私たちは「新文芸」と名付けました。

新文芸は、インターネットによる新しい「知」と「美」の形です。

2015年10月10日
井上伸一郎

歩くたび増えていく
新しい出会い、新しいスキル
この世界で、
のんびり旅はじめます。
講談社
マンガアプリ
「マガジンポケット」にて
コミカライズ
決定!!
漫画:小川慧

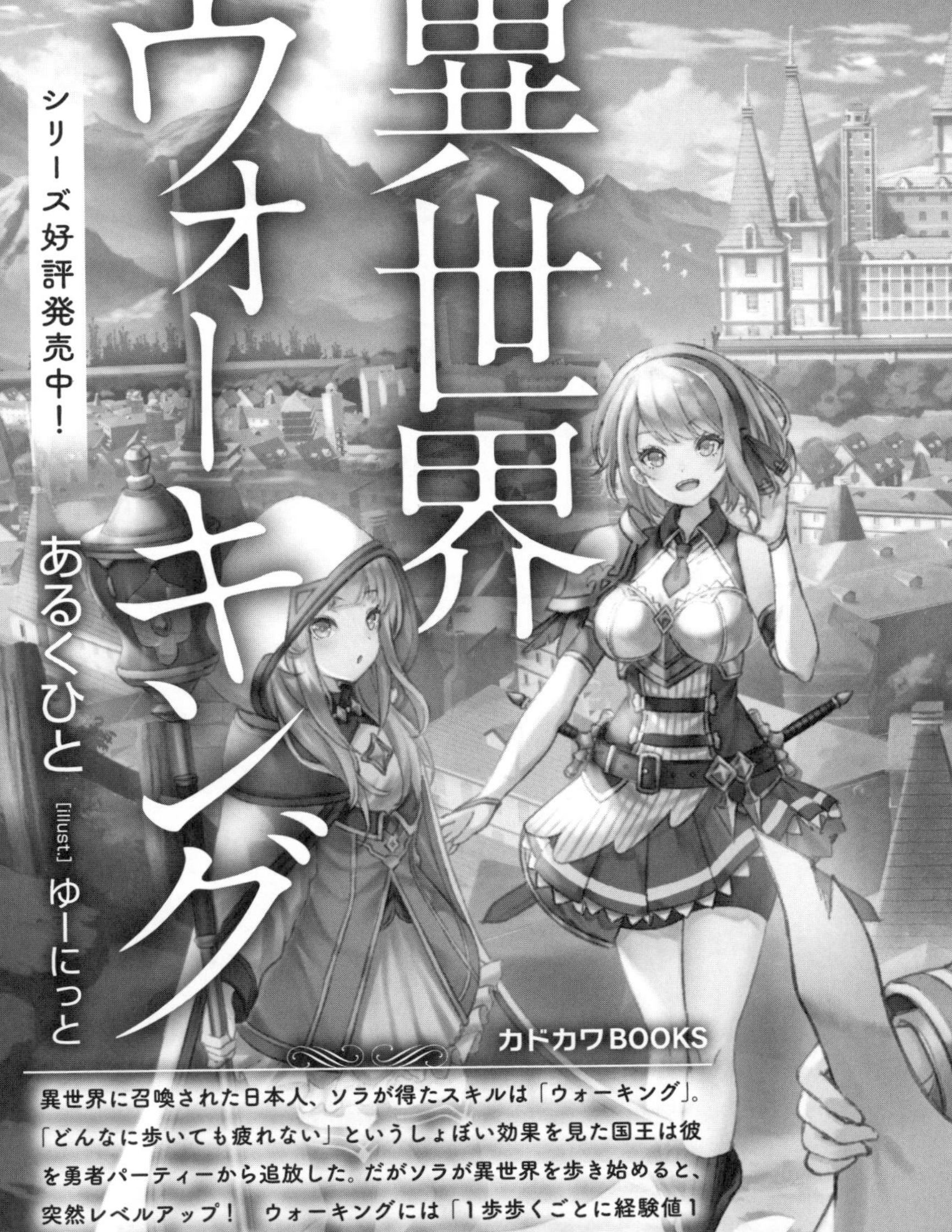

異世界ウォーキング
シリーズ好評発売中！
あるくひと
[illust.] ゆーにっと
カドカワBOOKS
異世界に召喚された日本人、ソラが得たスキルは「ウォーキング」。「どんなに歩いても疲れない」というしょぼい効果を見た国王は彼を勇者パーティーから追放した。だがソラが異世界を歩き始めると、突然レベルアップ！　ウォーキングには「１歩歩くごとに経験値１を取得」という隠し効果があったのだ。鑑定、錬金術、生活魔法……便利スキルも次々取得して、異世界ライフはどんどん快適に！　拾った精霊も一緒に、のんびり旅はじまります。

シリーズ好評発売中！！
魔術で「目」を
作りたい――
その好奇心が少年を
水魔術の天才へ飛躍させる！

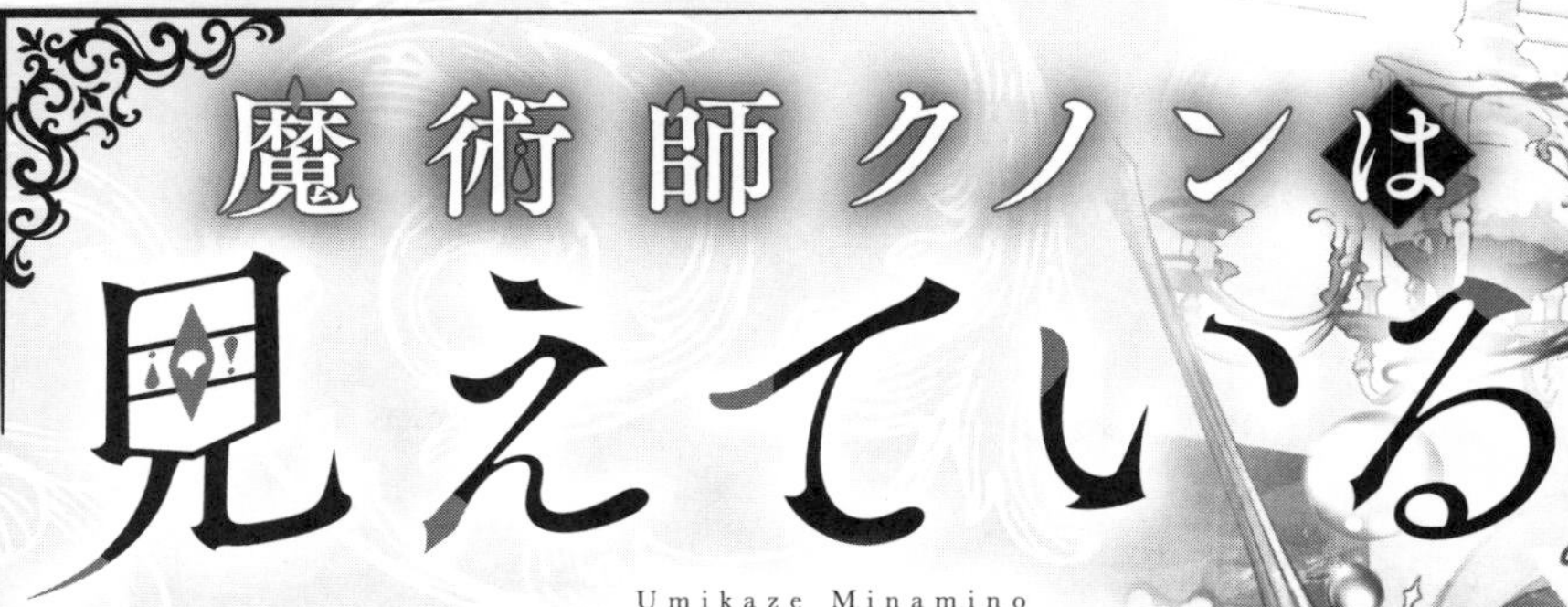

料理で胃袋わし掴み!?
男子高校生、異世界で
主夫生活始めます!
B's LOG COMICにて連載中!
ビーズログコミックスよりコミックス絶賛発売中!!
漫画：不二原理夏
原作：港瀬つかさ
キャラクター原案：シソ
最強の鑑定士って誰のこと?
不二原理夏
港瀬つかさ
シソ